2013
首吊りの木の下で

伊藤秀雄

ITO Hideo

文芸社

目次

序　野狐仙《やこせん》

「見てたよ」

背後から低く掠《かす》れた声が聞こえてきた。不思議な掠れ方だった。電波障害か何かで、音声の一部が聞こえ辛くなり、そこだけがくぐもった、遠くから聞こえてくるような安定しない声音だった。どこかで聞き覚えのある声にも思えたのだが、そう思った途端、そんなはずはない、とピシャリと否定されたような、ひんやりとした気分を味わった。どうにも落ち着かない。それでも、その声を無視するわけにはいかなかった。やや緊張した心持ちで、声のしたほうをゆっくりと見た。

この別荘地では初めて見る男が一人、左手にタオルを握り締めて立っていた。庇《ひさし》の長い、昔流行《はや》ったタイプの白いキャップを目深《まぶか》に被り、顔の下半分しか見えない。鼻の下、顎に白髪混じりの無精髭《ぶしょうひげ》を生やしていた。頬は瘦《こ》けている。キャップの下から見える髪にも白い物が目立ち、短く刈り上げられていた。まだ冬の気配が残る山の四月にはふさわしいとは言いがたい軽装だった。上下共に素材は麻地で、体のサイズよりは一回り大きめのシャツとパンツを身に着けていた。長袖シャツの袖口を一捲《ひとめく》りし、ボタンを外した襟元からは、肋骨《ろっこつ》が薄く透けて見えた。だぶっとした感じの折り目の入っていないパンツを穿《は》き、素足に黒いサンダルをつっかけた出で立ちで、いかにも散歩の途中でぶらりと立ち寄ったといった風情であった。背はさほど高くない。体に力が入っていないせいもあるだろうが、やや猫背気味だ。痩せていることともあいまって、実年齢以上に全身から枯れた雰囲気を漂わせていたが、まだ六十年配だろう。

男は身じろぎもしない。次は君の番だ、とばかりに、私が口を開くのをじっと待っている、という感じが強くした。まだ警戒心は解けていなかったが、だからといって、相手に探りを入れるような当たり障《さわ》りのない世間話をする気にはならなかった。単刀直入に最も知りたかったことを口に出した。

「いつからですか？」

可能な限り平静さを装ったつもりだったが、どこまで上手くいったのか、甚《はなは》だ心許《こころもと》なかった。そんな本心を見透したように、男の口許《くちもと》に薄く笑みが浮かんだように見えた。幽《かす》かな屈辱感を覚えた。男は、やはり不思議な掠れ声でこう答えた。

「もちろん、初めっから、だよ」

その言葉に動揺を禁じ得《え》なかった。動揺を抑え込むためにも、なるべく間を空けないように、早口でこう訊き返した。

「ならば、ここで私が演じた、無様《ぶざま》な、あのときのことも……？」

男の被っていた白いキャップの庇が、僅かに縦に振れたようだった。そして、おもむろに左手に握っていたタオルの両端を両方の手に持ち替えると、ピンッと左右に伸ばし、自らの首にあてがい、両手を上に持ち上げるしぐさをした。

「あのような場面に、第三者として立ち会ったのは初めてだった」

男の声の掠れ具合が一段とひどくなったように聞こえた。男の使った「第三者」という言葉に不快なざらつきを覚え、一瞬、顔面がカッと熱くなったのだが、長くは続かなかった。

（三年前になる、もう終わったことだ。あのときのことを誰かに観察されていたとしても、今さらどうでもいいことだ）

そう心の中で呟くと、

「『第三者』と言っても、厳密にはそうではない。確かに君の言うように、『いまさらどうでもいいこと』なのだろうが、すべてを過去として忘却することだけが唯一の道だとは限らないよ」

と、男は言ってきた。

思わず私は絶句した。男の言っていることの真意が、いま一つ汲み取れず、もやもやした気分になったのだが、それ以前の問題として、この男は人の心を読めるのか⁉　という驚きで言葉を失ってしまったのだ。とっさに口にすべき言葉が見つけられず、口をパクパクさせるばかりで、挙動不審の状態に陥った私に、助け舟を出すような感じで、男は言葉を継いだ。

「その通り。言い訳するつもりはないが、私に覗き趣味はないから、しいて読み取ろうとするような下衆《げす》な真似はしていない。相手が口にする言葉と同じくらい、その相手が喋り出す前に、心の中で呟いた言葉、いわゆるインナーボイスという奴だがね、それが鮮明に聞こえてしまうんだよ。君も知悉《ちしつ》しているように、人は嘘つきだ。心も同様、いや、それ以上に嘘つきなのかもしれない。それでも、言葉を発する直前の人の心というのは、案外と正直に言葉を組み立てているものなんだよ。心の中で組み立てた言葉を、いざ発しようとする際に、人はしばしば余計なことを考える。例えば、忖度《そんたく》。要《い》らぬノイズが混じり、言葉に濁りが生じたり、ひん曲がったりする。そのために、心で思っていたことと真逆の内容を発話してしまうことだって珍しくはない。真逆とまではいかなくても、忖度するあまり、玉虫色の主張にまで薄めて、所詮《しょせん》は保身目的にすぎないのだが、相手や関係する人々を傷付けまいと配慮することなどしょっちゅうだ。しかも、それが大人というものだ、と無理矢理に自己合理化してしまう。だから、相手の考えの真意を、より正確に理解する上で、忖度後の発言と、忖度前の、いわば本音とを併せて読み取ることは有効な方法だ、ということになる。……分かるね？」

　実際にはキャップの庇に隠れて見えなかったのだが、「分かるね？」と言ったときの男の目が光ったように感じた。「分かるね？」と念押しされるまでもなく、男の言わんとしていることは充分に理解できたし、異論はない。確かに胸の内まで覗き見ることが可能ならば、相手を本当に理解することは難しいことではなくなる……。けれども、問題はそんなことではない。なぜ、そんなことができるのか⁉　アンタは何者なんだ⁉　ということだ。面と向かって訊くのは恐ろしくもあったが、訊かずにはいられなかった。……いや、改めて訊くまでもあるまい。私の疑問を、すでに男は読み取っているはずだ。ならば……。

「君の疑問は当然だ。私が君の立場であったならば、やはり君と同じ疑問を抱くだろう。何と言えば、いいのかな……」

　そう言うと、男はタオルを首筋に回し、その両端を下に引っ張るようにして、頭をやや後ろへのけ反《ぞ》らせ、思案するしぐさをした。チラッとだが、キャップの庇に隠れていた男の鼻筋や目の周辺が垣間見えた。眼鏡を掛けていた。私が掛けているのと同タイプの丸眼鏡だったような気がした。首にぶら下げたタオルを両手で引っ張った姿勢を保ったまま、男はこう告げた。

「この界隈の山を根城《ねじろ》にしている、仙人、といったところだ」

　男の言葉は、直接私の心に響いてくるような感覚だった。事実、私は男の口許を見ていたのだが、そう告げたときの男の口は動いていなかった。それにしても、とぼけたオヤジだ。仙人ときたか⁉　だが、ありかもしれない、という気がしないではなかった。男の、人をからかうようなとぼけた口調に感化されてか、軽い気持ちで、こう訊いてみた。

「仙人になるために、人の心を読む修行をするんですか？」

男の口許が幽かに緩んだ。今度も口を閉じたまま、男は答えた。

「そんな修行はしないよ。そもそも修行なんか、何一つしたことはない。師匠もいないよ」

その男の返答に、ふと私の脳裡に浮かんだ言葉があった。「野狐禅《やこぜん》」——ちゃんとした師匠を持たず、我流で禅の修行をする者のことを揶揄《やゆ》する意味合いを込めて呼ぶ蔑称なのだが、このときはそんな馬鹿にする気持ちなど、さらさらなかった。その逆で、自由だなあ、という憧憬の念が強く湧いていた。「野狐禅」、その伝に従って、この男のことを呼ぶとしたら、何と呼べばいいのだろうか？

（野狐仙）

そう心に思い浮かべたとき、男の口許がはっきりと緩み、フフフフ、という含み笑いが漏れた。

「野狐仙、か。……いいね。音の響きがいい。意味的にもどこかいかがわしくって、アッカンベーをしているような、人を食った軽《かろ》みもあって……。気に入ったよ」

こう言ったときの男の口は動いていた。途端に声に掠れが戻ってきた。心に直接語りかけてくるときには掠れないのに、不思議だ、と思っていると、男、野狐仙は改まった口調で訊いてきた。

「学校を辞めて一週間、久しぶりに別荘を訪れて、今の気分はどうだい？」

その言葉は、隙間だらけの私の心をすり抜けていった。何とも返事のしようがなかった。二十五年間勤めてきた学校を突然辞めたのだ。休職に入ったのが二年三カ月前。一度も復職を果たせないまま、学校を去ることになった。悔いがない、と言えば嘘になる。高校二年生の学年主任として、修学旅行の引率を終えて、残すところ三学期のみ。順調に行けば、三年生に上がり、生徒たちを送り出すことができた。その道半ば、二年生の二学期で戦線離脱せざるを得なくなったのだ。これから舞台も終盤に入り、感動のフィナーレを迎えようとした矢先に、突然スルスルと緞帳《どんちょう》が下りてきてしまった。舞台に立っていた役者も、陰で舞台を支えていた裏方も、そして会場を埋めていた観客も、何事が起こったのか、皆目《かいもく》分からぬまま、唖然茫然、客電が点され、急きょ芝居の終了を告げるアナウンスが流れた。

この急展開を迎えた原因は、自分にあることは分かっていた。それでいて、この締まらない幕切れを受け留めることができない。問う必然性のない台詞《せりふ》が、思わず知らず口を突いて出る。「なぜだ⁉ なぜだ⁉」と。「なぜもへったくれもあるもんか！ お前が、もう舞台には立っていられない、と一方的に尻《けつ》を捲《まく》ったからではないか！」と、至極真っ当な批判の声が、耳の奥でこだましている。言われなくても、そんなことは分かっている。それでもなお、私は駄々《だだ》っ子《こ》のように同じ台詞を口にし続ける。「なぜだ⁉ なぜだ⁉」と。いったんこうなってしまうと、その疑問に答えられる者など誰もいない。「なぜだ⁉ なぜだ⁉」と喚《わめ》き散らすばかりの私は、舞台から引き摺り降ろされ、残った人たちで舞台は再開されることになった。メデタシ、メデタシ……。

　当然のことながら、場内にいることさえも私には許されなかった。むろん、そんな屈辱を自ら望むはずもない。舞台の喧騒から遠く離れた場所で、歪《ひず》んだ鏡の前に立ち、短期間で体重が十五キロ落ちてしまった、醜く痩せさらばえた裸身を映し出し、答えの返ってくるはずのない、馬鹿の一つ覚えのような絶望的な問いをエンドレスに繰り返すことしか、私にはすることがなくなった。

「なぜだ⁉　なぜだ⁉　なぜだ⁉　なぜだ⁉……」

　虚空に消えていく我が問いに、虚無感を募らせている間に、二年三カ月の歳月は流れ去り、先月の末日付けをもって退職した。そして、今、私はこうしてここにいる。しかし、今もって得心のいく答えは出ていない。答えを探そうとすると、どこからともなく、決まってあの声が飛んでくる。もう自分はこの舞台に立っていられない、降りる、と吐き捨てて降板したのはお前自身、自分の意思、自ら望んで降りたんだろうが⁉　――どこからともなく？　いや、誤魔化すのはよそう。その声は自分の心の内から発せられたものだ。その指摘に反論できる一切の論拠を私は持ち合わせてはいない。ただうなだれて、緘黙《かんもく》し、もっともな指摘を甘んじて受け入れるのみだ。「なぜだ⁉　なぜだ⁉」と叫ばずにはいられない、もう一人の自分との矛盾を解決することはできない。整合性のとれぬまま、昨日までとりあえずこの世界に存在し続けたという事実から生まれる慣性の法則で、私は、今、昨日のようにここにいるだけのことだ。小さな刺激を受けただけで、私の五体はバラバラに解体してしまうのではないか、という危うさを感じていた。私の体は、心は、危ういバランスの力だけで、辛うじて成り立っている状態だった。隙間だらけ、スカスカだった。その隙間を野狐仙の言葉は、風のようにすり抜けていったのだ。

今の気分はどうだ？　という問いに答えるのが息苦しくなり、逃げるようにして、私は野狐仙に背を向けた。それに、言葉にせずとも、私の胸の内の割り切れなさは、野狐仙には筒抜けだろう。失礼な話だが、彼に返答する代わりに背を向けたとしても、結果としては同じことだ。別荘の前を走る舗装された小路から敷地内へと下っていくポーチを通って、倉庫の裏手へと回り、一本の黒々としたカラマツの木の前に立った。あのカラマツだった。三年前、このカラマツの木の下に、折れて転がった大枝は、もうない。あの日、隣の別荘との事実上の境界線を成す茂みまで引き摺っていき、その上に載せた。カラマツはあの日と変わらず、真っすぐに天を指し、屹立《きつりつ》していたが、どこか寂しげだった。私の目には、かつてその胴体から一本だけ、地面に平行に伸びていた大枝の姿が目に灼き付いていた。大枝を伸ばしたそのカラマツの木は、他のカラマツとは明らかに違っていた。その独自の存在感をカラマツ自身、充分に自覚し、それを喜びにしているようなたたずまいであった。その喜びの源泉を喪失した今、カラマツは他のカラマツと紛れてしまい、仕方なくただそこに立っているだけ、という所在のなさを無言で私に訴えかけているようであった。傷付いたのは、私ばかりではなかったのだ。

　大枝の伸びていた側に回った。今もその傷口は塞がってはいなかった。痛々しかった。周辺の幹よりも一段と濃い黒い傷口からは、今も樹液が滲み出ていた。粘着性の強い半透明の樹液は、滴り落ちることなく、溢れ出た形のまま盛り上がり、固まってしまっていた。さらに、傷口の別の箇所から、後から後から新たな樹液が顔を覗かせていた。

　いまだにカラマツの木は、私に向かって、そのような形で無言の抗議をし続けているのだろうか？　私のしたことを責めているのか？　それとも、自慢の大枝をそれによって失わせてしまったことを責めているのか？　あるいは、この濃厚な樹液の表出で、私への抗議、ないしは呪詛《じゅそ》なんかではなく、もはや私のやったことや私という存在には興味を失い、ただひたすらに大枝を喪失したことを哀しみ続けているのか？　盛り上がった樹液が哀しみの涙であるとしたならば、辛い。まだ責めたり、呪ったりしてくれたほうが、よほど気は楽だ。際限なく哀しみの涙を溢れさせているのかもしれない、そのカラマツの幹にそっと掌を置いた。そんな行為で、木の哀しみを体感できるとは思っていない。ましてや、それで哀しみをいくばくかでも慰められると、脳天気に考えているわけでもなかった。縦にいく筋もひび割れ、ゴツゴツとした幹に掌を押し当てる行為の意味するところなど分からぬまま、私はそうしたいから、そうせずにはいられないから、そうしているだけのことだった。

「わざとではなかったにせよ、大枝を折ってしまったカラマツに掌を当てていると、少しは気分が治まるかね？　そんなことはなかろう。カラマツの木にとって大切だった大枝を折ってしまったことに、自責の念を抱いている君のことだ、かえって気分は波立ってしまうんじゃないかね？」

足音も立てず、いつの間にか、カラマツから少し離れた、その辺りだけ何本ものタラの木が丈高く伸びている場所に移動していた野狐仙は、私を見下ろすような恰好で静かに語りかけてきた。掠れのない、クリアな声音だった。さらに続けて、こう言った。

「問題は、カラマツの木にあるのではない。君の心にあるのだ。君は気付いているはずだ。君の心が今のままでは、いつまで経っても、大枝の折れた箇所から滲み出ている樹液に、君はカラマツの哀しみを感受し、自分を責め続けるばかりだ。大枝を失ったカラマツの哀しみは、君の心の表れだ。君は自らの哀しみに満ちた心を木に投影して、深く哀しんでいる。投影している先のカラマツの負った傷と相乗効果を成して、君の哀しみは負のスパイラルとなり、いっそう深さを増していくばかりだろう。問題を解決するためには、君の心を変えなくちゃならない。心を変えるのは容易ではないが、心が向いている方向を変えること、心に映り込んでいる風景を変えることは可能なはずだ。君が良ければ、その手伝いをしてあげてもいいんだがね」

野狐仙は、私の心の内をどこまで読み取っているのか、まずはそのことを訊きたくなった。今の心の有りようを、なのか？　それとも、今ばかりではなく、これから先の心の流れ行く先まで読み取ってしまっているのか？　もしも、後者であるならば……正直、厭な気分だ。それでは、野狐仙の掌の上で踊らされている、頭に輪っかを嵌《は》められた乱暴者の猿と同じではないか⁉　長年勤めた教職を辞し、もはや社会的には何者でもなくなった私に、自尊心も何もあったものではないが、それでも、その欠片ぐらいは残っている。その欠片が、疼く。

野狐仙の申し出に、私は無言を貫いた。野狐仙は無理じいをしてこなかった。私が難色を示したことに、機嫌を悪くした様子もなかった。泰然自若とした態度で、身じろぎもせず、棘《とげ》だらけのタラの木を背景に黙って立ち続けていた。

そのとき、頭上から姦《かしま》しい鳴き声が降り注いできた。

ツツピー、ツピ、ツピ、ツツピー、ジュクジュクジュクジュク……

私の傍らに立つカラマツの幹のすぐ近くまで枝を伸ばしたミズナラの木に、シジュウカラの姿が見えた。青みを帯びた灰色の背中、お腹は白く、長く伸びた黒いネクタイのような模様がよく目立つ。この別荘近辺の森では、一年を通して最も目にすることの多い野鳥だ。目を凝《こ》らすと、一本の枝の上を三羽のシジュウカラがちょろちょろと位置を変えながら、盛んにさえずっていた。その中の一羽が、一段と声高らかに鳴いた。

ピー、ピー、ツツピー、ツツピー、ピー！　ピーッ！

明らかに、他の仲間の鳥たちに、警戒せよ、とのメッセージを伝える緊張感のある鳴き方だった。と見る間に、道を挟んだ向かい側に建つ立派な別荘の裏手に広がる森から、わらわらと小さな鳥が湧き出した。カラの混群だ。シジュウカラを中心に、ヒガラ、コガラ、ヤマガラといったカラの仲間たちが飛来し、庭に立つ樹木の枝に群がり出した。かなりの数だった。ざっと見渡しただけで、三十羽はいるだろうか？　空中で複雑に交錯しながら、お気に入りの枝目がけてやってきて、押し合いへし合い大騒ぎを演じていた。カラの混群に混じって、キツツキの類《たぐ》い、アカゲラとコゲラが幹に摑まり、勢いよくつつき始めた。

野狐仙の周囲にも野鳥が群がり、かまびすしく鳴き立てていたのだが、興味がないのか、野狐仙はうつむき加減に私のほうを向いたまま微動だにしなかった。すると、その直後ににわかには信じがたい光景を目にすることになった。

カラの混群と行動を共にすることの多い、白い綿の塊のようなエナガが長い尻尾を後方に真っすぐに伸ばし、十羽近くが固まってまっしぐらにこちらに向かってきた。その進行方向の先には野狐仙がいた。一瞬、エナガの鳥影が野狐仙の背後に消えた。そして、次の瞬間、野狐仙の体を突き抜け、飛び出してきたのだ。まるで野狐仙が着ていたシャツの中に隠していたエナガの群れを一斉に解き放ったようにも見えた。けれども、野狐仙の着衣に乱れはなく、それはあり得《え》なかった。エナガの群れに貫通された恰好の野狐仙であったが、動じる気配はなかった。されるがままに、何事もなかったかのように、その場に佇立《ちょりつ》していた。貫通したエナガにも、これといった行動上の乱れは見られない。そこに、野狐仙という障害物などなかったかのように、一直線に突き抜けると、まとまってシラカバの枝に止まり、押しくらまんじゅうをし始めた。

ホーヒー、ホーヒー、ヒーツヒーツ、ヒーヒー……

甲高《かんだか》く透明感のあるさえずりが、一本のシラカバの枝から放たれた。そのさえずりに耳を傾けていたら、一つのイメージが浮かんだ。

ホログラフィー！

野狐仙の姿はそこにあるのだが、実体はない。どこか遠くから放射されているレーザー光線によって、まるで野狐仙がそこにいるかのように私の目には見えているだけ。

「違いますか？」

私は野狐仙に問いかけた。野狐仙は返事をしない。代わりに、体の近くにあったカラマツの枯れ枝を摑むと手折ってみせた。私は黙るしかなかった。

（野狐仙は野狐仙として、確かに私の目の前に存在している）

そのことを認めざるを得ない、と思った途端、野狐仙の提案した言葉が、現実味を帯びて蘇ってきた。

（君が良ければ、その手伝いをしてあげてもいいんだがね……）

すると、ずっと緘黙《かんもく》を貫いていた野狐仙が、突然、口を開いた。いや、口は開いていない。言葉が私の頭に直に響いてきたのだ。

「心そのものをいきなり変えようとするのは難儀だが、心が向いている方向を、心に映り込んでいる風景を変える、微調整するのは可能だ、と言ったよね。人は、見たいものしか見ようとしない。そして、見たものだけを現実だと思い込む。見えてないものは、初めからなかったものとして切り捨ててしまう。そうした乱暴な、視覚に頼り切ったものの見方、つまりは生き方であっても、上手く回っている内はいい。だが、少しでも歯車が狂ったならば……今の君のようになってしまう」

そこで野狐仙は、一拍、間を置いた。私の生き方批判と取れなくもなかったが、私は特にうなずくようなことはせず、反応しなかった。野狐仙は淡々とした口調で言葉を続けた。

「見たいものが見えない、見たくもないものばかりが目に飛び込んでくる。こんなはずじゃない、こんなのは厭だ！　と自分も含めた現実を受け入れられなくなっていく。その挙句、心を狂わせていき、受け入れがたい現実との齟齬《そご》の中で、自分自身の存在を肯定しがたくなってしまう。

でも、少し立ち止まって考えてほしい。見たいと欲することと、見たくないと拒絶することとは、果たして反対の心の動きなのか？　ということだ。ベクトルが逆向きなだけで、実は同じことなのではないか？　見たいという熱量と、見たくないという熱量の間には、それほどの差異はない。ちょっとした狂い、ズレがベクトルを逆向きにしてしまう。ある種の心のくせ、悪癖、と言い換えてもいいのかもしれない。心それ自体を変えるのは難事業だが、心の向いている方向、心に映り込んでいる風景を変える、微調整するというのは、ちょっとだけその狂い、ズレを正すことだ」

　私が反論しようと身構えたとき、先回りするように、野狐仙は言葉を重ねてきた。私がどんな反論をしようとしたのか、野狐仙には読めていたのだろう。

「とはいっても、それを当事者である君が一人の力で成し遂げるのは容易なことではない。もうそんなことは経験済みだ、失敗したんだ！　と君の顔に書いてある。相当のエネルギーが必要になってくるしねえ……。さぞや苦しかったことだろう、同情するよ。

　そこで、伴走者の出番がやってくる。ペースメーカーの仕事を担うことにもなる。ありがちなんだが、最初に飛ばしすぎて、息切れしてしまい、無念の途中リタイアってことにならないように冷静に見守る。一所懸命になるあまり、心の迷路へ迷い込み、コースアウトしてしまっては元も子もない。苦しいときの声かけ、アドバイスも大事だろうし、それ以上に、走っているのは自分一人ではない、伴走者がいるってことが安心感に繋がり、無事完走する上で、決して小さくない役割を果たせるだろう。お遍路さんに例えるなら、同行二人、って感じだな」

　さすが、野狐仙、しゃあしゃあと自らを弘法大師に見立てるあたり、なかなかのいかがわしさだ。しかし、その野狐仙らしい三百代言振りがおかしくて、お陰で心が軽くなった。

　見れば、野狐仙はさらにキャップを目深にし、明らかにニヤついていた。同行二人、という自らの比喩が気に入ったのか、一人悦《えつ》に入《い》っているらしい。そんな野狐仙の脇腹辺りを、今度は愛らしいマシュマロのようなコガラが、二羽、三羽と突き抜けていった。そのマシュマロが野狐仙の頭の上、タラの棘だらけの枝に止まり、さえずり出した。

ツッ、ツッ、ツツジャージャー、ビーフビーフ、ビーフビーフ、ヒー！

枝の上から野狐仙を見下ろしながらのさえずり。からかってでもいるのだろうか？　それでも、野狐仙は一顧だにしなかった。

はっきりと心が決まった。

聖と俗、そのどちらでもあり、かつどちらにも属していない、唯一無二の存在である野狐仙に手伝ってもらおう、という気になった。

倉庫から丸椅子を二つ持ち出し、カラマツの樹の下に向き合う形に並べ、一つを野狐仙に勧め、もう一つに私は腰を下ろした。

「何を……すれば、いいんですか？」

と問うと、野狐仙は枝先に止まっているコガラを指差し、こう言った。

「あの鳥のようにさえずってくれればいい」

指差されたコガラは、それが合図であったかのように、一段と大きな声で高鳴きを始めた。

ホーヒホーヒホー、ヒーツヒーツヒー、ヒーッ！

「今日にまで至る来し方を振り返って、ですか？」

野狐仙は小さくうなずいた。私は思案した。

「どこから、どう語れば、いいんでしょうか？」

　その問いに、野狐仙は軽い口調で応じた。

「どこからでも、どのようにでも、好きにすればいい。考える必要なんかない。肝心なのは流れだ。言葉が生み出す流れに任せて、流れそのものになって語ればいい。上手く説明できず、言葉に詰まったって構わない。私は君の心の中で蟠《わだかま》って、言葉にならぬ思いにも耳を傾けているから、全然問題ない。厳密な意味では、物事に始まりもなければ、終わりもない。けれども、始まるべくして始まり、終わるべくして終わる、そう捉えたって通常間違いではない。スケールが大きすぎて、人間の感覚では、どちらの見方も成立してしまう。つまりは、始まりも終わりも決めるのは本人だ、ということだ。とりあえずであろうとなかろうと、その始まりと終わりに合点がいくかどうか、だ。始まりから終わりへ、そこにある流れに気付き、その流れに乗れるならば、そして、流れそのものになれるならば、結果として、心の向いている方向、心に映り込んでいる風景はガラリと変わってくる。狂いもズレも修正されているというわけだ」

　その掠れのない声音は軽やかで、声音自体が流れのようだった。

　しばらくの間、私と野狐仙の間に沈黙が続いた。樹上の野鳥のさえずりが間断なく降りしきる中、私は大きく一つ息を吐いた。気が付けば語り始めていた、亡き母から続いた死の話を――。

第一章　損なわれし母

「実紗《みさ》ちゃーん‼　実紗ちゃーん‼」

断末魔であった。

十月に入ったというのに、季節外れの暑さだった。比較的涼しいうちに作業を済ませようと、午前中に母は農器具を手に、歩いて五分ばかりの所にある畑へと向かった。母の妹二人、陽子と涼子と共に、細々と野菜を作っていた。三人共、七十歳を過ぎた高齢の身で、とてもではないが、本格的な農業など営めるはずもなかった。また、端《はな》っからそんな気もなかった。遊んでいる農地を活用して、年寄りの手慰み、ひん曲がったキュウリやナス、豆芋類、赤い実よりも白い内皮のほうが厚い、小振りなスイカを作っては喜んでいた。大した収穫はなくても、農作業に精を出していれば、余計なことを考えなくて済む。適度な運動にもなり、健康維持には有効であった。それに、家の中ばかりにいたら、気もくさくさしてくるし、外で農作業の真似事をしながら、気の置けない妹たちと他愛もないお喋りを楽しんでいれば、気も晴れるというものだ。

だが、その日は母一人であった。畑に水やりをしているうちに暑さが耐えがたくなり、早々に切り上げて、家路に就いた。容赦なく照り付ける陽射しに、家の玄関は網戸にしてあった。農器具を納屋に片付け、汗を拭き拭き、玄関に立ったとき、いきなりバットで殴られたような激痛が頭に走った。凄まじい痛みに耐え切れず、母はその場に崩れ落ちた。それでも、必死に家の中へ入ろうと網戸にしがみついたのだが、体を動かすことはできなかった。最後の力を振り絞り、網戸に爪を立て、私の妻、実紗子に助けを求めたのだった。

たまたまその日、実紗子は仕事が休みで、朝から家にいた。これまでに聞いたことのない自分の名を呼ぶ悲鳴のような声に驚き、大急ぎで駆け付けた。看護師という職業柄、一目見て、母の様子のただならぬことが分かった。

「実紗ちゃん、頭が、痛い……」

そう告げた母の顔面は蒼白だった。口許から、朝食で食べたご飯や味噌汁や漬け物がまだ消化しきれず、ドロドロになった吐瀉物《としゃぶつ》となって溢れ、着ている物を汚していた。待ったなしの緊急事態であることは明らかだった。一刻も早く病院に連れていかねばならない。まだ意識のあった母に、実紗子は、どこの病院がいいか、訪ねた。

「……行き慣れてる、日赤がいい……」

と、母は答えた。

日赤病院は日頃頻繁に利用している病院ではなかったが、二十年前、肺癌で死んだ父親が一年間闘病生活を送った病院であった。母はその一年間、ほぼ一人で看病で付き添ったといっても過言ではなかった。また、実紗子はその頃、闘病生活を送っていた父親を担当する看護師として日赤病院で勤務していた。

何か予感があったのだろう。自らの病状が尋常でないことを知り、とっさに、夫が世話になった病院であり、知る限りにおいて最も信頼の置ける病院の名を口にしたのではなかったろうか？　実紗子はすぐさま母の希望通り、日赤病院に電話し、至急救急車を手配してくれるよう依頼した。激痛を堪《こら》えながら、母は精いっぱい気丈に振る舞った。保険証の置いてある場所を教え、次に仏壇の引き出しに現金が入っていることを告げた。十万円あるという。当面必要な費用は、その金で賄《まかな》え、という意味だった。何かあったときに備えて、用意しておいたのだろう。母はそういう人だった。

程なくして救急車は到着したのだが、対応できる医師が、今、手術中で、それが終わらないことには、日赤病院へは搬送できないという。受け入れられるのかどうか、病院からの連絡を待って、救急車は自宅前で待機することになった。物見高い近所の住人が、ぞろぞろとやってきた。この界隈では、昔ながらの「お講」という集まりがまだ生きていて、月に一度、持ち回りで寄り合いが開かれていた。そのメンバーである老人たちが、どうした、どうした、何があった⁉　と心配顔を装いつつ、その実、好奇心を隠しきれないといった表情で集まってきた。その中に、民生委員を務めていた、平気で他人の家に土足で上がり込んでくるタイプの堀尾さんの顔も混じっていた。何か一言、民生委員らしい台詞《セリフ》を言ってやりたい、と鼻息を荒くしている。昔から「人の不幸は蜜の味」とよく言われているが、救急車が待機するといった非日常の緊急事態が、こんな身近な場所で発生した場合、それが剝き出しになるというのは、庶民感情として致し方ないのかもしれない。殊に老人は、明日は我が身という危機意識と、まだまだ自分は大丈夫だろう、と思い込みたい願望とが相半ばしているだけに、それが露骨に現れる。その場にいた身内は妻一人。その対応に追われながら、一刻も早く搬送してもらいたい、との思いが募り、気が気ではなかった。

やっと病院から返答があり、受け入れられるとの旨が告げられた。サイレンを鳴らしながら、激痛に耐えている母を乗せて、救急車は病院へと向かった。救急外来で、妻が母を発見したときの状態について説明した。現役の看護師だけに、医療現場の符丁を交えながら要領良く的確に説明ができる。だが、こういう事態に慣れている看護師とは言え、さすがにそばに付いている身内が自分一人であるというのは心細い。そこで、比較的近所に住んでいて、駆け付けやすい母の二人の妹、叔母の陽子と涼子に連絡を入れた。早速やってきた叔母たちであったが、のんびりとした性格の陽子とは対照的に、ちょっと意地悪で、気が強く口の悪いところのある涼子が、妻に食って掛かった。

「どうして一《かず》ちゃんを先に呼ばんの⁉　長男だがね。それと、長女の峰《みね》ちゃんもすぐに呼ばないかんがね！」

予想もしていなかった事態の出来《しゅったい》に、気が動転しているせいもあるのだろうが、いつも以上にその口調には棘があった。

（そんなこと言ったって、お兄さんは大阪、お姉さんにしたって三重県に住んでいるんだから、すぐに来られるはずがない。それぐらいのこと、分かってるでしょうが！）

実紗子は内心不満であったが、目を吊り上げ、口を尖らせている叔母の顔を見ると、とてもではないが、不平を口にすることはできなかった。

準備ができて、まずはCTとMRIの検査を受けることになった。下った診断は、くも膜下出血。即刻手術する必要があるとのことだった。脳と脊髄を保護するくも膜の下から出血する病で、その原因の多くは太い動脈の分岐部に発生した動脈瘤の破裂によるものであった。脳卒中という呼び名で括られる病の中でも、死亡率の高いことでよく知られている重篤な病であった。ところが、手術をするにしても、今すぐは無理だという。夜の十一時頃にならないと順番は回ってこないだろう、との説明を受けた。発作を起こしたのは、朝の十時頃のことだった。それから十三時間も経過した後に手術を受けることになる。連絡を受け、学校を早退して病院へ直行した私が、その説明を聞いたとき、真っ先に不安になったのはその点だった。出血を起こしてから十三時間も経って手術をする？　その間に、さらに出血が広がったり、再出血を起こしたりする危険性はないのか？　忙しなく動き回っている医師や看護師を横目で見ながら、不安は瞬く間に陰鬱な黒い雲となり、為《な》す術《すべ》のない私の心を覆い尽くしていった。

　遅々として進まぬ時計の針を恨めしげに見上げていたときに、それとはまた違う時計の針に急かされるようにして、兄の一男《かずお》と兄嫁の由紀江が病院に到着した。程なくして姉の峰子もやってきた。一応これで家族、親族は揃ったことになる。待機している間、母はＩＣＵの病室で点滴を受けていた。その時点では、母はまだ意識があった。手術を受けることになるかもしれない、との病院側の説明に母は乗り気ではなかった。

「頭の痛みだけ取ってちょ。それ以上のことはやってもらわんでいい」

　と答えていることを間接的に教えられた。いつのことだったか、記憶は定かではないが、以前に母の口から直接、命に関わる大病に罹ったときには、何もしなくていい、自然に、楽に死にたい、と聞かされたことがあった。もちろん母は昔の人だから、そうした自らの死に方についての意思を、リビングウィルとか、エンディングノートといった形で文書として書き残してはいなかった。また、たとえ以前に口にしたり、それを文書化していたにしても、現実にくも膜下出血を起こして倒れるという厳しい事態に直面している今の時点で意思は変わっていない、との保証はどこにもない。間接的に聞いた、痛みだけ取って、それ以上のことはやってもらわんでいい、という母の言葉にしても、額面通りに受け取って、手術も何も積極的な治療はせずに、ペインコントロールだけ施して、自然死を待つという選択をしてもいいものなのかどうか、私には確信が持てなかった。

急きょその場に居合わせた家族・親族で、母に手術を受けさせるかどうか、意思確認をすることになった。積極的に意見を言う者はいなかった。私にしても同じことで、以前に母の希望を聞いたことはあるが、文書が残っているわけでなし、何が何でもそれに添うようにしていくべきだ、というところまでは気持ちは固まっていない、と述べるに留《とど》めておいた。

その場には物が言いにくい重い空気が漂っていた。いわゆる、阿吽《あうん》の呼吸で決めるしかない。そこを汲んで、最終的には長男である一男《かずお》に決めてもらおうとの流れが出来上がっていった。私はまだ気持ちが固まっていない、と言ったが、私の耳には母の言葉がこびりついて離れなかった。他の誰の死でもない、他ならぬ母自身の死なのだ。最後ぐらい本人の希望を叶えさせるために、家族は動くべきではないか、という声が頭の中に渦巻いていた。しかし、母の希望を叶えるということは、即ち母の死を受容することに他ならない。今、ＩＣＵのベッドの上で、点滴を受けて横たわっている母は、どんな状態であれ、今は生きている。手術を受ければ、奇跡が起きて、元通りの生活を取り戻せるかもしれない。それを母の希望だからといって、消し去ることに理屈を超えた抵抗感も覚えていた。重い、重い理不尽とも言える生と死の選択に迫られ、身も心も真っ二つに引き裂かれてしまっていた。

兄は重い口を開いた。手術を受けさせる、と決断した。口調は重かったが、さほどの逡巡はなかったように感じられた。叔母の陽子は、ハンカチ代わりのガーゼを目に押し当てて、

「それがいい、それがいい。最後まで諦めちゃいかんでねえ」

と声を震わせながら同意した。その傍らで、もう一人の叔母、涼子は厳しい顔付きを崩さぬまま、うん、うん、と何度もうなずいていた。

（そういう流れになったんだ。兄が決めた以上、その決断に従うしかないだろう）

と、私は無理矢理抗おうとする気持ちを捩《ね》じ伏せた。その場に居合わせた全員に異論はなかった。兄嫁の由紀江が看護師から受け取った手術の同意書を兄に渡した。こうして母の手術を巡る長い、長い一夜が始まった。

　事前に予告されていた通り、手術は夜の十一時から始まった。手術室前に設けられた待合所で、皆が雑魚《ざこ》寝のような状態で不安な一夜を送ることになった。深夜を回って、さすがに疲れが出始めたのか、うつらうつらすることはあったが、すぐに目が醒めてしまう。小さな物音や話し声、人が忙しく出入りする気配に気持ちが落ち着かず、睡眠の取れるような状況ではなかった。くも膜下出血の手術は頭蓋骨を大きく切り取り、患部を剝き出しにして執刀する開頭手術によって行われた。母は全身麻酔で意識はなく、痛みも何も感じてはいないだろうが、そんな大手術の様子を想像するだけで、こちらの頭の内部に鈍い痛みや疼きを覚えることがあった。重苦しい気分と不安を抱えながら、夜は白々と明けていった。結局、手術は九時間の長丁場となった。手術室の扉の上に点っていた「手術中」のライトが消え、管を通され、頭部に包帯を巻かれた痛々しい姿の母がストレッチャーに乗せられて、手術室から出てきた。執刀医から、無事に手術は終わりました、と短く告げられた後、安堵する暇《いとま》もなく、兄と姉、そして私が手術室近くにある小部屋へ通され、執刀医から母の容態について説明を受けることになった。マスクを外した執刀医は、意外と若く見えた。三十代後半か、四十代に入ったばかりにしか見えなかった。明るく光るボードにCT画像が映し出された。そこには母の脳の断層画像が映っていた。早速、出血した箇所について、説明が始まったのだが、その中で気になる言葉が飛び出した。画像の影になっている箇所を指差しながら、こう言ったのだ。

「ここの影、分かりますか？　出血でこの箇所の脳細胞が死んでしまっているんです。ここの脳細胞の働きは、意欲というか、気力を司っているんですが……」

傍らにいた兄や姉は不安気な表情を浮かべて、黙って医師の説明を聴いているだけで、その胸の内を窺い知ることはできなかったが、私の胸にはざわざわと不穏な波が広がっていった。

母は痛みを取ってもらうだけで、それ以上の手当てを望んではいなかった。しかし、結果的には九時間になんなんとする大手術を施され、生き延びた。生き延びて、これから療養生活に入っていくのだが、その時間を母は意欲や気力を奪われた状態で生きなければならないのだという。それはどのような生の有りようとなるのだろう？　病気を克服していこうという意欲、高齢でもあるため、脳の出血と大手術によって失われてしまった体力と運動能力を取り戻すためのリハビリに取り組もうとする意欲、ベッドの上で長い時間を過ごすことになる、これからの退屈で憂鬱な日々であっても、残りの人生を楽しく実りあるものにしていこうとする生きる気力が削《そ》がれてしまった。そうであるならば、母の残りの生は無惨なものになってしまうのではないか？　今以上の生の継続を望まなかった母に、待ち受けていた残りの生が、心の張りを失った無気力な時間の積み重ねでしかない残酷を、私は正視し続けることができるだろうか？　逃げるわけにはいかない。付き添い続けなければならない。だからこそ……いつの日か、日々の残酷を母と共有することに倦《う》み疲れた私は、母が願う苦痛からの解放としての死ではなく、一刻も早くこのような生き地獄でしかない日々からの私自身の解放を求めて、母の死を願うときがやってくるのではないか？　という暗い予感に心が萎《な》えた。まだ始まってもいない母の予後の日々に、執刀医の一言から心を萎えさせている自分にいたたまれないような嫌悪感を覚えた。

執刀医の説明は続いた。

「今後起きるかもしれない心配事として、脳動脈が急に収縮することが挙げられます。この脳血管の攣縮が起きると、意識低下や運動麻痺といった症状が出たり、新たに脳硬塞を発症したりすることもあります……」

その後、幸いにして、執刀医の心配した事例は起きなかったが、手術を受けた一週間後に、水頭症を発症してしまった。

診察してくれた医師の話によれば、くも膜下出血に続いて起きる場合が多いとのことだった。脳や脊髄を守るために、その周囲を脳脊髄液が循環している。脳脊髄液は脳内にある脳室から分泌され、くも膜下腔に流れ込んでいる。くも膜下出血によって、この脳脊髄液の吸収障害や流動障害が起き、頭蓋に多量に溜まってしまうのが、水頭症という病気であった。頭蓋内の圧力が高まって、脳の働きに悪影響を及ぼすことになる。認知症の他、歩行障害、尿失禁などといった症状が現れることが多い、と医師は言い添えた。準備が整い次第、手術することになると言い残して、医師は病床を離れていった。

九時間にも及ぶ大手術を受けたばかりだというのに、僅か一週間で再び切り刻まれることになる。命を永らえるということは、ただそれだけで、こんなにも難儀なことなのか、と息苦しそうに眉根を顰《ひそ》めている母を見詰めながら、つくづく思い知らされた。

水頭症の手術は朝の九時に始まった。脳脊髄液の溜まっている箇所に管を挿し、その管を足のほうにまで伸ばして流し出す、という処置が施された。管は体の中を通され、肌の上からでも管の走っている箇所が盛り上がっているのがはっきりと見て取れた。術後に病床に戻された母のそんな姿を目《ま》の当たりにして、口にこそ出さなかったが、私は心の中で毒突いた。

（水道管の工事じゃあるまいに！）

そして、くも膜下出血の手術を受けて以来、苦しげに眉間に縦皺を寄せることの多くなった母を見るたびに、すっかり口ぐせのようになってしまった言葉を、これもまた、心の中で母に問いかけた。

(本当に、これで良かったのか?)

当然のことながら、母からの返答はない。だが、その無言の反応は、無反応なのではなく、母からの雄弁な返答であるように思われてならなかった。そのたびに、実際以上の疲労が身の内に澱《おり》のように溜まっていくのを感じていた。

ある時から母の両手がベッドの柵に布状の物で縛り付けられていることに気が付いた。無意識に、点滴の管を引き抜いてしまうことがあったためだという。ここでもやはり、母は無言で、自分の為し得る限りの行動でもって、自分の置かれている現状に対して、ノーを突き付けているのだ、と私は考えた。脳内の大出血で意欲、気力を奪われた上に、今度は両手の自由さえも奪われてしまうなんて……。あまりにも哀れだった。傍らにいた妻に、

「付き添いがいる間ぐらい、両手の拘束を解いても構わないだろ?」

と訊くと、大きくうなずいた。すぐさま妻は拘束の紐を解いた。しばらくすると、母は胸の辺りで両手を近付け、何やら指先を絡ませるように小刻みに動かした後、右手を斜め上方に引っ張り上げるようにして伸ばした。その右手の人差し指と親指の先は合わさっている。何かを摘《つま》んでいる所作のように見えた。すると、すぐにまた両手を胸の辺りに戻し、細かな同じ動作を繰り返した後、再び右手を先ほどと同じように斜め上方に伸ばした。この奇妙なしぐさを母は延々と続けたのだった。当初、それがどのようなしぐさなのか、理解できずにいた。母の枕許に顔を近付け、

「何しとるの？」

と声に出して訊いてみた。母は目を瞑ったままで、応答はない。意識があるのかないのか、あるいは意識混濁の状態なのか、にわかには判断がつかなかった。そのとき、妻の実紗子が言った。

「お母さん、針仕事してるんだよ。お父さんが生きてたとき、朝から晩まで家の仕事場で、ずっと洋服仕立ての仕事をしてたんだから……。きっとその頃に戻ってるんだ、と思う」

こんな体になっても、まだ仕事をしているのか⁉　親父と一緒に細々と続けていた洋服仕立ての仕事。起きている間中、時間に関係なくずっと仕事ばかりしている生活だった。家計を支え、家族を守るために、自分の時間をすべて捧げた生活だった。その頃に戻りたいのか？あの苦労続きの日々が、一番幸せな時だったと思っているのか？　だから、その時に戻って、目には見えない針と糸を使い、目には見えない布地を縫い続けているのか？

……そう考えたとき、やりきれないほどの切なさが胸に込み上げてきた。働き詰めに働いてきて、子供たちも皆独立し、親の務めを果たし終えて、やっと家族のために忙殺されるばかりの日々から解放されたというのに……。自由な時間を謳歌できるはずの人生の最終段階に差し掛かったとき、突然襲ってきた病魔。頭を大きく切り開かれ、頭に溜まった水を管を通して足先に流し続けている、決して快適とは言えない病院のベッドに括り付けられて生かされている日々――残酷で非情な言葉であることは重々承知しているが、無為、という言葉が頭をよぎる。母の人生が特別ではないことを、ある程度の世間智を身に付けたと思っている私には埋解できた。世間にはよくある、苦労続きではあったが、女の、母としての平凡な一生。けれども、そうした予定調和を前提とした括りだけでは、私は承服できなかった。人の一生とは、そうしたものなのだろうか?

　からくり人形のように、同じ動作を繰り返し行っている母の姿を見守りながら、私は遠い気持ちを味わっていた。人生とは何なのか？　という根源的で、決して画一的な一つの解答など出せるはずのない問いが、秋風に弄《もてあそ》ばれる枯れ葉のようにいつまでも宙に舞っていた。

　その後、しばしば発熱や下痢の症状に襲われながらも、重篤な余病を併発させることなく、日赤病院での入院生活は五カ月を経過した。病院側から、そろそろ療養型の病院へ転院するよう求められた。候補として二つの病院名が挙がった。だが、問い合わせたところ、当初希望していた病院から、手術後、すでに半年近く経っているために、あくまでもリハビリを目的としている当病院では受け入れられない、との答えが返ってきてしまった。もう選択肢は一つしかない。しかし、候補に挙がっていたもう一つの病院は、世間の評判という点であまり芳《かんば》しいものではなかった。典型的とも言える、いわゆる老人病院であった。姉の峰子と兄嫁の由紀江が、その病院へ見学のために出向いた。対応したのが、病院の看護師長であった。五十年輩の物腰の柔らかな師長は、なかなかの遣り手らしく、言葉巧みにこの病院への入院を積極的に勧めてきた。医療保険と介護保険の両方が使える使い勝手の良い療養型の病院であるということ。したがって、入院が長期化したからといって、無碍《むげ》に退院を強要するようなことは絶対にない、ご希望とあらば、ずっといられる病院だ、ということ。病院のスタッフも充実している。見回りの際、数時間ごとに体位を変え、皮膚や皮下組織が壊死してしまう褥瘡《じょくそう》ができぬよう、最善を尽くしている。食事やおやつについても、栄養面を充分に考慮した上で、満足のいくお世話をさせてもらっているということ等々……。師長の説明は、まさにいいことづくめであった。にもかかわらず、いい評判の聞こえてこないことが不思議なほどであった。セールスという点で、師長は長年の豊富な経験智から家族の病院に望んでいる最たるところ、勘所《かんどころ》を的確に押さえていた。最も強調された「最後まで面倒を見ますよ」という言葉が、決め手となった。家族としては、入院が長期化すればするほど、あちこち病院をたらい回しさせられることが苦痛になってくる。自宅でも生活が可能になるまでに回復したならば、何も病院暮らしに固執するものではないが、それが無理である間は、病院で面倒見てもらうしかないからだ。こうして転院話は、とんとん拍子でまとまっていった。

日赤病院でくも膜下出血の手術を受けたのが、二〇〇一年十月、母親七十六歳のとき。その五カ月後の翌二〇〇二年三月にこの病院、新明病院へ転院することになった。

しかし、結論から言うと、この新明病院への転院は失敗だった。口の達者な師長のいいことづくめの勧誘にまんまと嵌《はま》ってしまったせいだが、「巧言令色少なし仁」とは、昔の人はよく言ったものだ。耳に心地良い甘言には、くれぐれも注意せねばならないことを身をもって知ることになった。食事はもちろんのこと、おやつにプリンとか、ゼリーとか、口当たりの良い物をちゃんと食べさせますので、安心して下さい、と師長は胸を張ってセールスしていたはずなのだが、転院後しばらくして、母はみるみる痩せていった。その元気のなさやつれ方は見るに忍びなかった。付き添いに出向いたときに、それとなく様子を窺っていたのだが、おやつの時間に、プリンだのゼリーだのといったサービスを提供してくれている気配は微塵もなかった。定期的な見回りはあったが、それだけのことで、病院全体の雰囲気についていて悪く言えば、ていのいい姨捨山《うばすてやま》、と言わざるを得なかった。世評のほうが、この病院の実態を正確に言い表していたのだ。

それと、初めてこの病院の病棟内に一歩足を踏み入れて、すぐに気になったのは、臭いだった。病室内にも異臭はしていた。二年前に見舞われた豪雨災害で、この病院も水に浸《つ》かった、と聞いた。そのため、いまだに壁の塗り替え工事が継続されていて、ペンキの刺激臭が鼻を突いた。こんな環境の中で、二十四時間病床で寝かされていたら、健康な人間でも病気になってしまいそうな気がした。ずっといていいですよ、という言葉を真《ま》に受けて、こんな所に置いていたら、母は急速に弱っていってしまうのではないかと不安を覚えた。そんな死に方は、とてもじゃないが、自然とは呼べないだろう……。そうした不安が的中してしまったかのように、母は誤嚥《ごえん》性肺炎を発症した。

飲食物が誤って気管や気管支に入ることによって起きるのが誤嚥性肺炎で、母のようにべッドで横になっている時間が長く、大病で体力が落ち、高齢でもあるために、自分で吐き出す力が弱っている場合に起こりやすい、と説明を受けた。誤って気管や気管支に入ってしまった飲食物と共に、口の中の細菌も入り込み、本来なら無菌であるべき気道に炎症が起きてしまい、それが肺に広がって肺炎になってしまう。母のような高齢者の場合、老人性肺炎になる重大な原因の一つになっているとも言われていた。母は膿性の真っ黄色な痰を多く吐くようになった。悪臭がして、母の吐く息まで異臭を放つものになってしまった。

母の衰弱ぶりは、目に余るものがあった。帰り際に、顔を曇らせ、周囲に聞こえぬようなヒソヒソ声で、

「いつまでもこんな病院に入れといたら、律子さん、死んじゃうぞ」

と言い残して、帰っていた小父《おじ》さんがいた。どこの誰とも私にはよく分からぬ小父さんだったが、私はその人に深々と頭を下げた。

結局、誤嚥性肺炎を起こしたことがきっかけとなり、その治療のために、元いた日赤病院に逆戻りすることになった。

(何だったんだ、あの新明病院は⁉)

と病院内の喫煙所でまずい煙草を吹かしながら、一人毒づいていた。自販機で買った缶コーヒーのまずいことといったらなかった。

肺炎を治療するため、という大義名分から今回のUターンは可能になったのだが、「まさか、

この日赤で⁉」と全く予想もしていなかった新たな事態が出来《しゅったい》することになった。

院内感染――最近になって特に問題になっているMRSAに感染してしまったのだ。MRSAというのは、メチシリン耐性黄色ブドウ球菌の略称で、院内感染の重要な起因菌とされ、メチシリンを始めとする多剤に耐性を示す、つまりは薬物が効かないために、母のような抵抗力の落ちた患者に感染しやすく、重篤化する危険性があった。

どうしてこうも次から次へと病気に蝕《むしば》まれてしまうのか⁉　最も苦しいのは、もちろん当事者である母なのだが、苦闘する母の姿を間近で見守らなければならない家族もまた、同様にいたたまれぬほどの苦しみを味わっていた。しばらくの間は、高熱、嘔吐、下痢といった症状が波のように押し寄せ、付き添いで出向くたびに、固く目を閉じ、苦しげに荒い息を吐く母の顔を見なければならなかった。一日のうちに、熱が上がった、下がった、と一喜一憂する日が続いた。熱が下がり、しかめていた顔も穏やかなものに変わると、とりあえずは今日一日無事だったと胸を撫で下ろすのだが、その平穏さが明日にも引き継がれるという保証はどこにもなかった。それでも、波立つ時を我慢してやりすごすうちに、少しずつ季節が移り変わっていくように、高熱にうなされる日も次第に間遠になり、付き添っている者も、どこかぼんやりとした凪《なぎ》の海を見ているような、弛緩《しかん》した気分を味わうことが増えていった。

しかし、その平穏さは長くは続かない。母の病状が安定するということは、即ち退院を迫られることに繋がり、次なる病院探しという疎《うと》ましい問題を突き付けられることを意味していたからだ。そこで、妻の実紗子が病院内にある医療相談室に出向き、メディカルソーシャルワーカーを務めていた浦野さんを訪ねていった。以前、この病院で勤務していた妻は、浦野さんと面識があった。

相談する中で、転院先として勧められたのが、市の北西部、郊外にある桃井総合病院、その病院に併設された老人保健施設桃井荘であった。まだできて間がない。老人保健施設というのは、比較的症状が安定しており、治療や入院の必要はないが、まだ家庭で過ごすには不安があるという人向けの施設であった。介護やリハビリ、身の回りの世話などが必要な高齢者が利用している、とのことであった。浦野さんの説明によれば、利用者の自立支援、家庭復帰を目標として定め、それを実現するため、個別に施設サービス計画（ケアプラン）を策定し、医師、看護師、介護職員、理学療法士、作業療法士、言語聴覚士、管理栄養士、介護支援専門員（ケアマネージャー）、支援相談員といったさまざまな職種の専門家がチームを組んで、それぞれの専門的な知識、技術を発揮しながら利用者に関わっている、ということであった。また、必要に応じて、協力関係にある桃井総合病院で治療を受けられる、とも付け足された。

説明を額面通りに受け取れば、申し分のない転院先であり、浦野さん一押《いちお》しの施設という物言いであったが、よくよく話を聞けば、実は裏があった。そこは日赤病院の外科部長の親族が医院長を務めている病院で、まだできたばかりということもあって、一人でも多くの利用者を集めたい、というのが本心であったらしいのだ。とはいえ、仮にどんな裏事情があったとしても、今は一刻も早く次の病院を探さねばならない。それに、新明病院のような轍《てつ》を二度と踏みたくはない、との思いも強くあって、その年の六月に、妻と一男・由紀江の兄夫婦、そして、姉の峰子の四人で、桃井病院の見学に出掛けた。

　妻たちが病院見学に出掛けた直後、私は母の見舞いにやってきて、日赤の喫煙所で兄とばったり出食わした。まだ妻からは桃井病院のことについて、詳しい報告を受けていなかったから、兄に、どうだったか、直接訊いてみた。紫煙を燻《くゆ》らせながら、兄の口許には含み笑いが浮かんでいた。

「内容はともかく、お前も一度行ってみるといい。なかなか個性的な建物だったな……」

　そう言ったっきり、黙りこくってしまった。母が倒れてから八カ月が経っていた。自宅のある大阪と病院との往《い》ったり来たりで、さすがに兄も疲れを覚えているのだろう、その横顔には疲労の影が色濃く滲み出ていた。

（個性的な建物？　何だ、それ⁉）

　といぶかりながらも、病院の外観で母の介護やリハビリの質が決まるわけじゃなし、兄が何を言いたいのか、今一つピンとはこなかった。

　二カ月後、八月に桃井総合病院に転院した。転院した四日後に、兄と私の下の娘、十一歳になった綾乃を車に乗せて、初めて病院に向かった。転院に必要な書類を揃え、予納金六万円を用意し、褥瘡《じょくそう》予防と母が少しでも寝やすいようにと、エアマットとクッション二つを車に積んでいた。隣県へと延びる広い国道をひた走るうちに、右手に病院の建物が見えてきた。……というか、兄が、あれだ、と教えてくれなければ、その建物が病院だとは気付かなかっただろうが。日赤の喫煙所で、兄の口にした「個性的な建物」の実体を、このとき初めて理解できた。まだ田畑の残る周辺の風景に馴染《なじ》んでいるとは、お世辞にも言えない。ある種、異様とも言えるたたずまいであった。見せてもらった病院を紹介した文書のコピーには、写真はなく、その外観については「明治時代のイメージを取り入れた建物に、大正ロマンの味付けを施し、現代風にアレンジした」と記されていた。この文章からは、それがどんな建物なのか、さっぱり想像がつかなかった。車が近付くに連れて、はっきりとその全容を現した病院の外観は、巨大な洋館風であり、周りを睥睨《へいげい》しているような威圧感さえ覚えた。「明治時代のイメージ」だの、「大正ロマンの味付け」だの、それらを「現代風にアレンジした」だのといった印象は残念ながら持てなかった。壁は全面明るい茶褐色に塗られ、外から窺われる柱の部分や、各病室のベランダは白く彩色されていた。基本的にこの二色で構成され、建物の正面から見上げると、ヨーロッパの古城や教会にある尖塔のように見える三角屋根に、どうしても目が留まってしまう。ぱっと見た際に受けた第一印象を正直に言おう。

立派な、ラブホテルだった。

病院という予備知識がなければ、十人中九人は、何だ、この建物は⁉　と戸惑うだろう。

言葉を換えれば、十人中九人は、そのどこか安っぽくていかがわしい雰囲気に、私と同様、ラブホテルを想像するのではあるまいか？

助手席に乗っていた兄は、私の表情がにわかに変化したのを見て取ったのか、ニヤニヤ笑っていた。駐車場に車を停めた途端、私のほうを向き、

「だろ？」

と言ってきた。私はどんな顔をしていいものやら分からず、黙ってうなずくしかなかった。

後部座席に乗っていた小学生の娘は、

「ディズニーのお城だー！」

と嬉しそうにはしゃいでいた。

この桃井総合病院の敷地の奥まった場所に建てられていた老人保健施設桃井荘で、母は亡くなるその日まで、一歩も外へ出ることなく、二年三カ月間過ごすことになった。だが、ここでの日々を記す前に、遡って日赤病院で母の身に起きた一つの出来事について触れておかねばならない。

日赤病院を出る一カ月前、七月に、母の付き添いをするため、病室に出向いた際、それまで見たことのなかった処置が施されていることに気が付いた。母の体を覆っていたタオルケットの端に管が伸びており、ベッドサイドに吊るされた人工栄養の袋に繋がっていたのだ。

それが何であるかは、すぐに分かった。

（胃瘻《いろう》を作ったんだ！）

事前に私は聞かされてはいなかった。聞かされていたら、胃瘻を作らせなかったのか？と問われれば、事はそう単純なことではないと言うしかないのだが、それでもやはり釈然としない思いが残った。

私が訪れた一週間ほど前、鼻から挿入されていた人工栄養の管を母が抜き取ってしまい、見回りの看護師が母の病室にやってきたとき、床一面が流れ出した大量の液体で水浸《びた》しになっていた、というのを、後で姉から聞かされた。恐らくは、それがきっかけになったのだろう。充分に栄養を摂取し、体力をつけないことには、病状は改善しない。しかし、今の母の食事を取る力で、口から食べるだけでは、摂取できる栄養分には限界がある。栄養補給のために鼻から挿管しても、今回のようなことが起きてしまう。そこで、胃瘻を作ることで、直接胃に必要な栄養分を送れるようにしたい、との提案が病院側からあったのだろう。胃瘻造設のためには、むろん手術が必要であって、家族側の同意が要《い》る。長男である兄が説明を受け、同意書にサインしたものと思われる。一度、兄と話がしたかった。兄と会って、直接その考えを訊いてみたかった。

胃瘻の手術をした直後は、その部位に痛みが出ていたようだが、そのお陰で点滴も小さな袋になり、胃瘻からも入れているということだった。傷口の状態も良好で、痛みもすぐに引くとの説明があった。次第に胃瘻にも慣れてきたのか、両手の拘束を外してもらっていることが多くなっていった。熱も下がり、平熱の日が続くようになった。熱が下がれば、意識状態も正常に戻る時間帯が増えていったのだが、やたらと涙脆くなってしまった。付き添っている家族との会話も、切れぎれではあったが、何とかできるようになった。ところが、話の最中に突然涙を流すことが多くなった。

「こんな体になってしまってよー、みんなに済まない、悪いと思っとる。勘弁してちょーよ……」

そう言っては涙ぐんでいた。意識が正常に戻るのはいいことに決まっているのだが、その反面、自分の体の状態、置かれている状況を正しく認識できるということでもあり、それが無念で、情けなく、周りの人間に助けを求めなければ、何もできない無力な自分を受け入れがたく感じている。気丈な性分で、何でも自分でしなければ気の済まない母だっただけになおさらだろう。現状のまま、母が意識を取り戻すということは、果たして母にとって幸せなのか、どうなのか……割り切れない複雑な気分であった。

数日後、病室で兄と会う機会があった。傍らに兄嫁がいたので、少しの間、母の面倒を見ていてほしいと頼んで、兄を例の喫煙所へと誘い出した。早速用件を切り出した。

「胃瘻のことなんだけど……」

「反対か?」

兄は煙を吐き出しながら、意外そうな顔をして訊き返してきた。

「病院にとっては治療の一環で、栄養を取らせるため、今じゃあ当たり前の手段の一つとして造設を提案してきたと思うんだけど、あまり当たり前の治療法として、胃瘻を捉えないほうがいいと考えてる」

兄と口論はしたくなかったから、言葉を選び、可能な限り冷静な物言いになるよう努めた。兄は口籠り、二度、三度と煙を吐き出した。そして、こう言った。

「秀雄は延命治療には反対だったな。お袋がくも膜下で倒れて、手術を受けるかどうかというときも、それらしきことを言ってたもんな。医者に勧められたからといって、無批判に胃瘻を続けていると、それに頼ってしまい、自分の口で食べられなくなって、結局は延命のための延命治療になってしまう……それを心配してるんだろ？」

兄は理解していた。私はうなずいてから、こう付け足した。

「現に今だって、胃瘻を始めてから状態が落ち着いてきて、簡単な会話なら交わせるようになった。やれやれ、という気分になってる。それが落とし穴なんだ、と思う。それと元気を取り戻し始めたお袋の言葉は、どれも自己否定する嘆きばかりだ。重い病に罹り、体の自由を奪われた者が、楽天的な生き方を語ったならば、かえって不自然だ。お袋にとってこの体を生き続けることは、苦そのものなんじゃないか？」

兄は病院の前を通り、駅へと真っすぐに延びている道路を、かなりのスピードで走り抜けていった赤いスポーツカーを苦々しげな表情を浮かべて目で追っていた。半ばまで吸った煙草を吸い殻入れに擦《こす》り付け、新たにもう一本口に銜《くわ》えた。しかし、すぐには火をつけず、視線を宙に彷徨《さまよ》わせながら、一語一語嚙み締めるような口振りで喋り出した。

「親父が体調を崩し、この病院に入院したのは二十年前だった。本人には知らせなかったが、肺癌の診断が下り、医者からは余命一年を告げられた。宣告通り、親父はここでほぼ一年の闘病生活を送った後に、やはりこの病院で死んだ。一年の間、お袋は事実上、ただ一人で親父の看病を続けた。俺はまだ若くて、大阪の会社で、仕事、仕事、の日々だった。長男なのにろくすっぽ手伝えなくて申し訳ないという気持ちはあったが、お袋に甘えてたんだろうな、お袋からも付き添ってやってほしい、と言われたことは一度もなかったしな。結局、親父のことはお袋だけに任せ切ってしまった。だから、お袋が倒れた今、責任をもって面倒を見なけりゃならんのは、俺だ、と思ってる。お袋は、一日でも長く生きてほしいと、親父の癌治療のためにやれることは何だって試した。死が間近に迫った頃、治療の副作用による苦しさで、親父は苦悶の声を上げながら、ベッドの上で跳《は》ねていた、と言っていた。辛くて見とれんかった、とも言ってた。それでも、治る可能性がゼロでない限り、やれる治療はすべて受けさせたいと思うのが、夫婦だし、血を分けた親子の情愛だ、と俺は思ってる。この歳になって、余計な治療なんか受けたーないわ、と本人は言っていたにしても、ハイ、そうですか、とはならん。手術すれば、命は助かる、そう思えたら、手術を受けさせないわけにはいかんだろう。延命のための延命になる危険性があるにせよ、それをすれば体力は一定戻るし、少しは意思疎通もできるようになる。治療という本来の目的からすれば、ささやかな改善にすぎないにしても、そうなるならば、胃瘻を作ってもらおう、俺はそう判断した。相談せんかったのは、悪かったと思ってるがな……。秀雄の言いたいことに、頭ごなしにケチをつける気など毛頭ない。でも、俺には所詮、理屈にしか思えん。現実に、親子の間で、理想通りに事を進めていく気にはどうしてもなれんのだ」

兄は終始言葉を荒らげるようなことはなかった。抑え気味の口調で、淡々と語り続け、そこまで語り終えると、急に押し黙った。周りが、しん、と静まり返った。今度は俺の番だ、という兄の決意には胸を打つものがあったし、率直に賛同し得る言葉であった。だからといって、兄の言い分に百パーセント同意したわけではなかったが、この場で反論する気も全然起きなかった。私には私の言い分がある。兄には兄の言い分がある。その両者の言い分の間には深い溝があり、この短時間の会話で、その溝を埋めることなど不可能であったが、それはそれとして、互いにこう考えているのだ、ということが分かっただけでも良しとせねばならないのではないか？　このときの私には、それ以上のことを求めるつもりはなかった。病に倒れた母の姿、元気な頃の母からは想像もつかない、自らの力では何もできなくなった母の悲しい姿、兄と私は同じ光景を目にしているはずなのに、まるで違う光景を目に映じさせている。一抹の寂しさを覚えながらも、以前に比べれば遥かに近しい関係になった兄弟の有りようには、小さな光を見出せるような気がして、今はそれで満足すべき時なのだ、といかんともしがたい諦念を胸の中に生じさせながらも、そう考えることにした。

兄の言葉に私は何も答えず、黙って煙草に火をつけた。いつもと違って、煙が目に滲《し》みた。兄はほとんど吸うことなく、長く灰だけが伸びてしまった煙草を吸い殻入れに挿し込むと、無言のまま喫煙所から出ていった。私は兄の後をすぐには追う気にならなかった。やたらに煙草がいがらっぽくって、自販機で買った缶コーヒーで喉を洗い流すようにして、一気に飲み干した。


日赤を出て、転院した先の桃井総合病院、病院での治療期間を終えた後に移った老人保健施設桃井荘での日々は、比較的平穏なものになった。しかし、その平穏さは、くも膜下出血を発症して以後の日赤病院、新明病院で送った十カ月が、片時も緊張を解くことのできないほどに慌しく、神経がヒリヒリするような日々の連続であったが故の反動からくる錯覚であったに違いない。人の感覚は、決して絶対的なものではない。さまざまな出来事がランダムに生起する日々の流れの中で、前後の相関関係によって生まれる、あくまでも相対的なものだ。現実には、平穏さからは程遠い日々であった。

高熱に悩まされることはしばしばであったし、抵抗力が弱まっているせいだろうが、風邪をよく引き、止まらぬ咳に顔を真っ赤にし、絡み付く痰を吸引してもらっても、すぐにまた喉をガラつかせていた。臀部《でんぶ》にできた褥瘡《じょくそう》も治っては再発を繰り返し、長い間苦しめられた。

リハビリで車椅子に乗せ、病室のあるフロアの散歩に連れ出そうと試みても、褥瘡のある箇所を痛がり、乗ろうとしないことが多かった。また、腰を痛がることも、車椅子を厭がる一因であった。ＭＲＩ検査で分かったことだが、昔、腰を圧迫骨折したことがあり、それが原因の痛みではないか、とのことだった。便秘と下痢にも悩まされた。四日も五日も便が出ず、腹の張りにうめき声を上げていた。逆に下痢となり、ただでさえ萎《しぼ》み小さくなってしまった体がさらに衰弱し、四十キロを割ってしまうこともあった。そうした消化器系の衰えからか、よく腹痛を訴え、顔をしかめていた。突然、蕁麻疹《じんましん》を発症したり、口の周り、唇を中心に水泡が集中してでき、ひどく皮がめくれるという症状が現れたりすることがあった。ヘルペスに感染していた。また、胃瘻で手術した箇所から液が漏れ出て、慌てふためいたこともあった。

　細かな事柄を挙げていけば、キリがない。毎日、どこかが痛む。オムツ交換をしても痛む。入浴できないときに体を拭くため、あるいは褥瘡予防のために、体位変換をしようとしただけで痛む。タオルで顔を拭くだけで痛む。手や足に触れただけで痛む。痛む、痛む、痛む……。痛みの訴えを聴いては、必要な処置をしてもらう。それで多少は痛みが緩和されることもあれば、あまり効果が現れないこともある。その箇所の痛みが治ったのか、治ってないのか、分からぬうちに、また別の箇所が痛み出す。毎日がその連続、繰り返しであった。それでも、平穏な日々だ、と思えたのだ。あのＩＣＵの出入口前に設けられた狭い待合所で、いつ母の容態が急変するかも分からず、ハラハラし通しのまま、夜遅くまで待たされた挙句、九時間にも及んだ大手術を受けた、あの眠れぬ夜のことを思えば……平穏そのものといっても良い二年三カ月の日々であった。

だが、その平穏さは、疲弊した心を安らがせてくれるものではなかった。平穏さの積み重ねの先に、母の回復、さらには、いつか住み慣れた自宅に戻れる日がやってくるという希望の光が、どんなに微弱なものであれ、一条でも射していたならば、また違っていたであろう。残酷なことに、そんな光の筋はどこにも射してはいなかった。平穏さの積み重ねの中で、どこからも光の射してこない暗闇の中で、静かに、そして着実に母は蝕まれていった。母だけではない。母を見守る者たちをも蝕まれていったように思える。見守る者同士で、それを口に出して思いを共有することは難しかった。一人一人の胸に秘めたまま、やはり静かに、そして着実に、見守る者の心の健康を損なっていった……。いや、そう感じていたのは、私だけだったかもしれない。高熱にうなされる母の赤らんだ顔。褥瘡による痛み、腰や腹や背中の痛みに顔を歪ませ、発せられるうめき声。まるで皮膚の裏側に膿が溜まり、今にも破裂してしまうのではないか、とあらぬ妄想を抱いてしまうほどに、パンパンに腫れ上がった母の手や足。その一つ一つが、まるで一瞬の静止画のように切り取られ、物凄いスピードで連続的に、脳内に張られたスクリーンに映写され、強制的に見せられているような狂おしい気分になることもしばしばであった。大手術に耐え、闘病中の母に対して、そんな妄想を抱いてしまう私の歪んだ心性こそが、グロテスクで、残酷であったのかもしれない。浅薄な羞恥心から、そのような醜悪な心性を糊塗《こと》しようとも、やはり事実は事実であった。いつ果てるとも知れない、けれども、いつか間違いなく、最も望まない形で終焉を迎えることになる、という直感を抱きつつ日々を送っていた、平穏な、日々。誰にも告げることなく、告げられるはずもなかったが、心の奥底で、私は一人、母と共にあったその平穏さを呪っていた。

私の神経を苛《さいな》んだのは、痛みと苦しみを訴え続けた母の体調の悪さばかりではなく、それ以上に、母の意識状態の不安定さがこたえた。日によってまちまちであり、まだら模様であった。その時々の体調の良し悪しと連動しているようだったが、調子の良いときには受け答えもしっかりしており、時には冗談を言って笑わせてくれたりもした。

ある時、テレビで放映していた関西のドタバタ喜劇をじっと観ていた母が、急に口を開いた。

「あんなに叩いたら、馬鹿がもっと馬鹿になってまうわ」

その反応に驚かされた。

また、相撲中継を観ていたときにも、

「今日は千秋楽だで。明日からは観れんようになってまう」

といかにも残念そうに言うものだから、これまた驚かされた。

別の日には、病室の外で患者であるお爺さん二人が、くどくどと長話をしていたとき、

「じっさは、理屈っぽくてイカン！」

と毒づいたものだから、そばに付き添っていた一同、大笑いになった。

病院主催の文化祭が開催されたときのこと、ナースステーションの横の掲示板に、母の書いた短冊が貼り出されていた。職員に手を添えてもらって書いたものであったが、その短冊の文章を読むと、母の意識レベルが割にしっかりしたものであることを物語っていた。

「足はふらふら、手のつけようがない」「毎日病院でリハビリ　ガンバッてるおばあさん」「ガンバレ」「大阪の息子　元気にやってるかなー」「十七回忌すみました　お父さん　仏　できました」「孫四人　子供四人　元気にやってるかなー」

「子供四人」ではなく、三人なのだが、ご愛嬌というものだろう。

私と妻の実紗子とだけで出掛けていった時よりも、やはり娘たち、母にとっては孫になる仁美と綾乃を伴っていたほうが、母は露骨なくらいに嬉しそうな表情を見せた。長女の仁美のことは、初めから認識できたのだが（それでも、その後一度だけであったが、母の死んだ姉の娘と混乱したことがあった。仁美に向かって、その人の名を呼んで、まだ中学三年生だというのに、しきりに、二十二歳だ、と言い張っていた）、次女の綾乃のことを、姉の娘であり、母にとっては初孫であった保奈美と間違えた。一度そう思い込むと、その場ではなかなか修正できないようであった。一見正常そうに見える日でも、記憶という点では混乱してしまうことは珍しくなかった。

桃井総合病院に移った二〇〇二年、九月に七十七歳を迎えた母に、綾乃は手作りの誕生日カードを手渡すと、ワシにくれるのきゃあ、と言って嬉しそうな笑顔を見せた。小学校の運動会の様子を撮ったビデオを一緒に見て、綾乃が真剣な表情で張り切って走っている映像を目にすると、身を乗り出すようにして声援を送っていた。心の底から喜んでいる、今という時を満喫している母の表情を久し振りに見たような気がした。別れ際に、また来てね、と掠れた声で言い、皮の剝けた唇をへの字に曲げ、涙を流していた。

私が学校の仕事でどうしても行けなかったとき、妻と二人の娘で母の許へ出掛けていったことがあった。母の右足に血豆ができて、出血していたために、ガーゼ交換をしてもらっている最中だった。交換中は、痛い、痛い、と泣き言を並べていた母は、三人に向かって、

「ワシは、やんちゃババアだで、申し訳ない」

と、繰り返し詫びていたというのだ。病室を出る際には、

「みんな仲良く、あんばようやりゃあよ」

と、これも二度、三度と繰り返していたという。孫の顔を見ると、嬉しさから脳が活性化し、意識レベルも正常に近い状態に戻るのかもしれない。

しかし、母との会話が嚙み合うのはたまさかのことで、喋っている間、ずっと理解不能な日もあれば、一時嚙み合っていても、すぐにまたずれていってしまうことも多々あった。ベッドサイドで、母は付き添う者と向き合い、確かに目の前にいる者に向けて言葉をかけてく

る。その限りにおいて、母は今という時間を生きていた。だが、母の意識は、何の前触れもなく、突如として過去へと遡り、もはやどこにも流れてない時間をたゆたっているようであった。娘の仁美と綾乃に、

「ダンボールの中に、みかんがあるから食べや。はよ食べんと、腐ってまうで」

と勧めてきた。もちろん、病室にみかんの入ったダンボール箱はない。次には、

「蠅帳《はいちょう》に蒸した芋が入っとるで、食べやあ」

と言い出した。病室に蠅帳などあるはずはない。このとき、母の意識はいつの時間を生きていたのだろう？　自宅に蒸した芋を置いておくような蠅帳はなかった。父と洋服仕立ての仕事をしていた頃に住んでいた前の家での話だろうか？　その家に移り住んでから、私は生まれた。確かにその家には蠅帳らしき古い食器棚はあった、と記憶している。ひょっとしたら、兄や姉の生まれたその前の借家での話かもしれない。そうであったなら、私の生まれる前の話、私に記憶などあるはずがない。母は母らしく、子や孫に向かっては食べ物の話をよくした。これ、食え。あれ、持っていけ……。病床に横たわり、胃瘻で管に繋がれた身であっても、母は今も家の台所に立っていた。まだ冬の気配などしない十月頃に、やたらとスイカにこだわる日があった。何があったのか、分からない。

「スイカ、ぎょうさんあるで、二つ持って帰れ。正月は、スイカを食べるもんだで」

「そうか……。ありがとう」

と返事をしたのだが、今、母はスイカを食べる季節にいるようなのだが、正月にスイカ、というのが理解できない。母は、母にしか分からない時間を、母だけの論理で、自由自在に飛び回っている。それなら、それでいい……と、私は一人、合点していた。

私の知らない人の名を口にすることもよくあった。

「チヨちゃんの顔のボロボロ、もう治ったか？」

「ナツさんはかわいそうな人だで、二千円やってちょー」

「サワダさんとスミエさんと、明日お参りに行かにゃならんもんで、回し（準備）をしとかないかん」

子や孫の名は間違えたり、出てこなかったりと朧《おぼろ》になることは珍しくなかったが、私の知らない人の名を口にするときの母には、一切の迷いはなかった。今を生きている人間の輪郭はぼやけていても、過去に出会った懐かしい人々の輪郭は、くっきりと鮮明なのだ。不如意なことばかりで、母にとっては不条理にすら思える今に繋がる人々の名を記憶し続けることは辛い。なぜなら、不如意で不条理な今を繰り返し認識しなければならないからだ。それに対して、過去の人々の名に繋がる母は、気丈でどんなことでも自分でやりとげてきた、納得のいく自分自身であり、そうした人々の名を思い出すことは、そんな納得のいく自分自身を蘇《よみがえ》らせることであり、さぞや快感であっただろう。私の知らない人の名を、淀みなくスラスラと口の端《は》に上《のぼ》せるときの母は、どこか誇らしげですらあった。現状の苦しさを紛らわせるために、母には過去に出会った懐かしい人々の名を口にする行為は不可欠であったに違いない。母が何を喋っているのかが分からず、それでも、母の内側に閉ざされた独り語りの相手を務めなければならない家族には、正直なところ、辛い時間なのだが、その分からなさ加減に耳を傾け、そこから立ち上がってくる母の今の心の有りようが、薄らぼんやりとではあるが、見えてくると、それなりに母と過ごす時間に意味があるように思えてくるのだった。

今を生きている人間には、トンチンカンにしか思えない言葉を垂れ流していた母に、突然ブレーキが掛かるときがあった。一瞬、目に僅かな光が宿り、口から漏れ出る言葉があった。嘆息と呼ぶべきかもしれない。

「すっかり馬鹿になってまったもんで、どうにもならん」

「なーんにも面白いことなんか、なくなってまった。なーんにもよー」

「こんなしょーもない体になってしまったら、留守番もできんがや」

不意討ちに動揺してしまい、母の口から漏れ出た嘆息を打ち消そうとする言葉が出掛かったりもしたのだが、その表情から滲み出ていた哀しみ、憂い、怒り、虚無感のないまぜになった感情に気圧《けお》されてしまい、言葉を言葉として母にかけることはできなかった。嘆息には嘆息で返すしかなかった。

母が病院で迎える三度目の誕生日、誕生日が来れば、七十九歳になる九月の初頭に病床を訪れた際、母は寝息を立てて午睡の最中だった。起こさぬよう、立て掛けてあった折り畳みの丸椅子をそっと持ち出し、枕許に座ると、まるでそれを待ち構えていたように、うっすらと目を醒ました。

「起こしちゃったか？」

と訊くと、それには答えず、母は独り言のようにこう呟いた。声は小さく、掠れていた。

「どうしたら、死ねる？」

その問いにはすぐには答えず、私は椅子に座ったまま、母の顔を覗き込み、うっすらと開いたその目をじっと見詰め返した。母の目は私の目と合っているようではあったが、何も見ていないようにも思えた。黙っている私に代わって、一緒に来ていた妻の実紗子が声をかけた。

「何言ってるの、お母さん⁉　そんなこと言ったら、お兄さんもお姉さんも悲しむでしょ？　陽子叔母さんだって、涼子叔母さんだって、悲しむよ！　仁美や綾乃が大きくなって、結婚して、子供ができたら、お母さん、面倒見るって張り切ってたでしょ？　曾孫《ひまご》の顔を見るまでは長生きをしたいって言ってたじゃない⁉　忘れちゃったの？」

妻は顔を母の顔に近付け、そう言って母を励ました。ちらっと母の目が動き、妻の顔を見たような気がした。唇が震え、何かを言いたそうだったのだが、声は出てこなかった。左目に目やにが溜まって、開け辛そうだった。ガーゼに水を含ませ、少しずつ目やにを拭き取った。そのとき、右目の端に小さく涙を浮かべているのに気が付いた。私は妻の言葉を引き取り、こう声をかけた。

「孫の仁美や綾乃は可愛いだろ？　曾孫はきっともっと可愛いぞ」

目に浮かべた涙の粒が、心持ち大きくなった。母の唇が再び震えた。それっきり、母は死を口にすることはなくなった。

午後二時を回り、母を車椅子に乗せることにした。リハビリ、というよりも、気分転換の意味合いのほうが大きい。母にとってなのか、自分にとってなのか……。母を車椅子に乗せるのは久し振りだった。これまでにも乗せようとしたのだが、お尻にできた褥瘡が痛む、とか、腰や背中が痛い、今日は腹が痛い、とか、あれこれ理屈をこねて、母は乗ることを渋った。ところが、珍しいことに、今日は何も言わなかった。妻に手伝ってもらい、車椅子に乗せるときにも、おとなしく従った。ベッドから起き上がらせ、車椅子に座らせようと、母の体を持ち上げたとき、以前より一段と軽くなったように感じられた。

一階のホールに行ってくる、と妻に言い残し、私は病室を出た。ホールにはテレビが置いてあり、それを取り巻くように、車椅子に乗った老人が三々五々集まっていた。介助者が付いている人もいれば、一人ぽつねんと所在なげに、テレビ画面に向き合っている人もいる。採光のために大きく切り取られたガラス窓から、風に枝を揺らしているカエデの木が見えた。葉はまだ青々として、風に散る気配はなかった。母に語りかけた。

「台風が近付いてるって。相当でかい奴らしいぞ」

母は聞いているのか、いないのか、全く無反応だった。テレビの音が耳障りで、その場所から離れ、窓際へ母を乗せた車椅子を押していった。聞いていようがいまいが、構わない。母に伝えたいことを伝えよう、と心に決めていた。私は母が口にした、「どうしたら、死ねる?」という言葉にこだわっていた。

「カエデの葉っぱも、よく見れば、いろいろだ。風をまともに食らって、くるくる回転して、今にも引きちぎられそうな葉っぱもある。かと思えば、風上《かざかみ》にある葉の陰に隠れて、吹きつける風をやりすごし、ほとんど動いていない要領のいい葉もある。でも、台風が直撃して、大風に吹かれたら、どうなってしまうか、分からない。猛烈な風の勢いに耐え兼ねて、吹き飛ばされてしまう葉は多いだろう。ひょっとしたら、突風で幹ごと根刮《ねこそ》ぎ倒されて、全滅してしまうかもしれない。運命だ、そうとしか言えない。だけど、根刮ぎやられない限り、大風で、まだまだ青々とした葉が全部散ってしまうことはないだろう。多くは、必死になって枝にしがみ付き、散らずに済む……。

お袋……お母さん、今、お母さんは、大風に耐え、枝にしがみ付いているカエデの葉っぱみたいなものだ。『どうしたら、死ねる?』と訊いてたが、その時が、来ればね、としか言えない。秋が深まり、紅葉し、冬が近付いて、色褪《あ》せていく。そして、木枯らしの一つでも吹けば、呆気《あっけ》なく枝を離れていく。自然の摂理、誰にも止められない。

でもさ……正直に言わせてもらうけど、お母さんの場合、枝を離れる時期を間違えてしまったのかもしれない。お母さんが間違えたわけじゃないけどね。ご免な、と詫びるべきかもしれない……。三年前、くも膜下出血で倒れたとき、手術を受けていなければ、恐らくはその直後に、お母さんという葉っぱは散っていただろう。それが自然だ、と思え、お母さんは手術を受けるのを嫌ってたもんな。新明病院で、事実上ほったらかしにされ、栄養不足で体力が落ち、誤嚥性肺炎を起こした。急きょ日赤病院に逆戻りし、胃瘻の手術をしたお陰で、体力を回復することができたわけだけど、もしも、あのまま新明病院にいたら、あるいは、日赤で胃瘻の手術を拒否していたら、もしかしたら、そのときに、お母さんという葉っぱは枝を離れていたかもしれない。どのタイミングが最も自然と呼ぶにふさわしいものだったのか、そもそも人間の生死の自然とは何なのか、三年という歳月が流れてしまった今、よく分からなくなっているんだけど。今こうして、桃井荘のホールで、車椅子に乗って風に吹かれているカエデの木を眺めていることが、本当にお母さんの望んでいた自然なのか、どうか……それさえも……正直言って分からなくなってる。望んだように自然通りには死ねなかったこともまた運命だ。ならば、その運命を全《まっと》うするしかない、と思い定めるより他に道はないのかもな。今となってはね、もう……」

車椅子の背にもたれ掛かった母は、顔をガラス窓のほうへ向けてはいたが、果たしてその光を失った目に、カエデの木は、葉は映っていただろうか？　私の言葉も母の耳に届いていたのかさえも、甚《はなは》だ心許《こころもと》なかった。そのとき、母が自分の体を支え切れずに、車椅子からずり落ちかけていることに気が付いた。信じがたいほどに軽くなった母の体を抱きかかえ、車椅子に座り直させた。乾燥した唇の端から涎《よだれ》が垂れていた。ポケットに忍ばせておいたガーゼで、力を入れぬように、そっと拭き取った。すると、弱々しげに母が一つ溜め息をついた。望みにままならなくなった自分の不甲斐《ふがい》なさに対する溜め息なのか、にわかには判断がつかなかった。そんな内向しがちな思いを断ち切るように、私はこう訊いた。

「疲れちゃったか?」

母の表情に、これといった変化はなかった。ただ、うう……、と短くうめき声を上げた。それが返事なのか?……私には、何もかもが分からない。ホールの壁に掛かっていた時計に目を遣ると、ホールに降りてきて三十分が経っていた。もう、なのか、まだ、なのか? そうした自問から逃れるように、

「病室に戻るかい?」

と再び訊くと、また、うう……、とうめき声が返ってきた。考えることにも、問うことにも、すっかり倦《う》んでしまっている自分に気付かされた。その場から移動しようとして、信じがたいほどに軽くなっているはずの母を乗せた車椅子が、やたらに重く感じられた。エレベーターまで車椅子を押していくことが億劫《おっくう》になるほどに、自分の体がひどく重だるく、ヨイショッ、ヨイショッ、となるべく声には出さぬよう気を遣いながらも、かけ声をかけなければ、車椅子を押してはいかれなくなっていた。束の間ではあったが、母の存在を忘れ、ふと、

台風は直撃するのだろうか？　と脈絡もなく考えた。そのとき、私は、心の奥底で、台風の襲来を待ち望んでいた。突風に幹がへし折られ、みるみるカエデの葉がすべて茶褐色に枯れていく不吉な光景が脳裏に浮かんだ。そんな妄想を生む心の奥底に意識が及んだとき、そこから思わず顔を背けたくなるような背徳の臭い、腐臭が漂ってくるのを、はっきりと嗅ぎ取った。

台風は逸《そ》れて、関東方面へと流れていった。だが、それを一つの契機としたかのように、誰の目にも母の衰弱は明らかになっていった。中でも目立ったのが、口の衰えだった。元来、母は歯のたちが良くなかった。歯周病が相当に進行しており、歯は隙間だらけだった。その残った僅かばかりの歯が、顔を合わせるたびに減っていく。本人もその空白が、残った歯のぐらつきが気になるのか、震える手で歯を触ろうとするしぐさを繰り返すようになった。食が細くなっていく。口当たりのいいヨーグルトもプリンも、ほんの少し口にするだけで、大半を残すようになった。必然的に胃瘻による栄養補給に頼らざるを得なくなっていった。歯が抜け、食事も口を使うことが少なくなったことで、比較的に意識がはっきりしている日に、言葉を交わせても、声が掠れ、小さくなっていった。

「えっ！　何？　何て言った？」

と、何度も訊き返さねばならぬほどに、声が口の中に籠り、聴き取りにくくなった。会話をするのも億劫《おっくう》になっているのか、ベッドの上で仰向けになったまま、宙に視線を彷徨わせていることが多くなった。

季節は巡り、ホールのガラス窓から見えたカエデの葉もあらかた落ちてしまった。茶褐色に変色した葉が葉先を縮こまらせた皺くちゃの姿になり、北風に煽られ、転がっていった。壁に掛かったカレンダーも残すところ一枚だけ。師走を迎えていた。

激しく咳込み、痰が絡んで、ゴロゴロと喉を鳴らすようになった。痰を吸引してもらうのだが、すぐにまたゴロゴロと喉が鳴り始める。熱も高い日が続くようになった。耳許に口を近付けて呼びかけても、返事はない。高熱で意識は朦朧としていた。母は肺炎を発症した。肺炎による苦しみを取り除くために、医療用麻薬を使用することになった。麻薬の投与によって、しばらくの間は母の表情に静けさが戻った。しかし、その効果が切れると、再び母は顔を歪め、激しく苦しみ出した。苦悶するその姿は、見るに忍びないほどであった。母は入所していた桃井荘から、桃井総合病院のＩＣＵへ移されることになった。

母の着替えを携えて、妻と一緒に付き添いに訪れた日のこと、忘れがたい場面に遭遇することになった。病室にやってきて、収納用の棚の中を整理していたところへ、若い医師と看護師二人が医療器具を持って母の許へやってきた。軽く会釈して、措置の邪魔にならぬよう、母の枕許のスペースを空けた。医師は管を手にしていた。結構な太さがある管だった。看護師が、寝ていた母の耳許で母の名を呼び、何事か言葉をかけながら、母が身動きしないよう体を抑えた。

「ちょっと苦しいけど、我慢して下さいねえー」

と、男にしては高めの声を出して、医師は手にしていた管を母の口に挿し入れ、白い布製のテープで貼り付け、管が抜けないよう固定しようとした。その様子をそばでずっと見守っていた私は、自分の体が硬直するのを覚えた。肺炎を発症し、重篤な状態にある今の母には必要な措置であることを、頭では理解していたのだが、体が拒否していたのだと思う。そして、管が挿入されるとき、その管が一本だけ残っていた下の前歯に当たり、実に呆気なく根こそぎポロリと抜け落ちたのを目撃したのだった。歯が病室の床に転がり落ちるのと同時に、私は思わず、うっ！　とうめき声を漏らしてしまった。うめき声を聞かれてしまったのではないか、と心配したのだが、杞憂《きゆう》に終わった。それどころか、その場には誰一人として、母の前歯が抜け落ちたことに気付いている気配はなかった。太い管を口に挿入される不快感に、母はしかめっ面を見せていたが、歯が抜け落ちてしまったことに頓着している様子はまるで窺えなかった。不可思議な感覚だった。私だけが、物事の本質から外れた瑣末な出来事に囚われ、衝撃を受けているような、私だけが、世の常識から逸脱した部外者であるような、奇妙な違和感に襲われたのだった。

　医師や看護師に気付かれないよう、充分注意を払いながら、私はしゃがみ込むと、床に転がっていた歯を拾った。その小ささ、軽さ、あまりの存在感の希薄さに、今の母の姿がだぶり、虚を突かれながらも、大人の目からすればガラクタにすぎない、子供にとっての宝物を扱うように、ガーゼに包《くる》んで、そっとポケットに入れた。そのとき、御《ぎょ》しきれない悲しみと痛みとが綯《な》い交ぜになって、私の心を占めていた思いはただ一つだった。

母が、損なわれていく——。

母は歯を失い、口で物を食べる力を失ったことで、完全に胃瘻に依存する体になった。そして、今、生命を維持するのに不可欠な一本の管を挿入することと引き換えに、残り少ない前歯の一本を失った。失うことで、つまり、自立した人間存在であったはずの母が、一つ一つ損なわれていくのに比例して、装着される生命維持のための医療器具が増えていく。母の生命は、機械の支配下に否応もなく組み込まれていく。病院で死ぬということは、そういうことなのだろう。どのような状態であれ、一分でも一秒でも生命を永らえさせてもらうことに、感謝の念を抱く人がいることは知っているし、そのことにあながち異論を唱えるつもりなどない。死は個別的なものであるべきだろうし、死生観は人さまざまだ。しかし、私の場合、損われていく母の姿を見続けることで、悲しみや痛みが弥増《いやま》しに強まっていった。お前は、そういうたちなのだ、と揶揄《やゆ》されれば、それまでだ。けれども、そうした死生観、感受性は間違っているのか？　と自問するならば、どうしても答えは、ノー、だった。ポケットの中で眠っているちっぽけな母の前歯に思いを致したとき、機械の支配下に置かれながらも、いよいよその時が近付いているのだ、と思わざるを得なかった。体の硬直が一段と強まっていった。

　その日――。

　緊急の連絡を受けて、学校を早退した私は、直接車で病院に向かった。すでに妻の実紗子は二人の娘を連れて、病院にいた。ＩＣＵの病室の入口には、一見すると脱衣場のような小部屋が設けられていた。入室するには、殺菌されたビニール製の衣類とキャップを身に着けなければならなかった。それから、台の上に置かれた消毒液を手にすり込む。母の体は、すでにありとあらゆる雑菌に対する抵抗力を失ってしまっているのかもしれない。無菌状態のＩＣＵの病室。壁一枚隔てられた向こう側の世界でしか、もはや母は生きられなくなっている――。ＩＣＵに入るのは三度目だった。しかし、慣れることはできない。こちら側の世界とあちら側の世界の中間、いわゆる中陰の世界に辛うじて留《とど》まっている母の存在を認識させられるのが辛かったからだ。

　室内に入ると、最も奥まった場所にあるベッドに母は寝かされていた。口許に酸素マスクが装着され、管で人工呼吸器に繋がれていた。機械の無機質な音に合わせて、横になった母の胸の辺りが上下に動いていた。自発呼吸する力を失った体に、強制的に酸素を供給されるのだ。苦しいに決まっている。家にいた頃、やたらと家族を怒鳴りつけていた、癇癪《かんしゃく》持ちの母の眉間に深い縦皺を寄せた険しい顔が、今、ベッドの上にあった。傍らに立って、母の容態を見守っていた担当医に、兄が近付いていく。まだ姉の峰子と一人娘の保奈美が到着していない。それと、叔母たちはすでにタクシーを拾い、こちらに向かっているはずだから、もうじき到着するはずだ、と告げた。担当医はうなずき、母の状況を確認した後、その場を離れていった。

シュー ッ、シュー ッ、という人工呼吸器の立てる音が耳にざらつき、神経を苛立《いらだ》たせた。しかも、その不愉快千万な機械が母の生命を繋ぎ留めているのだ、と認めることが厭わしかった。母の苦しげな、何かに怒っているような表情を見やりながら、心の中で呟いた。

「もう少しの辛抱だから、我慢しなよ。ここまで我慢してきたんだから、もう少し、もう少し……」

妻の実紗子が、長女の仁美に声をかけた。

「意識はなくても、耳は聞こえてるんだって。お婆ちゃんに話しかけてあげて。仁美が喋ってくれると、お婆ちゃん、喜ぶから」

仁美は妹の綾乃も誘って、母の枕許に近寄った。

「お婆ちゃん、聞こえる？　仁美だよ。綾乃もいるよ。頑張って。また家でおやつを作ってよ。お婆ちゃんのおやつ、大好きだよ」

そこに被せるように、綾乃も話しかけた。

「お婆ちゃんのおやつ、私も好きだよ。また作ってね。だから、頑張って」

それだけ言うのが精いっぱいだったのだろう、半べそをかいたような表情を浮かべて、その場を離れた。

　そのとき、ＩＣＵの入口辺りが騒がしくなった。叔母たちの声が響いてきた。どうやら入室するのに必要な衣類の着方が分からないらしく、何やら揉めているようだった。そこへ姉の声が混じってきた。姉も到着したようだ。室内に入ってきた姉と叔母二人の顔には、笑顔が弾けていた。しかし、人工呼吸器に繋がれた母の姿が目に飛び込んだ途端、その笑顔は一気に凍り付いた。やや遅れて入ってきた姉の娘、保奈美の表情は堅かった。場所を空けて、到着したばかりの四人が母に近付けるスペースを作った。ついさっきまで笑い声を上げていた叔母たちは、半泣きになっていた。母の耳許に口を寄せて、涙声で呼びかけた。

「律ちゃん、律ちゃん、頑張りゃーよ！　陽子だよ、分かる？　涼子も来とるで！　天国の満夫さんも、まだ早い、と言っとりゃーすよ。頑張らにゃいかん！　頑張らにゃ」

　陽子叔母と並んで、母の顔を覗き込んでいた涼子叔母は、ハンカチで口許を覆い、声を出すことができなかった。姉の峰子もティッシュで鼻を押さえ、涙に暮れるばかりだった。保奈美は、すっかり痩せ細った母の手を摩《さす》り続けていた。

　その様子をずっと見続けていた担当医が、静かな声で、兄に、

「これで全員お揃いですか？」

　と訊ねた。兄は、ええ、と小さく答えた。その返事は、確実に何かを察し、緊張していた。担当医は落ち着いた物腰で、家族、親族全員を呼び寄せ、ベッドの周りに集まるよう指示し

た。そして、こう言った。

「苦しいばかりでしょうから、もうマスクを外してあげましょうね」

マスクを外された途端、母の眉間に刻まれていた深い縦皺は消えた。安らかに眠っているような表情になった。母は解放されたのだ。家族、親族の目を避けるようにして、人工呼吸器の陰に立っていたベテランの看護師に、その担当医は、無言で、目で、合図を送った。その合図を受けて、看護師は人工呼吸器の操作パネルに手を触れた。人工呼吸器は、私の神経を苛立たせるばかりだったノイズを消し、その役割を終えた。静寂がその場を支配した。時は止まっていた。担当医は、安らかな表情を浮かべた母の目に、ペンライトで光を当ててから、母の様子を確認した後で、時計に目を遣った。そして、こう告げた。

「午後六時二十五分、ご臨終です」

揺らぎのない、厳粛な声音だった。ベッドの周りは、一斉に嗚咽と涙声で溢れ、母に覆い被さるようにして、最後のお別れを口にし、感謝の言葉を告げる声が続いた。

「お婆ちゃん、ありがとね、ありがとね」

「ご苦労様でした。苦しかったね。辛かったね」

「律ちゃん、満夫さんが待ってりゃーすで、仲良うせなアカンよ」

私もご多聞《たぶん》に漏れず、両頬を涙が伝っていくのが分かったのだが、かけるべき言葉が出てこなかった。母の死に涙を流す悲しみの感情と、相容れない別の感情がぶつかり合い、悲しみから生まれるべき言葉を口にすることを邪魔したのだった。別の感情――システム化された死に対する違和感、そして、死までもコントロールする現代医療の計算高さへの苛立ちであった。家族、親族の到着を待って、医師は酸素マスクを外し、人工呼吸器のスイッチを切らせた。そして、母は死んだ。家族、親族全員に、母の死に目に会わせようとした病院側の善意、配慮であり、それを可能にした現代医療の優秀さの現れではないか、との声も聞こえる。でも、何かが決定的にずれている。善意？　配慮？　優秀さ？　人が人として死にゆく自然を阻害することに、そうした美辞麗句を冠して良いものなのだろうか？　死に目に会えないのは、さぞや無念であろうし、人と場合によっては、生涯後悔することになるやもしれない。しかし、無念や後悔は、それはそれで喪の仕事として乗り越えるべき価値ある課題たり得ると思えるのだ。人工呼吸器を稼働させることで、無理矢理延命し、死に目に会わせるという、どこか底の浅さを感じさせる、あるいは、上げ底式の終末期医療が、あるべき喪の仕事に貢献しているとは言いがたい。私にはどうしても引っ掛かるのだ。死にゆく者に酸素マスクを付けさせれば、余計な苦しみをしいることになるのは、何度もそうした現場を体験した医療従事者なら、誰もが知っていることだろう。マスクを付けられ、ベッドに横たわっていた母の顔が怒っているように見えたのは、そこに由来するものであったに違いない。あのとき、担当医は言った。

「苦しいばかりでしょうから、もうマスクを外してあげましょうね」

と。その台詞を口にするタイミングを間違えている。もはや酸素マスクを付けさせる意味が、あくまでも母にとってなくなった時点で、母の体がそれを拒絶した時点で、外すべきではなかったのか？　だからこそ、一見、人の気持ちを慮《おもんぱか》ってかけた優しい言葉であるかのように装いながら、その実、言葉の底に流れているビジネスライクな冷酷さを、私は感じ取ってしまっていた。棘が刺さったような、神経に触る痛みが、いつまでも続いた。マスクを外した後、担当医と、人工呼吸器の前に陣取ったベテラン看護師との間で交わされたアイコンタクトにも、言い知れぬ不快感を禁じ得なかった。まだ声に出して、スイッチを切るように指示してくれたほうがましだったようにも思えた。プロセスのすべてが、善意と配慮と優秀さで飾り立てられ、隠蔽《いんぺい》された上で、いつの間にかベルトコンベアに乗っけられたように、マニュアル通りに母の死は進行させられてしまった。

（ちょっと待ってほしい。死は、マニュアルに従うものではなく、もっと自然なものでしょ？ならば、死にゆく者の刻む心と体のアナログな自然さを、もっともっと大事にしてもらえませんか⁉）

私は、ＩＣＵに足を踏み入れたとき、そう叫ぶべきだったのだろう。自然さとは対極にある流れに呑み込まれ、デクノボーのように、人為的な濁流に押し流されていく母の死をただ黙って見送るばかりだった。そんな自分に耐えがたい無力感と嫌悪感を覚えた。

この病院がどうなのか、私は知らないが、中には無意味に死を先延ばしにして、その間にかかった費用をベラボーな額で請求する悪徳病院が存在することを知っていた。そういうあくどい、金儲け主義の似非《えせ》医療行為を「御仏前治療」と呼ぶのだそうだ。医は仁術、という時代は終わった。医は算術。いかにして利益を上げるか？　すべては、費用対効果、という浅ましくも卑しい価値観で割り切られてしまう時代に突入してしまった。病院経営も例外ではあるまい。

病院で迎えることになった母の死を目前にして、私の心には次々と疑問が湧き、理想と現実との乖離《かいり》に苦しみ、それによって心は日ごとに硬直していった。母の死による素朴な悲しみの感情と相克しながら、時は流れていった。母は三年二カ月の闘病生活を経て、二〇〇四年十二月に死去した。享年七十九歳。だが、母の死は終わりではなく、私にとって終わりの始まりを意味していた……。

第二章　血染めの赤い球体

　いつからこの部屋にいたのか、記憶がなかった。古い鏡台がある。母と妻が兼用で使っていた。時折、娘たちもその前に座り、鏡と睨めっこしていた。私を挟んで、鏡台の反対側に、下の娘、綾乃のために買ったピアノが、黒光りしながら鎮座しているのが目に入った。この部屋の半分近くを、ピアノが占領していた。その向こう、隣室の台所との間仕切りになっているガラス戸は閉め切られていた。突然、そのガラスがビリビリ震えるような大音声、容赦なくがなり立てる声が聞こえてきた。

「ええ加減にしやーよ、このたわけが！　人を馬鹿にするのも、たいがいにしないかん！　アンタはいったい何様のつもりだ！」

　いつにもまして、母の声は激しくいきり立っていた。母から口汚なく罵声を浴びせられているのは、妻の実紗子だ。一方的に怒鳴りつけられているばかりでなく、母の何分の一かは言い返しているのだが、いかんせん、母の怒りの熱量と口汚さは尋常ではなかった。

　以前に、母の悪口雑言のひどさに辟易した妻は、母と別居するか、離婚するか、どっちかにしてほしい、と私に詰め寄ってきたことがあった。そのときの妻は思い詰めた表情をしていた。適当に聞き流して済むことではないな、と判断した私は、母に直談判した。妻に対する口の利き方が、あまりにひどすぎる。もう少し気を付けてほしい、と率直に頼んだ。だが、そのときの母の言い分はこうだった。

「口は悪いけどよー、腹はないんだから」

そんな言い草で、納得できるはずがない。

「腹なんか外からは見えないんだから、真っ黒でも構わない。その代わりに、口の利き方に神経を払え！」

声を荒らげて、そう命令調で伝えたのだが、無駄だった。それ以後も、いったん頭に血が昇ってしまうと、気が済むまで母の罵詈雑言が止むことはなかった。

ガラス戸越しに響いてくる、聞くに耐えない母の怒声を耳にしながら、私は頭の中で二人の自分に分裂していた。次第に激昂してくる自分と、そんな自分を冷静に観察している自分。そのことに何の不思議も感じなかった。激昂した自分が、次に取る行動について、もう一人の冷静な自分には分かっていた。鏡台のそばに積み重ねてあったガラス製の灰皿の一つを鷲《わし》摑《づか》みにしていた。

（やめとけ！）

冷静な私の放った制止の声が、頭の中で反響したのと同時だった。鷲摑みにしていた灰皿を、力任せにガラス戸に投げ付けた。ガラスの割れる音、灰皿の床を転がる音がして、ガラスが砕け散り、ガラス戸に空いた穴に向かって、私は怒鳴りつけた。

「やかましい！　そんな口の利き方しかできんのなら、一緒に暮らせんわ！」

私は鏡台の前を離れ、台所の扉の前に立つ。乱暴に扉を開け、台所の中へ足を踏み入れると、母が顔を真っ赤にし、口をへの字に曲げて、幼児《おさなご》のような口振りで、こう言うのだ。

「そんな言い方せんでもいいがね。ワシには、味方が誰もおらん。ワシはどうしやーえーの⁉」

母に背を向けるように、ブツブツ文句を呟きながら、妻が腰を折り曲げて、割れたガラスの破片を拾い集めている……。

そういう展開になることを、もう一人の冷静な私は知っていた。事実、そのときの私は台所の扉のノブに手を掛けていた。私はすっかり激昂してしまっていた。もう一言、母に文句を言ってやらねば、気が済まない。そんな気分だった。勢い良くドアノブを引いた。

ところが、そこは台所ではなかった⁉

網戸にしてあった玄関。その網戸に爪を立て、顔面蒼白の母が玄関に倒れ掛かっていた。吐瀉物《としゃぶつ》で口許を汚した母が、割れるような頭の激痛に耐えながら、最後の力を振り絞って、大声で呼んだ。

「実紗ちゃーん！　実紗ちゃーん！」

呆然としながらも、私には分かっていた。ここに実紗子はいない。いるのは、私だけだ。

とっさに、私は母に近寄ろうとした。そのとき、耳許で冷静な私が囁いた。

「ちょっと待った。母を抱き起こして、訊くのか？　訊けば、お前も知ってる、あのときと同じ答えが返ってくるだけだぞ。行くなら、日赤病院がいい。仏壇の引き出しに十万円入れてある。それを使え。保険証は……。な？　母の希望通りに事を運んでも、結局は芳しい回復を見せないまま、一度も家に帰れずに、三年二カ月後に母は病院で死ぬことになるだけだ。酸素マスクを外され、人工呼吸器のスイッチをバチン！　はい、ご臨終です――そんなのが、母の望んでいた最後の時間の過ごし方なのか？　そうは思えないんだがなあ……」

冷静な私の囁きは、冷静さを超えて、冷酷さを覚える声音だった。

「じゃあ、どうすればいい⁉」

と自問自答した途端、冷静な声が頭の中に響いた。

「このまま、指一本触れず、見守っていれば、いい。時間がすべてを解決してくれる。そうすることが、母の望んでいた最後の時を実現してくれることになる。そうだろ？　分かってるはずじゃないか」

との声を遮るように、私は怒気を孕《はら》んだ声で言い返した。

「そんなこと、できるはずないじゃないか⁉　激痛にうめいている母を見殺しにするなんて、血も涙もない人非人の所業だ！」

しかし、冷静な声は、半ば嘲るような口調でこう言った。

「お前がここにいると思うから、動かざるを得ないと考えてしまうんだ。本来なら、今、お前は職場である学校にいる時間だ。ここにはいられないんだよ。つまり、お前は、ここにはいない。そして、実紗子もいない。母の周りには、だーれもいない状況なんだよ。それならば、助けようたって、どだいが無理な話なんだ。それが母の、運命、だったんだ」

私は何も言い返せなかった。相反する考えがぶつかり合い、どうにも折り合いを付けられずに、思考停止の状態に陥ってしまった。その刹那《せつな》だった。耳を圧するような断末魔が響き渡り、直後に、想像もしていなかった叫びが、母の口から発せられた。

「秀雄ー!! 秀雄ー!!」

弾けるように、私は母の許へ駆け出そうとした。その途端、周囲は漆黒の闇に包まれた。そして、足許の底が抜け、私の体は奈落の底へと落下していった。

奈落の底——そこは、畳の上だった。ボストンバッグを枕に、畳の上に横たわっていた。腰が痛かった。落下してぶつけたわけではなく、畳の上に直に横になっていたために生じた痛みであることは、すぐに分かった。体には毛布が一枚掛けられていた。肩肘《ひじ》を付き、上体を起こしても、しばらくはぼんやりとしたままだった。意識はここにはなく、自宅の玄関で倒れていた母の許に置き去りにされていた。私の名を呼ぶ、悲鳴にも似た母の声が、まだ耳の奥に残っていた。妙な生々《なまなま》しさで、胸苦しさが今も続いていた。

「起きた？　うなされてたけど、大丈夫？……今は、叔母さんたちが蠟燭《ろうそく》の番をしてくれてる。そろそろ交代してあげよう」

　頭の後ろで、妻の声がした。やっと事態が呑み込めた。通夜の晩、葬儀会館内にある鰻《うなぎ》の寝床のような一室があてがわれていた。家族、親族交代で、祭壇に点された蠟燭や線香の火を絶やさぬよう、寝ずの番をすることになっていた。部屋の壁一枚隔てた向こう側で、今、すべての苦痛や柵《しがらみ》から解き放たれた母が、白木の棺《ひつぎ》の中で眠っていた。

　叔母さんたちは、その棺の前に椅子を並べて座っていた。斎場に並べられた椅子に、今は誰も座っていなくて、ガラーンとした空間に背中を丸めて、ボソボソと喋っている叔母たちの姿が、いつも以上に小さなものに見えた。私と妻が姿を見せると、二人は座ったまま、

「お大儀《たいぎ》様です。今、蠟燭を替えたばっかりだでね」

　と言い、それぞれに頭を下げた。

「交替しますから、部屋で休んで下さい」

　と妻が言うと、二人揃ってもう一度頭を下げた。よっこらしょっ、というかけ声とともに、先に立ち上がった陽子叔母が、

「それじゃあ、もう一遍、律ちゃんの顔を拝ましてもらおうかねえ」

　と呟き、涼子叔母を伴って、棺の小窓を開けた。薄化粧を施された母の顔が見えた。入院中に前歯の大半を失い、すぼんだようになってしまった口許を修復するために、綿の詰め物

でもされているのか、生前よりも遥かに口許はすっきりとしていた。

「うちの姉妹じゃあ、律ちゃんが一番の別嬪《べっぴん》さんだったでねえ。ホントに綺麗なお顔をしとる」

と、陽子叔母は涙ぐみながら、身を乗り出して、まじまじと見入っていた。傍らで同じように母の顔を覗き込みながら、涼子叔母は、陽子叔母の言葉にうなずきながら、それとは別に何かを考え込んでいるような雰囲気を漂わせていた。

母の死は、涼子叔母の何かを変えた？……そこまではっきりと言葉で感じ取っていたわけではなかったが、何かしら不穏なものを、あくまでも直感ではあったのだが、私は感じ始めていた。まさか、後になって、それがより具体的な形となって、私を苦境に立たせることになろうとは⁉……このときは、想像もつかなかったが……。

棺の小窓を閉め、控えの部屋へと向かう叔母二人の後ろ姿を見送っていると、やはり血が繋がっている者同士、さらに老いが加わったことによって、どちらがどちらなのか、後ろ姿だけではにわかに判断しかねるほどに、そっくりなシルエットが浮かび上がって見えた。本来ならば、あの横に母は立っているはずだった。三人で一組。しかし、今はもういない。それによって生まれる欠落感が、生命の儚《はかな》さと歳月の流れの残酷さ、無常を物語っているようであった。一人の人間の死が、それだけに留《とど》まらない悲しみを感じさせた。

叔母たちが座っていた椅子に妻と座った。ふと、妻がかつて口にしたことのある言葉が蘇ってきた。

「あのとき、私がいなければ、お母さんは家で死んでいた。そのほうがお母さんにとっては幸せだったかもしれない」

その言葉には、自らを責めているニュアンスが籠っていて、それを聴かされたときに、私は妻の言い分を言下に否定した。でも、口に出すことは決してなかったが、妻の後悔、自責に賛同する自分がいたことは否めなかった。しかし、ついさっきまで見ていた夢の中で、母に自分の名を呼ばれたときに、有無を言わさぬほどに強烈に感じた思いが、それまでの考え方に変化をもたらしていた。隣りに座った妻に、夢のことを話した。妻は神妙な顔をして聴いていた。

「秀雄ー!!　って呼ばれたとき、心の分裂は消えちゃってた。一刻も早く病院へ運ばなければ！　その一心だった。後のことをあれこれ思い倦《あぐ》ねているような心の余裕なんかなかった。きっと実紗子もそうだったんだろうなあって初めて分かったよ。後のことは、後のこと。そんな風《ふう》にして、事は流れていくもんだ、と思い知らされた気がする……」

「その後のこと……事は流れていった？」

と妻は訊いてきた。苦い思いが、また胸の中に広がっていった。

「流れていった気がする。ただし、流れに乗れた気はしない。流れに乗れず、沈んでいく小石のような自分を持て余してきた。今だって持て余している。お袋は死んで、もう終わってしまったことなのに、自分の中では少しも片付いてない。そんな三年余りの日々だったと思う。お袋には悪いが、ひどく疲れた。疲れが層を成してる。病院で付き添っていても、まともにコミュニケーションのとれない時間が長かったから、余計にそう感じたんだ、と思うんだけどね。くも膜下出血で脳にダメージを受けたんだから、仕方がないんだけど……。実紗子は、お袋が倒れたせいで、仕事も辞めて、俺なんかよりも長い時間お袋に付き添ってくれたから、疲れ具合は俺の比ではないと思うけど、どう？」

妻はちょっと考え込む素振りを見せ、こう答えた。

「疲れてない、と言えば、嘘になるけど……。お母さんのそばにいて、付いていてあげられるのは、条件的にも自分しかいない、と思ったから、そうしたまでで、そんなに深くは考えなかった。病気になる前は、辛いこともたくさんあったけど、娘たちの世話はしっかり見ていてくれたし、感謝してる。恩返し、というのは変かもしれないけど、こういうときだからこそ、自分がお世話しなきゃ、という気持ちでやってただけだった。それに、以前のように怒り出すこともなくて、入院しているときのお母さんは、何をしても、アリガトウ、アリガトウ、って別人のようで、まるで仏様みたいになっちゃったし、そばにいて辛いことはなかったね」

流れに乗り切れず、沈んでいくことの多かった自分と、これが現実なんだ、と割り切って、流れに乗っていこうと努めた人間との大きな違いに気付かされた。それっきり、少しの間、沈黙が続いた。

　館内の空調によって空気の流れに変化が起きたのか、急に線香の匂いが強くなった。祭壇の前に目を遣ると、線香が残り僅かになっていた。新たに線香に火をつけ、灰の盛られた線香立てに挿した。すると、そばに置かれていた蠟燭が、ジジッ、ジジッ、と音を立て始めた。それから、風が吹いてきたわけでもないのに、蠟燭の火が急に大きく膨んだかと思ったら、今度は反対に小さく萎んで、今にも消えてしまいそうになった。そんな現象が何度も繰り返された。妻も気付いたらしく、不思議そうにその様子をじっと見詰めていた。常日頃ならば、それほど気にも留《と》めない現象なのだろうが、こういう場では、日常の感覚とは異なっていた。呼吸でもしているかのように、大きくなったり、小さくなったりを繰り返す蠟燭の火を見詰めながら、

「お袋かな？」

　と私が訊くと、

「そうかも……」

　と、日頃は私と違ってリアリストの妻には珍しく、相槌を打ってきた。

「あのお袋のことだ。病気から解放されて、昔の気性に戻ってるのかもしれん。『ワシの悪口言うとるんだろ⁉』と憎まれ口を叩いているんだ、きっと」

「でも、蠟燭ならば可愛いものよ。棺から飛び出してきて、またあの調子でわめかれたらた

まらないけど」

と言うと、妻は体をひねって棺のほうを向いた。幸か不幸か、そんな気配はなく、棺は静まり返っていた。

「病院にいた頃からすでに仏様みたいになってたんだ。今は正真正銘の仏様なんだから、俺たちが好き放題言ったところで、慈悲の心ですべてを受け止めてくれるさ」

と冗談めかして言うと、妻は黙したまますうなずいた。火の大きさを変化させながら、時折ジジッ、ジジッ、と音を立てる蠟燭が、なぜか懐かしいものに思えてきて、その火が消え去る直前まで、私と妻はその蠟燭の火をあかず眺め続けた。


通夜、葬儀を無事に終え、その年の暮れに二七日忌《ふたなぬか》を営んだ翌年、二〇〇五年は、ほぼ二カ月に一度というペースで法事が行われていった。ひとえに長男である兄の責任感の強さと律儀さが為《な》せる業《わざ》であったのだが……。その思いは重々承知していたために、異議を唱える気などさらさら起きなかった。しかし、たび重なる法事への参加が、思いの外、精神的、肉体的疲労を溜め込ませる結果となった。もちろん、それだけが原因ではない。時代の変化に対応できず、また、対応することを良しとしない偏屈さ故に、頓《とみ》に強まってきた仕事上のストレスとの相乗効果で、そうなってしまったのだが、法事に顔を出すたびに、心身の不調を明らかに自覚するようになっていった。

新たな年の始まり、一月は五七日忌《いつなぬか》（三十五日法要）、三月は百ヶ日忌、五月は永代経供養、そして、八月には初盆を迎え、十一月に一周忌の法事というのが一年間の流れであった。父が眠る墓に母のお骨は埋葬されたのだが、その墓がある寺で、住職による読経と法話、それから場所を変えて、近くの和風料亭の座敷を借り、会食するという判で押したような法事の中身であった。

寺の住職が好んで読経したのは、親鸞の『教行信証《きょうぎょうしんしょう》』にある「正信偈《しょうしんげ》」と蓮如の「白骨の御文」だった。本堂に集まった人たちの手許には一律に文庫本サイズの経典が配布され、住職の読経に合わせて唱和していく。ただ唱和するだけではつまらなく思えて、一通りはそこに書かれている教えの意味を、独学ではあるが学んでみた。ところが、唱和しながらその意味を追おうとすると、どうしても上手くいかない。かといって、お経の音だけを追っていく、つまり、BGMだと割り切り、声に出してみるということに専念しようとしても、解放感とか充実感とかいったものは感じられなかった。心が固まってしまって、右脳も左脳も機能不全に陥っていた。

読経や焼香の際に、邪魔だなあ、と感じたのは作法についてだった。それを身に付けることが、純粋に面白い、と思えたならば、苦にもならなかったのだろうが、そうもいかなかった。どこで、どのタイミングで誰に、何に一礼し、そして、手にした数珠《じゅず》はどのように持てば良いのか？　数珠の房はどの位置に保つべきなのか？　焼香の仕方はどうすれば良いのか？

指先で摘んだ香を額まで押し戴くのか、それとも、押し戴かずに摘んだ香をそのまま香炉にくべるのか？　焼香の回数は一回？　二回？　三回？　祭壇に線香をあげるときは、何本立てるのか？　立てずに、折って香炉に寝かせるのか？　等々……細かな事柄を取り上げていったらきりがない。現実的には、前の人たちの所作をよく観察し、それを模倣するのが、最も無難なやり方なのだろうが、その正しい作法に則り、上手く切り抜けられたとして、それが何だというのか、という新たな疑問が湧いてくる。作法通りに間違いなく一つ一つの所作を行うことだけに集中してしまい、それ以外のことが上《うわ》の空になる。それ以外のことが重要であるにもかかわらず……。すべては慣れであり、慣れてしまえば、それが当たり前となり、何も考えなくても作法通りできるようになる。そうなれば、亡き母のことを忍ぼうが、極楽往生を願おうが、「それ以外のこと」を同時に自由自在にできるようになる、と言われる。だが、ようやく慣れたかな、と思えた頃には、すでに一周忌も終わっていた。瑣事に追い立てられ、連続する法要を、その意味もよく分からぬままに恙《つつが》なくやりとげることばかりに気を取られ、時間だけが虚しく流れていく。それがいいんだ、という考え方のあることも知っている。死者のことばかりに囚われ、四六時中悲嘆に暮れていたら、遺族の神経が参ってしまう。だから、死別の悲しみから目を逸らさせるために、あえて法事にまつわる事柄は、考えても分からぬ煩雑なことの連続にしてあるのだ。大切なのは、時間薬。時間の経過だけが、死別の悲しみを癒してくれる……。

でも、本当だろうか？　私の場合、瑣事に煩わされず、母の死を、とりわけ死に至る過程をひたすら見詰め続けていたほうが、かえって精神衛生上良かったかもしれない、と思っている。瑣事にかまけていられるような性分なら、時間薬としての効能があったかもしれない。瑣事は私の神経にとってノイジーな時間でしかなかった。心が乱されるばかりであった。実際には言えるはずもないのだが、喧しい！　と一喝したくなるような時がしばしばだった。読経に集中できず、法話も世間話の延長のような、残念ながら、特に記憶に残るような目新しい中身もなかったような気がする。

そして、寺での法要が終わってからの会食。これが私には次第に苦痛な時間になっていった。食という本来ならば楽しみであるはずの必要不可欠な営みを通して、逆に、自分の心が思うように動かない、無気力、無感動、無関心状態に陥っていることに気付かずにはいられなかった。毎度変わりばえのしない会席料理のメニューに文句を言っているのではない。心が動かなくなるのに合わせて、皆で食事をすることの喜びは言うに及ばず、食欲自体が根刮《ねこそ》ぎ奪われていった。料理を口に運んでも、味がしない。正確に言うならば、一応味はするのだが、旨味《うまみ》を感じなかった。しまいには、ほとんど箸をつけられなくなっていった。

また、口数も次第に減っていった。声をかけられても、すぐに返事ができない。それ以前に、人と会話しようとする気力が湧いてこない。会食の時間は、まさしく苦役でしかなかった。心と体の変調は、傍目《はため》からも歴然としていたことだろう。年齢も五十を目前にして、男の更年期？　ぐらいに当初は思っていた。仕事面でも、上手く歯車が嚙み合わず、自分の流儀が通用しなくなり、周囲とギクシャクする場面が増えていった。学校においても時代の転換期、それに適応できなかったことも大きかったのだろう。公私両面にわたって、本音のところで納得がいかず、かといって、正面切って不満を口にすることもできず、悶々とする日々が続いていた。心が流れていかなくなった。流れが止まれば、腐敗が始まる。淀んだ心の表面に、底に溜まった澱《おり》からガスが発生し、小さな泡となって浮かんでは消えた。心から腐臭が漂い始めていた。

＊　　＊

鮮血に塗《まみ》れた赤い巨大な球体が、ぶるぶると震えている。

球体内部に溜まりに溜まった、おびただしい量の血液と体液とが練り込まれ、挽《ひ》き肉状になった内蔵物の重さに耐え兼ねて、その真っ赤な球体は縦方向に潰れていた。僅かな刺激でもあれば、一瞬にして表皮は引き裂かれ、物凄い勢いでドロドロの内蔵物は、辺り一面に飛散する。馬鹿でっかいアルミのボールに盛られた血塗れの家畜の内臓、厭な臭いを放つ腐りかけのホルモンに覆い尽くされた情景は、さぞやおぞましいものだろう。縦にひしげた紅蓮《ぐれん》の球体は、地平線上に林立するビル群の黒々としたシルエットに、その下端を触れさせるところまで沈んできていた。高架になっている自動車専用道路で渋滞に巻き込まれ、ノロノロとしか動かない車のフロントガラスの中心で、球体は小刻みに震えていた。

陽のあるうちに帰れるのは久し振りのことだった。喜び勇んで、帰路に就いたのも束の間、インターチェンジから入ったすぐの場所から始まるトンネルを抜けた途端、道路は渋滞による長蛇の列を作っていた。こんなことなら、もうしばらく職員室にいて、一学期の期末テストでも作成していたほうが良かったな、と後悔したのだが、後の祭りだった。

それにしても、禍々《まがまが》しささえ覚える、こんな夕陽を見たのは何年振りのことだろう？　完熟して、今にも破裂するか、蕩《とろ》け出すかしそうな夕陽に照らされて、道路もそこに長い列を成す車も周辺の建物も、洗いざらいすべてが赤く染まっていた。ハンドルを握っている私自身もまた例外ではない。全身に浴びた鮮血が、徐々に体の内部に浸潤してくるような気味の悪い感覚に襲われ、身震いがした。

通勤で毎日使っているこの自動車専用道路は、高速道路でもないのに、どの車も常時百キロ前後のスピードを出して突っ走っている。しかも、直線道路ではない。右へ左へカーブを描き、見通しの悪いことこの上ない。事故が起きないほうが不思議なくらいだ。恐らくは、この渋滞も事故によるものだろう。スピードの出しすぎによる接触事故か、追突事故か？　問答無用で夕陽の赤に蹂躙《じゅうりん》された我が身が、その凄惨な事故の被害者にでもなったような気がした。

前方にパトカーが見えた。交通機動隊の警官が立ち、追い越し車線に寄れ、と指示している。レーンを区切る白線に沿って、何本もの発煙筒が並べられている。立ち昇る白煙と赤白色に輝く火が、事故現場の緊張感を醸し出していた。さらに行くと、目を背けたくなるような光景が視界に飛び込んできた。濃いグレーの大型トラックの荷台の下に、乗用車の車体の半分以上が潜り込んでいた⁉　運転席と助手席は完全に荷台の下で、消えてなくなっていた。後部座席にまで破壊は及んでいた。どれほどのスピードで突っ込めば、ここまで激しい破壊が起きるのだろう⁉　乗用車に乗っていた人の姿はない。果たして人間の形を留めていたのか？　完全に消えてしまった運転席と同様の惨状を呈していたことは想像にかたくない。

トラックの前に停められたパトカーの中に人影が見えた。警官が二人、そして、恐らくはトラックの運転手だろう、Tシャツ姿で頭にタオルを巻いた男が一人。男のよく動く口が見えた。事情聴取の真っ最中なのだろう。その場にいた誰もが地獄を見ている。地獄はこの世にしかない。生き地獄こそが、唯一の地獄だ。剝き出しになった生き地獄の現場を通り過ぎた途端、前方が開け、急に車の流れが速くなった。今、ハンドルを握っている人たちは、皆、心に地獄を宿している。僅かな時間のズレが、地獄の当事者になるか、傍観者になるか、を決定する。運命とは、ただそれだけなのだ。たまたまその時間、その場所に居合わせた者が、地獄の苦しみを味わう。運命に、なぜ？　なぜ、私が？　という問いは成り立たない。人はそのような不条理な運命に翻弄され、ほんの僅かな先にある未来を予見できずに、今、この一瞬だけを生きている。生きているという現実に、多くの場合、疑問を抱くこともなく……。

私もまた未来を目隠しされた不条理の渦中を生きていた。それから一時間ばかり後に、地獄を見ることになるかもしれない時を過ごすはめになる。もちろん、ハンドルを握っている今は、あくまでも他人事でしかない地獄の余韻に浸りながら、また違った地獄が我が身に降り掛かるかもしれぬ、などとは想像だにしていなかった。

爛れた血の塊、縦にひしげたいびつな球体が、書き割りのようなビル群のシルエットの陰に、半分ほど姿を隠していた。肥大しすぎた巨軀《きょく》を持て余し、天空に留まり続けることに疲弊してきたのだろうか、全身を露《あらわ》にしていた頃よりも、いっそう震えが病的に大きくなっているような気がした。


夕食を済ませ、そのままリビングのテーブルに頬杖を突き、観るともなくテレビのニュースを眺めていた。七月に入ったばかりだというのに、連日三十度超えの暑い日が続いていた。例年以上に早い梅雨明け宣言が、気象庁より発表されるかもしれない、とニュースキャスターが語っていた。高気圧が居座っていて、しばらくは雨が降る可能性は低く、このまま夏本番に突入となる公算が高い、とも言っている。我が家の台所にはエアコンがなく、旧式の扇風機が一台、けだるそうに首を振っているだけだった。熱せられた空気を掻き回したところで、涼しくなんかなるはずもない。娘たちも、暑いからエアコンのあるリビングで食事をしたい、と言い、先月の終わり頃からリビングで食事をするようになっていた。

気になることがあった。作った料理を台所からリビングへ運ぶ際、妻に元気がない。何か考え込んでいるようでもあった。母の死後、久し振りに看護師の仕事を再開するようになり、また、母の三回忌と父の二十三回忌を兼ねた法事を無事に済ませたという安堵感もあるのか、疲れが出ているのかもしれない。食事中も娘の言葉に対して、どこか上《うわ》の空の返事しかしていなかった。そんな沈んだ様子は今も変わらない。食後、娘たちはそれぞれ用事があるらしく、自室へ引っ込んでしまった。妻と二人きりになった機会を見計らい、訊き出そうとしたのだが、何だか訊き辛い。苦し紛れに、帰り道で久し振りに見た真っ赤に熟れ切った巨大な夕陽のこと、そして、偶然遭遇した凄まじい事故のことを話題に出した。話題に出したものの、今日の妻の雰囲気からして、そんな話題に色良い反応が返ってくるとは思っていなかった。ところが、私が、

「あんなひどい事故だ。運転手や、もし同乗者がいたら、その人も即死だったと思う」

と言うと、虚ろだった妻の目に、一瞬、光が宿った。初めて正気に返った、という風情だ。何か言おうとして、妻の唇が動いた。でも、すぐには言葉にならなかった。妻が見せた逡《しゅん》巡《じゅん》に、思わず知らず私も身構えてしまった。言葉を探すようにして、ポツリポツリと妻が喋り出した。

「病院に復帰する前から、毎年欠かさず定期検診を受けていたんだけど、今度病院での定期検診を受けたら、子宮筋腫が大きくなってる、って言われたのよ。自覚症状はあったんだ。貧血が進んでいたんだと思うんだけど、ときどき立ちくらみすることがあった。それと、頻

尿。最近おしっこが近くなってた。子宮筋腫の肥大で、膀胱《ぼうこう》が圧迫を受けたせいでそうなるって言われてる。心配になったから、超音波検査を受けてみたんだけど……子宮癌のおそれもある……そう言われたのよ」

　猛スピードでトラックに突っ込み、車体もろとも吹き飛ばされて死んだ人間の死——子宮癌のおそれあり、という診断は、妻にとってまさに青天の霹靂《へきれき》であり、一瞬にして肉塊と化して死んだ人間の運命との共通点を、妻は直感的に感じ取ったのだろう。あるいは、肉塊と化して死んだ人間のイメージに、己の体内で増殖しているのかもしれない癌細胞という肉塊をダブらせているのかも……死に直結する肉塊のおぞましさ、不気味さに、妻は動揺している。その事実を告げられた私が、今、同調してしまったら、妻が抱えている不安、恐怖はさらに増幅しかねない。ともかく冷静になろう。そう思った。ただし、そう思おうとしていること自体、誰よりも動揺してるのは、私であることの証《あかし》なのだが。死の影は正面からは差してこない。死角を突いて、ふいに差してくる……。

　今日、目《ま》の当たりにした、ぶるぶる震えながら沈んでいく、今にも崩れ落ちそうな真っ赤に熟れた夕陽は、妻の体内で不気味に蠢き出している肉塊の予兆だったのだろうか？　そんな不吉な予兆に呑み込まれてたまるか、と私は妻の直面している事実について、より詳しく訊くことにした。相手は何といってもベテラン看護師だ、私のどんな初歩的で幼稚な質問に対しても、的確に答えてくれるだろう。

「婦人病はよく知らないから教えてほしいんだけど、そもそも子宮筋腫と子宮癌は、どう違うんだ？　筋腫って言うぐらいだから、子宮に腫瘍ができてるわけだ。それのたちが悪くなったものが、子宮癌と考えればいいのか？」

喋りながら、この手の病気について、自分は何も知らないんだ、ということに改めて気付かされた。

「質が悪くなった、というのはどうかと思うけど、子宮筋腫と子宮癌とでは、でき方が違う。子宮筋腫のほうは、子宮筋にできる良性の腫瘍で、エストロゲンというホルモンの作用が原因だって考えられてる。子宮癌、その中でも多いのが子宮頸《けい》癌で、全体の八割を占めてるんだけど、こっちの原因はホルモンじゃなくて、ヒトパピローマというウイルスの感染が原因だと考えられてる。子宮筋腫は筋腫が大きくなることで出血が起きて、貧血、動悸、眩暈《めまい》、息切れ、後は……そうそう、周辺の臓器を圧迫することで、下腹部痛、便秘、頻尿という症状が出ることが多い。さっきも言ったけど、私も貧血や眩暈、頻尿という症状が出てる。ま、今年四十五歳になる私には、もう関係ないけど、子宮や卵管を圧迫して、不妊症になっちゃうことも珍しくない。でも、子宮にできた腫瘍は良性で、他の臓器に転移していくことはなくて、そこが子宮癌とは決定的に違うところ。子宮癌になると、悪性の癌なんだから、子宮から膣《ちつ》や骨盤へ広がっていったり、さらにはリンパ節から全身へ転移していってしまう。この他の臓器へ浸潤していくのが、最も恐ろしいと言えるんだけどね」

正確な情報を伝えようと淡々と語りながら、相変わらず妻の表情は固かった。病気の現状はおおよそ理解できた。問題はその先だ。

「子宮筋腫だったとして、薬で治せるものなのか？」

と訊くと、妻は表情をさらに固くした。

「難しいと思う。根治させるのは無理」

と迷うことなく言い切った。例えば、筋腫が小豆大の大きさならば、手術をしない場合もあるが、妻の現状はすでにそのレベルではなかった。子宮筋腫なのか、それとも子宮癌なのか、まだ決定的な診断は下されていない。さらに精密検査をした上で、筋腫の大きさから考えて、すぐにでも手術を受ける覚悟をして、病巣を切除したほうがいい、というのが担当した医師の判断だった。

事は、いつの間にか、私を置いてきぼりにして、どんどん先へ進んでしまっていた。事の進行についていくのがやっとで、自分なりの考えをまとめるなどといった時間的余裕はなかった。

「それで……実紗子は、手術するつもりなんだよね？」

そう訊きながら、なぜか、私のほうが腰が引けてしまっていた。私が手術を受けるわけでもないのに……。妻の考え方は分かっていた。どのような病気であれ、治療法がある以上は試してみたい。最後まで諦めたくない。それが妻の考え方だった。それに対して、私の考え方は違っていた。根治できるのならば、話は別だが、例えば悪性の癌のように、手術だけではなく、抗癌剤治療や放射線治療を受けてもなお、いつ何時《なんどき》再発、転移するやもしれぬリスクを一生負うことになる厄介な難病である場合、ほどほどのところで治療には見切りをつけたい。治療に固執すれば、余計な苦痛を背負うだけになるような気がするからだ。ただ耐えることだけをしいられる苦しみや痛みはご免だから、ペインコントロール（疼痛緩和）だけはやってもらいたい。後は生命の灯が消えるまでの時間を、自然の成り行きに任せて、自分らしい時を過ごしたい、という望みを持っていた。だから、いざ、手術するか、しないか、どうする⁉　と決断を迫られると、私の場合、どうしても腰が引けてしまうのだった。

「するつもりでいるんだけど……ただ気になるのは、お腹を開けてみないことには、子宮筋腫なのか、子宮癌なのか、はっきりしないということなのよ。そのこととも関係してくるんだけど、手術の仕方には、膣式《ちつしき》と腹式とがあって、腹式というのは、文字通りお腹をガバッと切り開いて、病巣を確実に取り除くというもの。その分、体に負担は掛かるけどね。それと、子宮を残すかどうか、という選択も必要になってくるんだけど、大きな娘が二人いて、この年齢なんだから、この先妊娠、出産なんて考えられない。だから、子宮の全摘を選ぼうと思ってる。将来、妊娠を考えてる人の場合は、子宮を温存して、筋腫核といって、筋腫の芽に当たるものだけを摘出する方法もあるんだけど、それだと取り切れないというリスクがあるんだよね。後は、子宮と一緒に卵巣を摘出するかどうか。特に異常が認められなければ、卵巣は残しておいてもらおうかな、と思ってる。もしも、子宮癌であることが分かったら、腹式による子宮全摘、転移のリスクも考えて、リンパ節の摘出も行う手術しか選択肢はなくなっちゃう。ともかく癌なんだから、手術だけでは済まなくて、放射線療法、化学療法、免疫療法、温熱療法、とありとあらゆる癌退治のための治療が総動員されることだけは覚悟しなきゃならない。その分、体へのダメージは深刻で、ガタガタになっちゃうんだろうけどね」

と言って、薄く笑った。

ともかく冷静になろうとして、事実を正確に認識するために、妻に語りかけたにもかかわらず、私は自分の思いに沈み込んでしまっていた。

癌は死病、と言われていた昔と違って、早期発見、早期治療すれば、癌は治せる病気だ、と考えられるようにはなっていたが、他の数多《あまた》ある病気とは一線を画す別格の病、というイメージはいまだに色濃い。癌の中では、子宮癌の治癒率は高いといわれても、それで不安が払拭されるわけではない。癌は癌なのだから……。私の父は癌、肺癌で死んだ。長年の喫煙者であったし、若い頃から洋服仕立ての仕事に携わってきたために、布地から出る細かな繊維を吸い込み続けるという、いわば職業病で、肺に相当のダメージを受ける生活を長期間にわたって送ってきた。今からして思えば、肺癌になるべくしてなった、と言えなくもない。日赤病院に入院し、担当医から余命一年と宣告された通り（本人には告知されなかったが）、入院後ほぼ一年で死んだ。死ぬ直前、末期の癌による猛烈な痛みから、ベッドの上で跳ね回っていた、と母が語ったことがある。

「ベッドのそばで看病しとったけどよー、そりゃあもう見ちゃおれんかったわ。かわいそうでよー」

そう語りながら、母は涙ぐんでいたのを覚えている。

末期癌の激痛でベッドの上を跳ね回った父——今ほどペインコントロールに重きを置いていなかった時代であったからなおのこと、父の癌との闘い、そして癌死は壮絶なものであったに違いない。そんなこともあって、私には、癌は恐ろしい病、という先入観が強く植え付けられてしまった。ここでもやはり、頭と心の分裂が修復不可能なほどに表れてしまった。早期発見、早期治療ならば治る、と頭では分かっているつもりでも、心はみっともないほどに震えていた。どうか子宮癌でありませんように、という妻の願いは、私の願いでもあった。

七月は学期末ということもあり、慌しく過ぎていった。まずは、期末テストの作成、そして、採点、成績処理に追われた。ホームルームでは、夏休み明けから本格的に始動する文化祭に向けての話し合いが続いた。遅々として進まない討論に業《ごう》を煮やしながらも、担任がしゃしゃり出てはならない、と忍耐の時間が続く。生徒たちの討論が行き詰まりを見せたときを見計らって、助言し、討論を先へ進めていく。その繰り返しだった。そして、やっと企画の概要が決まると、休み明けから始まる文化祭準備のため、夏休み中のクラス出校日を決めることになる。まだ終わらない。併せて、進学、補習、生徒と保護者を交えての三者面談と、やらねばならない仕事は山積していた。しかし、どんなに仕事が山積していても、その一つ一つに気持ちが集中しているならば、さほど疲れるものではない。疲れはするのだが、それはあくまでも表面的なもの、主には肉体レベルに留《とど》まっていて、心の芯が疲弊することはほとんどない。

けれども、今回は違った。仕事をしていても、心の中で、いつも、どこかで妻の病気のことが引っ掛かっていた。妻はあの日以来、病気のことについて触れようとはしなくなった。家にいるときも、資料を抱えて、忙しく動き回っている私に配慮してのことだろうが、不安を自分の胸の内に抱えもったまま、あえてそのことに触れようとしない妻の態度に、かえって心を強く揺さぶられた。きっと今でも、子宮筋腫ではなく、子宮癌なのではないか、と不安がっているのだろう。手術で癌を切除したとしても、いつかまた、定期検査の折に、他の臓器への転移が見つかり、苦しい治療を受けることになる。まだ四十代だ、癌の進行は早く、全身への転移が見つかり、そして……。不安が不安を呼び、最悪の事態を想定してしまい、暗澹《あんたん》たる気分を味わうはめになる。充分に想像できることだ。表に出そうとしない、そんな妻の内面を慮《おもんぱか》るたびに、仕事への熱意や集中力が低下し、機械的にこなしているだけの自分を発見するようになった。その積み重なりが、心の芯の疲弊に繋がっていった。何の手応えも感じられないまま、目の前の仕事をただこなしていくだけの日々。得体の知れない疲労感が、先を見通す力、思考力を奪っていった。

そして、気が付けば、私は五十歳になっていた。

家族から、誕生日おめでとう、と祝われ、テーブルの上に置かれたバースデーケーキの、一本十歳分だという五本の蠟燭《ろうそく》に点された火を一気に吹き消した。

（妻の体内に巣食う子宮筋腫だか、子宮癌だか知らないが、こんな風《ふう》に一息で吹き消すことができたなら……。ついでに、仕事上の歯車の狂いも……）

ケーキに刺さったチョコレートの板に書かれた「ハッピーバースデー」という言葉からはかけ離れた思いに囚われていた私の目の前に、包丁がスッと差し出された。

「パパのほうが、ケーキを切り分けるの上手だから、お願いね」

と、頭の上から妻の声が降ってきた。それから、同じ柄の取り皿が四枚、目の前に並べられた。

「そうそう、ママが切ると、大きい小さいができるんだよね」

と、高校生になった下の娘、綾乃が妻をからかった。そこへ上の娘、仁美が追い討ちをかけた。仁美は二十歳になっていた。

「雑なんだよね、何をやるにしても」

食事で汚れた食器を流しに運びながら、妻は言い返した。

「そこまで言わなくてもいいじゃない。どうせ、パパとは違って、大雑把ですよ」

だが、その表情には笑顔が浮かんでいた。

（家族でケーキを囲んでいるこの一瞬だけでもいい、病気をことを忘れてくれていたのなら……）

そう願いながら、私は立ち上がり、狙いを定めてケーキに包丁を刺し入れた。まだ娘たちには病気のことを伝えてない、正式に手術する日が決まったら、そのときに伝えようと思ってる、と妻は言っていた。ケーキの上に載っているイチゴを傷付けないよう気を付けながら、正確に四等分に切り分けていく。

「さすが、パパ。几帳面。計ったみたいに同じ大きさだ」

と、綾乃が心底感心したように、声を上げた。取り皿に四等分したケーキを載せ、私は自分の取り分にチョコレートの板を添え、代わりに、イチゴを一個、綾乃の前に置いたケーキの上に載せた。綾乃の顔に、パッと笑顔の花が咲いた。ケーキの大小を巡って、家族でワイワイ言い合える空気は、間もなく消える。一息で吹き消してしまった蠟燭の火を思い浮かべていた。どこからともなく息が吹きかけられ、蠟燭の火が照らし出す小さな幸せは掻き消されてしまう。美味そうにケーキを頬張る娘たちの幸せそうな笑顔に、笑顔で応えながら、私は、心の内で、一人、怯《おび》えていた。

五十歳の誕生日を祝ってもらってから十日後、バースデーケーキの蠟燭の火を掻き消す息が吹きかけられた。

三者面談を終え、ズキズキする頭痛を堪《こら》えながら、帰宅した私を、玄関の上がり口で出迎えた妻はこう言った。照明の加減だろうが、妻の表情には翳《かげ》りが目立つように見えた。

「お帰りなさい。ご飯、できてるから。……入院する日と手術を受ける日が決まったよ。手術を受ける病院もね。手術するための家族の同意書を貰ってきたから、目を通してくれる？納得できたら、サインしてもらわないといけないから」

台所のテーブルで、その同意書と手術の説明書を広げ、目を通した。病名は、「子宮筋腫」となっていた。手術の仕方と内容は、「膣式子宮全摘」と記されていた。だが、その後に括《かっ》弧《こ》付きで、「腹式子宮全摘」とあった。入院は来月、八月二十三日で、翌日には手術をする予定だ、とあった。

（一カ月も待たされるのか⁉……）

それが文面を見たときに受けた最初の印象だった。長期間待たされることは不安であり、かつ不快であったが、やはりそれ以上に、「膣式」の後に記された、括弧付きの「腹式」という記載から目が離せなかった。

「お腹を開いてみないことには、筋腫なのか、癌なのか、分からない……」

という妻から聞かされた言葉が、何度も頭の中で反響していた。

また、手術の説明書にあった「手術を行わない場合の予後」という見出しで記された一文が、心に引っ掛かった。

「貧血がひどくなって心臓に負担がかかるようになったり、疼痛がひどくなったり、悪性の場合は命にかかわることもあります」

後半に出てくる「悪性」という言葉が、私の頭の中で、「子宮癌」と変換されていた。私は独り言のように呟いた。

「こんな書き方をされたら、納得とかじゃなくて、もう他に選択肢はない、手術に同意するしかない、って感じだな」

妻は伏し目がちに、黙ったままだった。思わず溜め息が出た。ポロシャツの胸ポケットに差してあったボールペンを握り、同意書を手許に引き寄せた。用紙の最も下の段に、署名欄があった。ペン先を押し付けようとしたときに、ふと小さな疑問にぶつかった。

「婦人科なら、もっと通うのに便利な、市内の病院があるだろうに、どうしてここの病院なんだ？」

すると、妻からはこんな返事が返ってきた。

「膣式手術に長《た》けた先生が、この病院にいるんだって。開腹手術ならできる先生は、市内の病院にもいるんだけどね」

高度経済成長期に、郊外のベッドタウンとして急速に発展した街、そこにある市民病院だった。産婦人科の他にも、内科、外科を始めとして一通りの診療科が揃っている、地域医療を支える大型の拠点病院だ、とのことだった。

否《いや》も応もなく、手術の同意書にサインをした直後、一つの決断を下したことによって、一瞬真空ポケットに嵌《はま》り込んでしまったような気分になり、私はとっさに思い付いた言葉を、深く考えることなく、そのまま口に出してしまっていた。

「後は、執刀してくれる先生が、ゴッドハンドの持ち主であることを祈るばかりだね」

妻も同意書にある本人の署名欄に記入し、手術の説明書と一緒に折り畳むと、さっさとバッグの中にしまった。その動作は、いまだ子宮癌の可能性を払拭できぬまま、それでも、とっくに決意を固めていた妻の心の内を物語っているように見えた。妻の後ろ姿が遠くに見えるようであった。母のときもそうだったが、今回の妻の場合もまた、最後尾をオロオロとついていくしかない自分の立ち位置を、はっきりと自覚させられたのだった。

「三時間もあれば、充分でしょう。何かあれば、長引きますがね……」

私と同年輩に見える執刀医は、そう告げると、足早に手術室へ消えていった。床を軋《きし》ませる靴音が耳に付いた。

(「何かあれば」……か。言わずもがな、の一言だな)

私は心の内で、苦々しくそう思った。お盆を過ぎたとは言え、外は八月のギラついた太陽が輝き、アスファルトに覆われた病院の敷地からは、ゆらゆらと陽炎《かげろう》が立ち昇っていた。手術室と同じフロアにある待合室は、空調が効いていて、快適なはずなのだが、部屋の密閉性が高すぎるのか、息苦しさを覚えて長居できなかった。酸欠の金魚と化した私は、何度も外へ出た。熱せられて腫《は》れぼったい空気は不快ではあったが、まだ外気に触れていたほうがましだった。手術が終わるのを待つ間、時間潰しに読もうと持参してきた本の頁を開く気にはなれなかった。目で文章を追っても、内容が頭に入ってくるとは思えなかった。外の玄関脇に置かれた吸い殻入れに、煙草の灰を落とした。外気温が高いために、煙草を銜《くわ》えると、口許でその小さな火が熱く感じられた。数限りなく見返してきた腕時計に、今一度目を落とした。手術が始まってから、二時間半余りが経っていた。こうして外にいるのも落ち着かない。自分には居場所がない、と情けなく思いながらも、結局は待合室に戻るしか手はなかった。相変わらず待合室には、ざっと見渡しただけでも、十人近くの人たちが長椅子に座っていた。誰も座っていない長椅子が壁際に一つだけあった。室内にいる人たちの目障りにならぬよう、可能な限り気配を消して、その長椅子の一隅に、そっと腰を下ろした。

　その途端、待合室の前方のドアが開いた。室内にいた人全員の目が、一斉に注がれた。ドアを細めに開けて、顔を覗かせたのは、妻の手術を担当してくれた医師だった。顔には微笑が浮かんでいた。黙したまま、左の掌を顔の横に掲げ、明らかに私に向けて、おいで、おいで、の合図を送ってきた。そのしぐさは、待合室に充満していた緊張感と疲弊にそぐわない、全く場違いなものに思われた。合図を送られた私のほうが、耐えがたい気恥ずかしさを覚えたのだった。合図を送るだけ送ると、すぐにドアは閉められた。私は慌てた。心の中で、そ

の場にいたすべての人に、
（スミマセン、スミマセン……）
と詫びながら、待合室を突っ切って、前方のドアへと足早に向かった。ドアを開けると、そこに医師はいなかった。通路の先にある角の辺りで、上半身だけ出して、その医師は再び、おいで、おいで、の合図を送ってきた。ふざけてるのか⁉　無性に腹が立ってきた。でも、その医師の浮かべていた笑顔から、子宮癌ではなかったということ、そして、手術は上手くいったということだけは伝わってきた。ひとまずほっと胸を撫で下ろすべき場面なのだが、あの、おいで、おいで、に私の心は掻き乱されてしまった。仕方なくその角のところまで行くと、小部屋があり、ドアが開いていた。室内に、医師の姿が見えた。うつむいて、机の上に置いてある何かを確認しているようであった。

「失礼します」

と小声で挨拶し、入室すると、その医師は信じがたいモノを私の眼前に突き付けてきた。不意討ちであった。鉛色に鈍く光るトレイの上に載っけられていたそれ――そう、妻から子宮筋腫の件を告げられたあの日、渋滞中の高架上で目撃した、血に染まった赤い球体、灼け爛《ただ》れ、ぶるぶる震えていた夕陽、が、そこには載っていた⁉　トレイを捧げ持った姿勢で、医師はもはや微笑なんかではなく、破顔一笑、声を弾ませるようにして、こう告げたのだ。

「どうです、綺麗に取れましたよ！」

血に染まった赤い肉塊を慈しむように、端から私の返答など期待していないという口振りで、医師はある箇所を指差しながら、付け足した。

「ここ、ここ、白い骨のように見えるところ、これが筋腫です」

私は血の気を失い、硬直していた。医師の勢いに呑まれ、その言葉にどう相槌《あいづち》を打つべきかも分からなくなっていた。それに、そもそもこの医師は私にどのような反応を期待しているのだろう？

（よく取れましたねえ。頑張ったんですねえ。上手、上手、素晴らしい！　まさにゴッドハンドですよ！）

とでも褒《ほ》めてほしいのだろうか？　もう私には、妻を苦しめ、私を激しく動揺させた、その赤い肉塊を正視することはできなかった。医師が言葉を切った隙を狙って、こう告げた。

「どうもありがとうございました。お世話になりました」

心を失くしたまま、私は深々とお辞儀をして、そそくさとその場を辞した。一刻も早く、禍々《まがまが》しい、灼け爛れた赤い球体のそばから離れたかった。部屋を出たとき、私は一つ、大きく深呼吸した。部屋にいる間、私は呼吸をしていなかった、できなかった。肉塊がだらだらと垂れ流す大量の血液が、私の肺に流れ込み、たちまちにして埋め尽くすと、空気の入り込む余地を奪ってしまった。そのとき、私は生きながらにして、溺死体と化していた。忘れかけていた呼吸をしたとき、眩暈に襲われた。天井がぐるぐると回り出し、慌てて壁に手を付き、転倒しそうになった体を支えた。吐き気がした。生唾《なまつば》が口いっぱいに広がった。手術を終え、私を待っている妻のいる病室へと急いだ。だが、床一面に広がったぬらつく血液に足が滑り、思うように前へ進めないおぞましくも、もどかしい感覚に囚われていた……。

＊　＊

「クロ、今朝は森ん中へ行くぞ」

庄一さんは愛犬のクロに声をかけた。九月に入ったというのに、連日の猛暑続きで、いつもの時刻、朝八時過ぎに街中《まちなか》を通る散歩コースは辛くなっていた。朝から照り付ける強烈な陽射しで、街中のアスファルトは灼けていた。高齢の庄一さんも音《ね》を上げていたが、すでに老犬の部類にいるクロも、長い舌を垂らして歩くのが辛そうだった。山へと繋がる森の中を通るコースならば、日陰も多く、少しは楽だろう、庄一さんはそう考えたのだった。リードを付けられたクロは大喜びだ。いつもと違う道に当初は戸惑い気味のクロであったが、すぐに慣れて、森の中を行く土の道を庄一さんを先導するように進んでいった。

しばらく行くと、もう使われなくなって、半ば廃墟と化した鉄工場の建物が見えてきた。その途端、クロに異変が起きた。しきりに鼻をくんくんと鳴らし、時折低い唸り声を上げながら、力ずくで庄一さんを引き摺り出したのだ。牡犬で雑種のクロは力が強い。おまけに異様に興奮している。リードをぐんぐん引っ張るクロを庄一さんは制御しきれなかった。

「どうした？　何か、あるんか？」

いぶかしげに庄一さんはクロに問いかけるのだが、クロは聞く耳を持たない。鉄工場の敷地内へ入っていこうとする。

「ダメだ、入っちゃイカン！」

庄一さんは止めたのだが、クロは言うことを聞かなかった。工場の裏手にある鉄材置き場へとクロは庄一さんを引っ張っていった。そこでクロは突然歩みを止め、激しく吠え始めた。初め、そのクロの行動の意味が庄一さんには分からなかったのだが、山の奥から吹いてきた風が、庄一さんのいる場所まで届いたとき、なぜ、クロが激しく吠え始めたのか、その理由が分かった。異臭。鼻がひん曲がりそうな猛烈な異臭が漂ってきたのだ。その臭いの元凶は、地面に崩れ落ちたものと思われる錆びた鉄材の山の中にあるらしい。異臭の次に庄一さんの顔に襲い掛かってきたのは、夥しい数の蝿だった。狂ったように庄一さんの顔の周りを飛び交う蝿の大群も、やはり崩落した鉄材の山から飛来してきていた。

（こりゃあ、ただごとではない！）

直感だった。庄一さんはクロを抱きかかえるようにして、今来た道を足早に戻っていった。中型犬のクロは重い。玉のような汗を流しながら、それでも庄一さんは街中にある交番を目指した。

＊　　＊

妻の携帯が鳴った。そばにいた私の耳にも、携帯からの声が漏れ聞こえてくる。声の調子から何やら切迫した内容であることが伝わってきた。みるみる妻の表情が険しいものに変わっていった。

「分かった。でも、それはちょっと待ってて。こっちからも連絡を入れてみるから。……うん、また電話するから、それじゃあ」

そう言って、妻は携帯を切った。そのままの姿勢で、妻は手にした携帯を見詰めていたが、私の視線に気付いたのか、重い口を開いた。

「岐阜の叔母さんから。ここ数日、ずっとお父さんに連絡を入れてるんだけど、一向に返事がないって言うの。いつもなら、折り返しすぐに電話をかけて寄こしてくるのに、絶対変だって……。ちょっとパニくってるみたい。私のほうからも連絡を入れてみるけど、それでも連絡が取れなかったら……。叔母さんは、警察に捜索願いを出そうか、と考えてるみたい」

妻は今月二日に退院したばかりで、まだ体調は戻っていなかった。元々《もともと》痩せ型なのに、頬はこけ、体が一段と薄っぺらくなってしまっていた。今月いっぱいは療養に専念し、復職するならば、来月以後に、と医者からは指示されていた。それなのに、降って湧いたような父親の失踪騒ぎ、心労が抵抗力の弱っている妻の体を蝕まなければいいのだが、と心配になった。妻は早速携帯で連絡を取り始めた。呼び出し音が、空調の音だけがする室内に響いた。

だが、出る気配はない。途切れ途切れに響く呼び出し音が、落胆を深めていく。携帯を置きっ放しにして、すぐには戻ってこられないような遠方にまで出掛けてしまったのか？　それとも……。妻は諦めて、携帯を切った。

「こんなこと、これまで一度もなかったのに……」

一点を見詰めたまま、妻はぽつりと呟いた。

その後も、妻の携帯が鳴ることはなかった。しかし、一度だけ、不可解なことがあった。夕食を終え、台所で妻と二人っきりでいたとき、どうせ駄目だろう、と半ば諦め気分で、妻がけだるそうに携帯を操作し始めた。呼び出し音が鳴った。一度、二度、三度……今度も駄目か、と諦めかけたときだった。呼び出し音が途中で切れた。携帯からは何の音もしない。だが、その無音の向こうに……。妻は早口でまくし立てた。

「お父さん⁉　お父さん⁉　今、どこ？　大丈夫なの？」

返答はない。そして、間もなくして、再び呼び出し音が鳴り始めたのだ。

「何なの、いったい⁉」

妻は呼び出し音を鳴らし続ける携帯を凝視し、驚いたように、そして怒ったように声を上げた。

一時的な携帯の機能障害、と考えるのが常識なのだろうが、傍らでその様子を見ていた私には、そうした常識的判断は働かなかった。

（お父さんは何としてでも、何度もかけてくる娘からの携帯に出ようとしたのではないか？だが、今のお父さんには、出ることだけで精いっぱいで、力尽きてしまった。携帯の機能を超えた次元で起きた、深い父娘の情が為《な》せる業《わざ》だったんじゃないか？）

不合理であり、単なる想像にすぎなかったのだが、それが唯一、私にとっては筋の通った説明であるように思えた。しかし、それを妻に語る気にはなれなかった。不吉な気配が濃厚すぎる。今、妻は妻で、今のは何だったのか？ について考え続けている。それを私の思い付きで邪魔してはならない、と思えたのだった。その後も、妻の携帯が鳴ることはなかった。

痺《しび》れを切らして、とうとう叔母は、警察に捜索願いを出した。その連絡が妻の携帯に届いた。

叔母が捜索願いを出したその日は、奇《く》しくも、汗だくになって、愛犬のクロを抱きかかえた庄一さんが、急を告げに交番に駆け込んだ日でもあった。点と点は瞬く間に一本の線で結ばれ、事は一挙に動き出した。異臭騒ぎのあった鉄工場は、妻の父親の持ち物であった。警察はクレーン車を用意して、現場へと急行した。

その日、学校に出勤していた私は、授業が終わり、授業後の文化祭企画の準備で、教室に居残っている生徒たちの許へ向かおうとしていた。そのとき、学校の事務所に電話連絡が入り、私は呼び出された。事務所に顔を出し、受付の事務員に礼を言うと、

「ご家庭からです」

との返事だった。私の体に緊張が走った。何が、ということは不分明であったが、ともか

く何かがついにやって来た、との確信にも似た思いに囚われてしまっていた。受話器から妻の声が流れてきた。

「お父さんが、見つかった、って。警察から連絡があったの。すぐに帰ってきてほしいんだけど。疲れてるのに悪いんだけど、一緒に実家まで行ってほしい。確認しなければならないことがあるし、その後のこともあるから」

その声に動揺はなかった。むしろ他人事のような、事務的な口調ですらあった。それが意図的なものなのか、どうなのか、にわかには判断がつかなかった。しかし、すべてを事務的にこなしていくことで、妻はこれから始まる試練を、難局を乗り越えようとしているのではないか？　これも直感にすぎなかったが、私にはそう思えた。妻の今の体調では、こなしていく、というやり方以外に術《すべ》はないように思えたからだった。感情に流されたならば、きっと妻は壊れてしまうだろう。

学年付きの副担任の先生に事情を話し、生徒の面倒を見てくれるように頼むと、学校を後にした。妻の実家は岐阜の西方、山と川に挟まれた小さな街にあった。高速道路を使って実家に向かう途中、車中で妻の父親が発見されたいきさつについて話を聞いた。

九月に入ってから天気は愚図《ぐず》つき気味になり、ついには大雨になった。まさに、バケツを引っ繰り返したような、という表現がぴったりの凄まじい土砂降りの日が何日も続いた。捜索に当たった警察の見立てでは、その頃にお父さんは、かつて経営していた鉄工場を訪れ、裏手にある資材置き場に近付いた折に、山積みにしてあった鉄材の崩落に巻き込まれたのだろう、とのことだった。今日発見された遺体を鑑識した結果、死後一週間は経っているという。この一週間、打って変わったような猛暑日続きで、大量の鉄骨に押し潰された遺体の損傷具合、腐乱状態は凄まじく、全く原形を留めていないということだった。状況から見て、遺体がお父さんであることは間違いなさそうなのだが、念のため、ＤＮＡ鑑定と所持品の本人確認をしたい、と警察は言っているらしい。

妻の話は電話での話し方と同じく、淡々としていた。まだ現実味がないのだろうが、それは話を聞かされた私にしても同様であった。鉄骨に押し潰された⁉ 遺体は原形を留めていない⁉ 言葉の過激さに、衝動的にハンドルを握る掌に力が入ったものの、それ以上の感情が湧いてこなかった。身の内が薄気味悪くざわついているのを感じてはいたものの、それが殻を破って表出してくることはなかった。

「高速を降りたら、家までの道はナビするから」

そう言ったっきり、妻は黙りこくってしまった。妻のこけた頬が、青白く浮かび上がっているように見えた。車内は沈黙に包まれた。外はもう薄暗かった。大半の車はライトを点灯していた。前方をゆっくりと移動するライト、高速で流れ去る対向車線のライト、そうした無数のライトの輝き、動き、流れが、いっそう今、自分がここにいることの現実味を稀薄なものにしていた。

なぜ、私は、ここにいるのだろう……？

警官から妻は最近の父親の状況について、あれこれと訊かれた。たまに携帯で連絡を取り合うぐらいなもので、詳しいことは分からない、というのが、妻の返事だった。

私は所在なげに妻の横に座っているだけだった。まずは警察の用事を済ませなければならない、というので、交番に立ち寄っていた。

特に事件性は認められないということで、尋問といった厳しいものではない。あくまでも分かる範囲内において答えてほしい、といった程度のものであった。村の駐在さん、といった雰囲気の人の良さそうな警官で、一通り質問を終えると、こう言った。

「ハイ、お疲れさまでした。じゃあ、ご遺体の身に着けておられた持ち物を見てもらいましょうか？」

なるべく心の負担にならぬよう、気を遣っていることが伝わってくる柔らかい口調だった。持ち物はすべてビニール袋に入っていた。その中の一品、薄汚れた携帯が私の目に留まった。たちまちにして私の目は釘付けになった。たった一度だけ起きた不可解な現象のことが、脳裡をよぎっていったのだ。思わず私は警官に、この携帯はどこにあったのか？　と訊いていた。妻もその携帯を注視していた。警官は一瞬口籠ったのだが、意を決したように教えてくれた。

「申し上げにくいんですが、ご遺体の体の中から発見したのです。鉄骨の下敷きとなり……その……肉の塊のようになってしまわれたのです。事故に遭われる前は、胸ポケットにでも入れられていたんでしょうが、衝撃で携帯は、その肉の塊の中へと……」

私はその言葉を継いで、こう言った。

「埋め込まれてしまったわけですね。それで、携帯は壊れてないんですよね？」

すると、警官ははっきりと答えた。

「ええ。今は電源が切れてしまってますが、コードに繋いで起動させたところ、普通に動きました。これも念のためですが、着信履歴なんかも残ってる分は見させてもらいました。携帯番号を確認させてもらいましたが、奥さんからの履歴もずいぶん残っていましたよ」

とっさに言葉が出てこなかった。記憶の奥にしまい込まれていたはずの、あのおぞましいイメージが、再び、いや、三度《みたび》、鮮烈に蘇《よみがえ》ってきた。

（まだ終わっていなかったんだ……。血染めの赤い球体、その球体の中からくぐもった音で、しきりに呼び出し音が聞こえてくる。外に漏れてくるばかりじゃない。赤い球体自身にも、その呼び出し音は届いていた。誰からの呼び出しかも分かっていた。地平線に沈みゆく赤い球体もぶるぶる震えていた。恐らく、体内に携帯を埋没させた球体も、繰り返し届く呼び出し音に反応し、激しく体を震わせていたのではないか⁉　そして、一瞬だけ、奇跡が起きた。愛する者からの呼び出しに応えたいという強烈な思念が、呼び出しに応えさせた。それ以上

のことは叶わなかったが、確かに一度だけ、呼び出しに応じられたのではなかったか⁉）

私はどこまでも自らの思い付きに搦《から》め捕られ、沈み込んでいった。決して恐怖心からではない、もっと心の奥底から湧き出してくる感情に、私の体は小刻みに震えていた。

「大丈夫ですか？　何か……」

警官は、私の顔を覗き込むようにして声をかけてきた。

「すみません。何でもありません……ありがとうございました」

そう答えるのが、やっとだった。妻は疲れ切った青白い顔で、相変わらずビニール袋に入った父親の携帯を、ぼんやりと眺めていた。


自宅兼事務所は物が散乱し手狭だということで、近くの集会所を借り、そこでこれから取り掛からねばならない事柄の準備を行うことになった。集会所の外観は、木造平屋建てでこぢんまりとした印象を受けた。だが、一歩、玄関の中へ足を踏み入れると、畳敷きの集会室は広々としていた。葬儀会社の担当者が待ち構えていて、事はかなり進められているようだった。専ら相談相手は喪主となる妻であったが、事が緊急であったために、すでに葬儀の内容はもちろんのこと、その後の流れもほぼ決まっていた。今となっては、葬儀会社からの提案を承認するぐらいのことしかなかった。途中、見知らぬ人たちがしきりに顔を覗かせた。葬儀会社の担当者と小声で打ち合わせをし、そそくさと出ていった。妻や私に対しては、碌に挨拶らしい挨拶もない。あまり気分のいいものではなかったが、事を急ぐためには、それも仕方がないのだ、と無理にでも思い込むことにした。葬儀は明日執り行うことになっていた。葬儀会館も押さえられていた。準備する時間がない、というのが主たる理由なのだろうが、亡くなり方が亡くなり方であり、遺体の損傷具合もひどいということで、通夜は取りやめになった。通常の送り方とは全く違う、もはやプロの業者にお任せするしかない、といった状況であった。

頻繁に出入りしている人たちの様子を見て、当初は近隣住民が手分けして、葬儀の準備をしてくれているものだと思っていたのだが、そうではなかった。妻の父は、戦後、急速に組織を拡大し、今や新宗教の中では、群を抜く信者数を誇る教団の信者であることが分かった。いつの頃なのかは知らないが、妻の父親は、その新宗教の教団に入会していたのだ。その事実を知ったとき、私にはにわかには信じられなかった。

全国にその名を轟かせた大争議に、若き日のお義父さんは、労働組合の幹部として先頭に立って闘った、という経歴を持っていた。その後、会社側から馘首《かくしゅ》され、職場を去ることになったのだが、上積みされて支給された退職金を元手に、鉄工場の経営に乗り出した。時あたかもバブル景気に沸いていた時期であり、経営は順調であった。大争議の渦中にいた人物ということで、地元の革新政党から推挙され、町長選挙に打って出たこともあった。しかし、バブル経済は弾け、鉄工場の経営も途端に苦しくなった。そこで、鉄工場に見切りを付け、時代の流れに沿うようにと、リサイクル業へ転じた。だが、長引く不況、縮んでいく経済活動の余波で、リサイクル業も厳しいものになっていった。それから、どうなったのか？　私は知らない。妻からも詳しい顛末《てんまつ》を聞かされたことはない。生々流転。人生も例外ではない。人を動かすのは思想の力だけでは不充分で、やはり顔の見える、人と人との繋がりの力によるものなのだろう。苦境の最中《さなか》に手を差し伸べてきたのが、教団の会員たちであったのかもしれない。あくまでも私の勝手な推測だ。当人が亡くなってしまった今となっては、真相はすべて藪《やぶ》の中だ。しかしながら、現実として、この時間のない中でテキパキと事を運べたのは、教団の組織立った力によるものであったことは間違いない。遺族としては感謝すべきことなのだろう。だが、自らを誤魔化しきれない、その独善的な進め方に対する違和感は、逆に強まっていった。仮に、この形の葬儀を妻の父親が望んでいたとしても、事前に何の相談もなく、喪主になる妻との間においてさえ、ただの一度も話し合いが持たれた形跡はない。それが問題だった。事がテキパキと進んでいくほどに、教団とは無縁な遺族は取り残されていってしまう。けれども、そうした不満を述べる場もタイミングも一度たりとも訪れなかった。徹頭徹尾、私たち遺族はそこにいてもらうことがすべての、完全なるお客様でしかなかった。そのことが明白な事実となって現れたのが、翌日の葬儀の場であった。

パイプ椅子に座り、何かの拍子に踵《かかと》を上げると、貧乏揺すりが始まった。慌てて踵を付けたら、すぐに治まった。体は正直だ。

耳慣れないお経を唱和する声が、一塊《ひとかたまり》となってこの一帯を制圧していた。あまりに元気良く聞こえてくるその声に、私は苛立っていた。

祭壇前、焼香台を挟むように、両脇に向き合うようにして親族席が設けられている。その後方に五十席ほどだろうか、一般会葬者の席が、祭壇に置かれた遺影を拝むようにして設置されていた。その席の前方から半分程度が埋まり、僧侶の読経する声に合わせて、その耳慣れぬ経を一心不乱に読み上げていた。誰一人として見知った顔はない。一人一人の顔をよく見れば、ごくごく普通の人たちなのだが、こうして喪服というある種の制服に統制され、一塊となって大声で唱和する姿を目にすると、改めて、教団、という言葉が頭に浮かんでくる。よく眠れていないせいもあるのだろうが、頭痛と共に、頭の中でずっと、チリチリチリチリ……と不快なノイズが鳴り続けていた。妻もまた寝不足なのだろう、目の下に隈ができ、こけた頬に影が差しているように見える。それ以上に、癌化しているのではないか、という不安を抱えたまま、子宮筋腫の全摘手術を受けてから、まだ日が経っていない。体力はまだ戻っていなかった。何をするにつけても、ひどい疲れを覚えているはずだった。隣りに座っている私にも、ギリギリの体調でしいられている妻の緊張感が、圧となって伝わってきた。

（なぜ、こんな目に遭うのだろう?）

恐らく妻は、そんなことは考えていないだろう。そんな答えの出ない自問自答にかかずらわっていたら、たちまちにして心が壊れてしまう。可能な限り、答えの出ないようなことは考えず、自分がやらねばならない喪主としての仕事を一つ一つ片付けていく。それだけに妻は心を集中させているに違いない。

（なぜ、こんな目に？……）

それが人生というものだ、という声が聞こえてきたら、そんなわけ知り顔の戯《ざ》れ言《ごと》を弄する奴の横面《よこづら》の一つでも張り飛ばしていただろう。

それにしても、この一塊となって波のように押し寄せてくる読経は、いつ止んでくれるのだろうか？　波が押し寄せ、砕け散り、自分の体が白く泡立つ岩にでもなったかのように、いつか、この間断なく叩き付ける波の力で、本当に破壊されてしまうのではないか？　との不安さえも覚えた。

だが、そんな読経の波なんかとは比較にならないぐらいの異様さと圧迫感をもって、私の神経をひりつかせている物があった。祭壇に置かれた棺……いや、一見しただけでは、それが棺であるとは認識できぬ、特異な形態をしていた。一辺一メートル余りの立方体。もちろん、通常の棺にある小窓は付いてない。一週間もの猛暑の中、容赦なく照り付けた陽射しと、灼け付くような腫れぼったい空気に蝕まれ、遺体はどれほど傷んでしまっているか、想像するだけで胸が痛んでくる。大量のドライアイス、保冷剤を使用して、腐乱した肉塊は辛うじて現状を維持している。一刻も早く解放してあげたかった。立方体の箱の中に詰め込まれた我が肉体に、得心がいっているはずはない。肉体を脱ぎ棄て、束縛してくる物など一切ない自由な魂となることを切望しているに違いない。

そんな当たり前といえば、当たり前の人情とは別の次元で、私の神経はピリついていた。意識した途端、頭の中で鳴り続けている、チリチリチリチリ……というノイズが一段と大きくなったような気がした。

凍り付いた、血染めの赤い球体。

その球体の内部は、今も息衝いている。大声で唱和されている読経の波動に呼応して、球体の内部に閉じ込められた夥《おびただ》しい血液と体液と引き裂かれた肉と骨の塊とが蠢動《しゅんどう》し、カオスとなって必死に噴出する裂け目を探し求めている。グルグルグルグル……蠢《うごめ》き回る内容物の立てる音が、箱を突き抜けるようにして私の耳朶《じだ》を打ち続けていた。土砂降りの中、突如崩れ落ちた鉄材になす術《すべ》もなく押し潰されるという惨い一瞬の出来事に、今もって納得できていない。

（なぜ、こんな箱に閉じ込められている⁉）

戸惑いと憤怒と絶望が、ストレートに私の胸に届き、激しく揺さぶられた結果、そんな妄想を抱かせられたのかもしれない。その戸惑いと憤怒と絶望は、私自身のものでもあったのだ。それでも、私は親族席で、ただ座っていることしか許されていなかった。チリチリチリ……ノイズがさらに大きくなった。グルグルグルグル……箱から伝わってくる音なき音に、私はいたたまれなさを感じていた。

（なぜ、こんな目に遭うのだろう？）

不毛な問いの連続に、叫び声を上げたい衝動に駆られた。だが、許されるはずもない。この許されないのだという意識が、衝動をいっそう高めていった。狂いそうだ……狂いを抑え付けるためだけに、私はその場にめり込むように座り続けていた。

第三章　死に待ち

　あえてそう呼ぼう。死神――。時として死神は、思いも寄らぬ小道具を携えて姿を現す。このときは、金《かね》、だった。小道具を駆使して、人間の弱点を突き、巧妙に死の淵へと誘《いざな》う。妻の父親の死は、まだ終わっていなかった。

　葬儀、火葬を済ませ、疲労困憊した心と体を引き摺るようにして家路に就いた。急を聞いて、大阪から兄夫婦も駆け付けてくれた。私は明日以後の仕事について相談するため、学校に連絡を入れ、教頭に繋いで貰った。こまごまとした業務について話をしているうちに、開け放しになっていた玄関の向こうから、兄夫婦と妻の声が聞こえてきた。誰かと話しているようだ。まずは兄夫婦が入ってきて、その後に従うようにして入ってきた妻の背後で、ゆらりと人影が揺れた。その人影を目《ま》の当たりにして、私はギョッとした。白髪交じりの蓬髪《ほうはつ》で、まるで山姥《やまんば》だった。小柄な体軀に載っかった顔は、灰色に近い土気色《つちけ》、殊に異様であったのは、喉元が大きく膨んでいることだった。鵜飼《うか》いの鵜が、魚を飲み込もうとしている瞬間を切り取ったような膨み方だった。甲状腺か何かの病気を患っているのだろうか？　TシャツにGパンという軽装なのだが、いつ洗濯したのだ⁉　というぶかられるほどに汚れ切っていた。その姿に色彩も生命力もなかった。妻の妹、実代子だった。妻に促され、兄夫婦と実代子は応接間に入り、テーブルを囲むように座った。携帯で教頭に説明するために必要な資料を取りに、いったん二階にある自室へと向かった。教頭との話し合いが終わると、次に同じ学年団の教員に、状況のあらましを語り、あれこれと頼まねばならぬことがあった。長電話になってしまった。小一時間して、階下の応接間に入ろうとした矢先に、室内から妻のいきり立った怒声が響いてきた。

「お父さんじゃなくて、アンタが死ねば良かったんだ！」

部屋から飛び出してきた妻と鉢合わせになった。その目には涙が溢れ、充血していた。そして、私の顔を見るや否《いな》や、忌ま忌ましげに、こう吐き棄てたのだった。

「サラ金だって！」

妹の実代子は父親と暮らしていたのだが、突然姿を消してしまい、それ以後、行方が分からなくなっていた。どこへ行ったのか、どうやって生きているのか、父親にも分からなかった、と以前、妻は携帯で父親から聞かされたことがあったという。それが、今回の父親の死で、どこからともなく、ひょっこりと姿を現した。そのあまりにひどい見てくれに驚いた妻は、今までどうやって暮らしてきたのか、問いただしたところ、あちこちのサラ金から金を借りて、糊口《ここう》を凌《しの》いできたというのだ。サラ金に手を出し始めた当初は、一部返済したこともあったが、それ以後は借りっ放しで、一切返済していないとも言った。それまで父親の惨《むご》い死の悲しみを必死にこらえ、涙一つ流さなかった妻であったが、妹の話を聞き、腹立たしいやら、情けないやらで、感情の堰《せき》が決壊してしまい、これ以上話を聞いていられなくなった。それで、いったん席を立ってきてしまったのだという。そこまで一気に語り終えると、妻は洗面所へ駆け込み、水音も荒く顔を洗い出した。

私は、と言えば、話があまりにも急展開すぎて、感情が追い付いてこない。とりあえず応接間に顔を覗かせた。実代子を前に、兄夫婦がいろいろと訊き出して、新聞広告の裏に書き出している真っ最中だった。私と目が合った途端、兄は立ち上がり、そのメモを私に見せながら、心底呆れ果てたといった口調で、こう切り出した。

「塵も積もれば山となる、と言うが、一度に借りる金額は小さくても、これだけ借りれば、大変な金額だ。本人もよく覚えていないようだが、サラ金に手を出し始めたのは、一年、もっと前からだったかもしれない、と言っているから、その間に膨れ上がった利息も含めれば、数百万……下手すれば、それ以上になってしまうかもしれんぞ」

そこまで言われても、まだ感情が追い付いてこなかった。だが、応接間のテーブルに向かって、背中を丸めて座っている実代子の横顔を目にしたとき、私の心は一気に泡立った。実代子はぼんやりと正面を向いている。何の感情もその表情からは窺い知れない。この場にいる人間が皆、彼女のしでかした事に青ざめているというのに、張本人である彼女は悪びれた様子もなく、まるで他人事のような顔付きで、のほほんとしているように見えた。その瞬間、スイッチが入った。瞬間湯沸かし器、頭に血が昇っていくのをはっきりと感じた。もう抑えがきかなかった。足音荒く室内に入ると、その呆けた横顔に向けて大声で怒鳴りつけていた。

「オマエは……オマエは、何をしに、ここへやってきたんだ⁉」

　自ら上げた怒鳴り声が、燃え上がった怒りの炎に油を注ぐ結果になった。疲労が溜まっていたせいで、理性が麻痺していたのかもしれない。ここにいたら、何をしでかすか分からないという気がした。これ以上、義妹の実代子の顔を見ていたくもなかった。食っていくのに困った末とはいえ、長期間サラ金から金を借りまくってきた、その精神構造が理解できなかったし、そうした刹那主義、欲望の赴くままに生きる獣染《じ》みた、その日暮らしを良しとする生き方に虫酸《むしず》が走った。それでも腹の虫が治まらず、さらに罵詈雑言を浴びせてやろうとしたのだが、それを押し退けてほとばしり出てきたのは、嗚咽《おえつ》だった。涙を見せたくなかった。私は部屋を飛び出し、二階のベランダへと足早に向かった。身の内に気味悪く溜まってきていた毒ガスを抜きたかった。すでに日陰になっていたアルミ製の手摺《てす》りに両掌を載せ、額を押し付けた。冷たくはなかったが、それでも多少は冷却効果を感じられた。額を押し付けたのと同時に、こらえてきた涙が滴り落ちた。義妹の拵《こしら》えた借金を肩代わりする義務などなかったが、だからといって、それを妻だけに任せるわけにもいかなかった。それが癪《しゃく》だった。こんな理不尽なことで、もしも家族の将来設計に狂いが生じるようなことにでもなったら……。心配は悪いほう、悪いほうへと転がり落ちていった。最前、応接間から響いてきた妻の怒声が蘇った。

「お父さんじゃなくて、アンタが死ねば良かったんだ！」

紛れもなく、それは私の怒声でもあった。毒ガス——義妹の死を願う心が言葉になって、私の心の中ではっきりと形を成してしまった。

（このままじゃ、狂ってしまう……）

もはやベランダの手摺りは冷たくも何ともなかった。それでも、私はいつまでも手摺りに額を押し付けていた。毒ガスが抜けてくれないと、私は取り返しのつかないことをしてしまいそうな気がして、それを何よりも恐れた。

どれぐらい時間が経っただろう。ベランダは、すっかり日陰になっていた。すでに涙は涸《か》れていた。手摺りから額を離し、大きく一つ深呼吸をした。また義妹の顔を見たら、どんな気分になるか分からなかったが、ともかく階下へ降りて行くことにした。応接間へと続く小部屋、固定電話の横に置いてあったパソコンに向かっている兄の後ろ姿が見えた。気配を感じたのだろう、振り返った兄は、プリントアウトし、手許に置いていた資料を手渡してきた。

「少しは落ち着いたか？　お前の気持ちはよく分かるが、サラ金の借金、何も全部お前が背負い込む必要はないんだぞ。それに、その資料にある法律事務所、来月開設されると書いてあるから、一度出向いて相談に乗ってもらうといい。やっぱりこの手の話は、法律の専門家に頼らないと、素人が海千山千のサラ金業者相手にいくら頑張っても、解決なんかできっこないからな」

兄の冷静な言葉に、思わずカッと頭に血が昇ってしまった自分を恥じた。兄に礼を言って、貰った資料に目を通した。

昨年、二〇〇六年十二月に、貸金業法が改正されたことは、何となく知っていた。「グレーゾーン」という単語が、連日のように新聞の紙面に躍っていた。「一億総中流」という国民意識は疾《と》うの昔に消え去り、経済格差は拡大の一途を辿った。低所得者層などという生温《なまぬる》い言葉では括れない、極貧生活を余儀なくされる人々も大量に生み出された。背に腹は代えられない。容易に金を貸してくれるサラ金に極貧層は縋《すが》った。それが新たな生き地獄の入口とも知らず。貧すれば、貪す。小口の借金では足らず、次々に別のサラ金を渡り歩くことになる。こうして生まれてきたのが、「多重債務問題」だった。高金利で膨らんだ借金を返済できるはずもない。情け容赦のない取り立てに追い詰められた挙句、自殺する者が後を絶たなくなった。マスコミは盛んにそうした悲劇を報道した。ついに、国会でも取り上げられるようになり、一挙に喫緊の課題として社会問題化していった。こうした多重債務問題の深刻化を背景として、貸金業法の抜本的な改正が実現したのだが、正直なところ、私はこの問題を冷ややかに眺めていた。確かに貸すほうもあくどいが、サラ金に手を染めるほうにも問題がある。どっちもどっちだ、ぐらいの認識だった。自分には無縁な悲劇だ、と高《たか》を括っていた。義妹が姿を現すまでは――。私は兄から貰った資料を食い入るように読んだ。グレーゾーン金利の撤廃によって過払い金が発生し、現金が戻ってくることもある……。この一文に、私の目は吸い寄せられた。

（助かるかもしれない……）

今や私にとって、その資料は、神経性の毒ガスに冒され、心の奥底から湧き上がってくる黒々とした殺意を封じ込めるための、護符、であった。そう思った途端、先ほどまで流していたのとはまるで違う涙が浮かんできて、手にしていた資料の字が滲《にじ》んで見えた。

「うわっ！　これはまた、凄いなあ……」

お父さんの自宅兼事務所に一歩足を踏み入れたとき、思わず口を突いて言葉が出てしまった。床一面、足の踏み場がないくらいに、ゴミの詰め込まれたビニール袋が山積みになっていた。幸いにして生ゴミはないらしく、すえた臭いはしなかった。それでも、埃《ほこり》臭さ、かび臭さが鼻を突いた。仕方なくビニール袋の上を踏んづけて、部屋の窓という窓をすべて開け放った。窓を全開にしても、風はそよりとも吹いてはこなかった。九月も下旬になろうとしているのに、相変わらずの残暑で、部屋の内も外も、むっとした腫《は》れぼったい空気が充満していた。首に巻いたタオルは吹き出す汗を吸い、重くなっていたのだが、それで口と鼻を塞いだ。部屋中、埃が充満していた。息を吸うと、鼻の奥がムズムズしてくる。

「積んであるビニール袋の上のほうから、両手で持てるだけ持って、川原に運ぼう！」

叔父の元気のいい声が、室内に響いた。私と妻、義妹、そして岐阜から駆け付けた叔父叔母夫婦の五人がかりで、可能な限りのビニール袋を運び出すところから作業は始まった。袋の結び目を指に引っ掛けて、全部で六袋を両手に提げて、私は事務所の外へ出た。事務所の前を真っすぐに道路が延びていた。道路は周辺の平地より高く土盛りをして造られていた。道は堤防も兼ねていた。道路を挟んで立ち並んでいる家屋のすぐ裏手には、川が流れていた。その川原まで両手に提げたビニール袋を運ぼうというのだ。道路を渡ろうとしたとき、同じように両手いっぱいにビニール袋を提げた叔父が追いかけてきて、顔を近付け、こう囁いた。

「秀雄さん、黒塗りの高級車が停まっていたら、気を付けてね」

それから角刈りにした頭を左右に振り、見通しの良い道路を見渡した。叔父の言わんとしていることは分かったが、どこか釈然としない気分だった。形ばかりであったが、私も左右に首を振り、それらしい車が停まっていないか、窺ってみたが、古タイヤを荷台に積んだ軽トラックが一台停まっているきりだった。

川原まで辿り着くと、叔父が家から持ってきたブルーシートを広げ、風が吹いてきても飛ばないよう、四隅に川原に転がっていた大きめの石を重石《おもし》代わりに載せた。私と叔父の後ろからついてきていた妻、義妹、叔母の三人が、そのブルーシートの上に手にしていたビニール袋を取り出した。また、叔父が大声を出して指示した。

「さあ、急いでやっつけちゃおう！　業者別に分けて、とりあえずこの辺りに重ねていこう！」

　その明るさ、元気の良さに、どうしても付いていけない、違和感を覚えてならなかった。少しでも気持ちを明るく、軽くしようとの叔父の意図は理解できても、そこまでだった。ももやした気分は封印して、作業に集中することにした。ビニール袋の結び目をほどく。中味を捌《さば》いて、サラ金の業者名の入った封筒や文書を選び出していく。出てくる、出てくる。主にはサラ金業者から送り付けられてきた、返済を迫る督促状であったが、ものの三十分ほどで、私の知り得る限りのサラ金業者すべてからの文書が、ブルーシートの上に積み重ねられていった。川原なのに、今日は全く風がない。必要ないとは思ったが、念のため、積み重ねた文書が飛ばないように石を置いて重石にした。

　多重債務問題に特化した法律事務所が開設されるまでに、借りた金額を特定できるよう、証明となる書面をできるだけ集めておこう、と思い立った。そこで、学校が休みの日を選んで、その作業に取り掛かったのだ。事務所と川原の間を、いったい何往復したことだろうか？疲れからか、次第に緊張感が薄れ、サラ金業者からの文書が見つかっても、特に心は動かなくなっていった。腰が痛くなり、背筋を伸ばすようにして立ち上がったとき、視線の先に黒い高級車が停まっているのが見えた。車内には人影がある。サラ金の取り立て屋か、ヤクザか、じっとこちらの様子を窺っているような妄想に駆られた。一瞬、姿勢を低くして、身構えてしまったのだが、よく目を凝《こ》らして見れば、タクシーだった。一気に脱力感を覚え、ブルーシートの上に座り込んでしまった。一業者だけでも書類の山は一つに収まり切らず、二《ふた》山《やま》、三山《みやま》、と連山を成していた。いったん覚えた脱力感は、いつまでも消えなかった。賽《さい》の河原で、供養のためにせっかく積み上げた石を、鬼が次々に突き崩していくという厭ーな想像に襲われた。声にこそ出さなかったが、積み重ねられた書類の山に目をやりながら、胸の中でこう呟いていた。

「何もかもが、徒労……いったい、こんな所で何をしているのだろう⁉」

脱力感は虚無感へと転じていった。溜め息が一つ、無意識のうちに漏れ出ていた。

そのときだった。満面笑みを浮かべた叔父が、真っ黒になった軍手を嵌《は》めた手で、義妹の肩を抱き、ブルーシートの上でうなだれていた私と義妹の顔を交互に見比べながら、こう言い放ったのだ。

「良かったなあ、ミヨちゃん。秀雄さんがミヨちゃんの味方になってくれてなあ！」

我が耳を疑った。叔父の言葉は衝撃的だった。どこからそんな言葉が出てくるのか、信じられなかった。私は叔父の顔を睨み付けた。本当に気付かなかったのか、どうなのか、私には分からないが、叔父は爆発寸前の私を一顧だにせず、ブルーシートの上にいくつも山になった書類を眺めながら、こう言った。

「もうほとんどサラ金の書類は出てこなくなったから、この辺で切り上げようかね？　漏れはあるだろうけど、これだけ揃えば、多少なりとも役に立つと思うんだけどねえ。後は法律事務所の弁護士さんにお任せするしかない。陽も傾いてきたから、お開きにしましょう！皆さん、お疲れさまでした！」

私には怒りをぶつける気力も残っていなかった。眼前を流れる川の水のように、決して清流とは呼べない、呼びたくもない運命に流されていくばかりだった。来月、十月早々に開設されたばかりの法律事務所に、私は妻と義妹を連れて出向くことになっていた。相談に乗ってもらった結果、果たして出てくるものは死神か、鬼か⁉　今の私には皆目見当もつかない。信仰を持っているわけではなかったが、こんなとき、人間なんて弱いものだ、心の中で、死神も鬼も金輪際《こんりんざい》にして下さい、どうかお願いします、と真剣に祈っていた。

十月に入ると、あれほどの猛威をふるっていた暑さにも、やっと翳《かげ》りが見えてきた。市内に開設されて三日目になる法律事務所の入口の前に立った。傍らには、妻と義妹がいた。朝から落ち着かなかった。弁護士に間に入ってもらい、グレーゾーンの撤廃された新たな貸金業法に則って、義妹の抱え込んだ多重債務の処理に当たってもらう。期待しないほうがおかしいだろう。だが、一方で、不安も払拭しきれてはいなかった。サラ金業者だって、ただ指を銜《くわ》えて、言いなりになるとは思えなかったからだ。向こうにも弁護士が付いて、互いに丁々発止、解決に至るまでには長い期間を要するのではないか？　話し合いのたびに、私たちも呼び出され、その場に立ち会わされるような目に遭うのではないか？　相当なストレスだ。

あくまでも想像であり、杞憂《きゆう》に終わってくれることを望むばかりであったが、安心できる確証などどこにもなかった。

　不安の消えない私の目に飛び込んできたのは、法律事務所の前を走る広い車道の、明らかに駐車スペースではないエリアに、堂々と路駐された高級外車であった。メタリックグレーに塗装された大きな車体、タイヤホイールの装飾も凝《こ》った作りであり、ピカピカに光り輝いていた。何よりも車内が見えないように、どの窓にも里っぽいシールドが施されていたのが、薄気味悪かった。

　厭な妄想が、再び頭の中に湧き上がる。事務所の一隅で、テーブルを挟み、向き合って座っている二組の男たちがいた。主に喋っているのは、ネクタイを首許まできちんと締め、地味めのスーツを着用した双方の弁護士たちだ。互いに細かな数字の並んだ資料をテーブルの上に広げ、双方の言い分を述べ立てている。その横で、例の高級外車で乗り付けた、いかにも、といった風体《ふうてい》のいかつい男が、足を組み、踏ん反《ぞ》り返っている。その対面に、顔色の悪い痩せこけた男が、薄い唇を固く結び、うつむき加減に座っている。時折、ポマードで髪を固め、オールバックにした男が、向かい側の弁護士と顔色の悪い男を威圧するように、ギロリと睨み付ける。その敵意と侮蔑に満ちた視線を感じるたびに、顔色の悪い男は、ビクッと身を縮め、ますます殻の中に閉じ籠ろうとしているのがありありと見て取れた。その気の毒な顔色の悪い男こそが、私であった……。

胃がぐぐっとせり上がり、食道を逆流した酸っぱい胃液が、口の中いっぱいに広がったような気がした。約束した時刻よりも早かったが、法律事務所の中へ入っていった。受付で用件を告げると、すぐに奥のブースへと案内された。

（さあ、いよいよ始まるんだ。顔を見せるのは、死神？　鬼？　どっちもご免だが、ここまで来たんだから、もう逃げるわけにはいくまい。行くしかない、行くしか……）

胃液の酸っぱさは消えていたが、代わりに、口の中はパサパサに乾いていた。


どこからその一部始終を眺めているのか、知らないが、死神は楽しくって仕方がない、といった風情でほくそ笑んでいるに違いない。このとき、死神はもうすでに次に打つべき手を考えていた。義妹の借金問題で振り回されているうちに、それが解決する前に、もう一度、金、という小道具を用いた罠を仕掛けていた。もちろん、そんなことが待ち構えていようとは、この段階で私が知る由はなかった。

法律事務所に何度か足を運ぶに従って、問題解決に向けた道筋が見えてきた。光が射し込んできたのだ。私が危惧したような、サラ金業者やヤクザ紛いの連中と、直に相見《あいまみ》えるようなことはなかった。すべて法律事務所の担当弁護士が間に立ち、新しい貸金業法に則り、粛々と事を進めてくれたのだ。過払い金が発生していることも分かり、早速過払い金請求をすることになった。事が露見したときに覚えた不安、今後の人生設計に致命的な狂いが生じるかもしれない、との心配は杞憂に終わった。

やれやれ、とひとまず胸を撫で下ろしても良い時期だったのに、そうはならなかった。先が見え始めた頃から、法律事務所詣《もう》では妻と義妹に任せ、私は新たに発生した「金」絡みのゴタゴタ、血縁同士が相食《あいは》むような、神経の蝕まれていく厄介な案件にかかずらうはめに陥った。嬉しそうな目を細め、耳許まで裂けた口をニヤリと歪ませた死神が、私に向かって、おいで、おいで、をしていた。多重債務の解決に時間を取られ、さらには、仕事のほうでも、思うに任せぬ現状に日々苛立っていた私は、自分でもはっきりと分かるぐらいに体調を崩していった。

例えば、食べ物の嗜好が百八十度変わってしまった。肉類やフライ、揚げ物といった油を使った料理が、まるで喉を通らなくなった。味が濃く甘みの強い、ギラギラした感じの料理は、見ただけでも、その匂いを嗅いだだけでも、吐き気を覚えるようになった。口に入れられる物といえば、水の味がする物。野菜や芋、豆、雑穀類、豆腐料理といったところで、牛乳も苦手になり、豆乳が好みになっていった。これだけ言えば、健康志向、と勘違いされそうだが、ともかく食べられる量が激減した。学校へ持参する昼食は、小さなお握り二個、それ以上は食べ切れなくなっていた。美味いもまずいもない。何か食わなければ、倒れてしまう。だから、仕方なく食べているだけの話で、ほとんど味覚障害と診断されてもおかしくないような味オンチぶりであった。また、睡眠障害の徴候も現れ始めていた。トイレで夜中起きるのではない。二時、四時、といった時刻に突然目が醒めてしまい、しばらく寝付けない。眠りが極端に浅くなった。通勤のために、遅くとも朝六時には起床しなければならないのだが、爽快な目醒めを迎えられる日は皆無となった。昨日の疲れがそのまま持ち越され、そこへ今日の仕事による疲れが付け加わってくるのだから、いつ潰れても不思議ではない、心身共にひどい状態であった。その結果は見てくれにもはっきりと現れた。以前は六十キロ台の半ばほどあった体重が、気が付けば、五十キロ台に落ちていた。一日中、体が重だるかった。心も四六時中、どんよりとした曇り空の下にいるような低空飛行ぶりであった。

そんな生命力の低下、衰弱ぶりの目立つ私に向かって、死神は、今だ！　とばかりに、おいで、おいで、と盛んに合図を送ってきたのだ。判断力も鈍っていたのだろう、死神に誘《いざな》われるままに、私はそのおぞましい金絡みの話に首を突っ込んでしまった。

年は明け、二〇〇八年、父母の墓参りを済ませ、妻の父親の初盆を終わらせた直後の頃だった。

「ダメ、ダメ！　そんな話、私の目の黒いうちは認めんでね！」

テーブルに手を付いて立ち上がると、上から見下ろす位置で、涼子叔母は吐き棄てるようにそう言った。紅潮した顔、こめかみの血管は怒張し、目は吊り上がっている。まさしく夜叉の形相であった。足早に部屋を出て行く後を、ヨッコラショッ、とかけ声とともに立ち上がった陽子叔母が付き従っていく。目が合った。

「秀ちゃん、ゴメンナ。勘弁してやってちょーよ」

　小声で告げ、陽子叔母はペコリと一つ頭を下げた。涼子叔母の言い草に腹は立ったが、私の口を衝いて出てきたのは、怒鳴り声ではなく、弱々しい溜め息だった。テーブルに取り残された私と、今回の件で請け負ってもらうことになった不動産業者の担当、小熊さんは、期せずして顔を見合わせた。お互いに苦笑いを浮かべるしかなかった。

　その年の七月、夏休みに入って間もなくの頃だった。不動産屋のセールスマンが自宅にやってきた。飛び込みのセールス、という奴だ。外回りの仕事はキツイ。その大柄のセールスマンも汗だくで、この暑いのに締めたネクタイが太い首に食い込み、いかにも苦しげであり、半袖のＹシャツも体に張り付いて、汗で濡れて肌が透けて見えていた。手にしたタオルで滴り落ちる汗を拭いながら、喋り始めた。用件はただ一つ、売るなり貸すなり、有効活用したい不動産物件を持っていないか？　というものだった。四十歳代だろうか、鬢《びん》の辺りに白髪が浮いて見えた。甲に毛の生えたぶ厚い掌で名刺を差し出してから、喋り出したその語り口は、この手合いにありがちな押し付けがましさはあったものの、言葉の端々《はしばし》に色濃く、駄目で元々、といったどこかアンニュイな諦念が滲み出ていて、この手のセールスに感じることが多い不快感を覚えなかった。それ故かどうか、自分でも判然としないが、ふと、以前から気になっていた古アパートのことを、そのセールスマンに語ってしまった。その途端、彼の目に光が宿ったのを、私は見逃さなかった。

「ご主人、ちょっと時間貰えませんか？　今からそのアパートを見てきますから、待ってて戴けませんか？」

言葉遣いは丁寧であったが、その口調には有無を言わせぬ強引さがあった。このとき、すでに私は魅入られてしまっていたのかもしれない。メモ用紙に、自宅からアパートまでの道筋をラフに記し、彼に手渡した。すると、頭を一つ下げ、脱兎《だっと》の勢いで駆け出していった。私はまだ、どこか半信半疑であった。しかし、これで多少なりとも状況に変化が生まれ、気掛かりだった案件が一つ片付くかも……と淡い期待を抱いたことも事実だった。台所から扇風機を持ち出し、玄関口に置いた。ついでに、お盆の上にコップを二つ載せ、冷蔵庫から冷えた麦茶を出すと、コップに注いだ。サービスついでに冷凍室から氷を取り出し、コップに浮かべた。改めてもらった名刺に目を遣った。営業部係長、という肩書きの後ろに、菅沼、という名が記されていた。程なくして、セールスマン、菅沼さんは汗を掻き掻き、駆け足で戻ってきた。早速扇風機を彼に向けてやり、麦茶を勧めた。アリガタイ、助かります、と言って、彼は麦茶を一気に飲み干し、氷をガリガリと音を立てて噛み砕き、飲み下した。人心地が付いた、という顔付きになり、急《せ》くようにして喋り出した。

「いやー、なかなかの骨董品、と言っては何ですが、時代物ですね。築何年になりますか？」

そう訊いてきた。彼の頭には、悪戯小僧のような笑顔が浮かんでいた。

「さーね、何せ、先代から相続した物でね。築三十年、いや、四十年、下手したらもっとになるかもしれないねえ……。詳しいことは知らないんだよ」

と、正直に答えた。すると、急に表情を変え、さも心配そうにこう言ってきた。

「最近は、地球温暖化が原因とかで、台風も大型化してきて、弱まる前に上陸してくるでしょう。台風じゃなくても、二〇〇〇年だったかな、この辺りを襲った豪雨災害のような大水が出たら、大家さんを前にして言いにくいんですが、あのような古いアパートだと、どんな被害になるか、分かったもんじゃないですよ。屋根が崩れたり、万が一にも家屋が倒壊したりして、住まわれてる店子《たなこ》さんが怪我でもされたら、責任は全部、ご主人、大家が負うことになりますからねえ」

心配そうな表情とは裏腹に、その声は、なぜか弾んでいるように聞こえたのは、気のせいだっただろうか？　言われるまでもなく、私の心配事もその点にあった。木造平屋建て、耐震構造もへったくれもない。誰が見ても、「期限切れ」の老朽化した借家であることはすぐに見て取れる。昔風に言えば、棟割り長屋、一棟を薄い壁一枚で三区分し、三世帯が居住していた。店子のうち、一人は四十歳代の偏屈そうな独身の中年男性であったが、その人以外は、いずれも七十五歳以上の老夫婦が二組、ひっそりと寄り添うように暮らしていた。私は直接話したことはなかったが、どうやら二組、この古いアパートを終《つい》の栖《すみか》と考えているらしかった。

「それで、ご主人は、あのアパートをどうしたいとお考えなんですか？　このままではまずい、と考えておられることは分かったんですが」

菅沼さんは、ちょっと意地悪そうな目付きになり、人を値踏みするように問うてきた。私は今度も正直に答えることにした。

「いろいろと難しい事情があるんだけど、できれば、潰して更地にした上で、売却したいと考えてる」

すかさず、私が曖昧にしたところを突いてきた。

「難しい事情、と言われましたが、何があるんです？　宜しければ、教えてもらえませんか。蛇《じゃ》の道は蛇《へび》、と言いますが、私もこの道は長いんです。土地の売買に絡む問題は、一通り経験してきました。何かお力添えできることがあるかもしれません」

そう言い終えた顔には、笑みが浮かんでいた。しかし、目は笑っていなかった。それに、その言葉には、不思議な力があった。人を惑わすというか、どこかへ引き摺り込んでいくというか、抗いがたい魔的な力が感じられた。警戒し、深く考える前に、勝手に口が動いていた。

「あのアパートは、一応私の名義になってるんだけど、相続した際に、死んだ母親と二人の妹たち、叔母たちとの間で話し合いが行われて、三人で事実上の共有名義扱いにすることで話がまとまった。各自が一軒ずつ大家になって、家賃を受け取ることになったんだ。だから、今後あのアパートをどうするか、ということについては、叔母二人が納得してくれないと、勝手な真似はできないというか……ちょっと面倒臭いんだよね」

　菅沼さんの顔から笑みが消え、みるみる渋面になった。この男の表情は豊かだ、カメレオンのようにコロコロと変わる。不動産の知識はもちろんあるのだろうが、それ以上に、地《じ》頭《あたま》がいい、頭の回転が速い、という気がした。

「それはまずいですね。叔母さんたちが存命のうちは、まだそれでもいいですよ。だけど、亡くなった後、その権利は、それぞれのお子さん方、お孫さん方という具合に、どんどん増えていってしまう。いざ、相続、という段になって、一番揉《も》める最悪のケースなんですよね。……それで、叔母さん方の意向ですね、あのアパートを処分するとして、納得してもらえそうなんですか？」

　私の返事をすでに承知の上で、あえて訊いているということが、すぐに分かった。もうその先について考えているのだろう。私が腕組みをして、うーん、と唸った切り、押し黙ってしまったものだから、仕方なく彼も付き合いで黙ってしまったが、手に提げていた黒鞄の中から手帳を取り出すと、ページを捲り始めた。そして、手が止まった。

「ちょっと電話してきますから、お時間下さい。すぐ済みますから」

　と言い残して、さっさと私の前から姿を消した。だが、その言葉通り、ものの一、二分で戻ってきた。

「ご主人、まずは正攻法でいきましょう。叔母さん方にも来て戴いて、お考えをはっきりと窺った上で、次の手を打つよう段取りを組んでみます。その場には、ウチからも担当する者を同席させて、話し合いの舵《かじ》取りをさせます。歯車を回す最初は、ちょっと力が必要なんですが、いったん回り出すと後は意外なほどにスムーズに進むものなんです。任せて戴いて宜しいですか？」

それは伺いを立てるという口調ではなかった。これでいきますよ、という宣言のように私の耳には響いた。

降って湧いたような義妹実代子の多重債務の解決に、何とか目鼻は付いたものの、まだ終わってはいなかった。妻の発病、癌という死の影に怯えた日々、青天の霹靂のような義父の壮絶な事故死、そして、サラ金相手の多重債務問題の出来《しゅったい》、と連続して起きた出来事に、私はなす術《すべ》もなく振り回され通しだった。初めて味わう事柄ばかりであり、それにどう向き合えば良いのか、皆目見当もつかぬまま、緊張に継ぐ緊張の日々に、肉体的な疲労はむろんのこと、神経がかなり参っていた。そこへ、息をつく間もなく、さらにアパートの取り壊しを巡る問題、下手をすれば叔母たちとの軋轢《あつれき》に苦しむ危険性を孕む厄介事に突っ込んでいくことに、一抹《いちまつ》の不安があった。

(果たして、私は、もつだろうか？)

決して大袈裟ではなく、そのような不安を覚えるほどに、すでに私の心身には異変が起きていたからだ。食欲不振、味覚障害、激痩せ、睡眠障害、そして何よりも生きる気力の減退。学校現場の急激な変化に付いていけない。変化の方向性に納得できない、という後ろ向きの気持ちばかりが募り、教師を続けることに苦痛を覚える場面が日々増えていった。パソコン、携帯といったツールが、もの凄い勢いで生徒たちの日常生活に入り込んでいくにつれて、デジタルの壁に生身の人間が隠されてしまい、生徒たちとの意思疎通に困難や違和感を強く覚えるようになっていた。私の教師人生における実りの多くは、生身の生徒たちとの繋がりによってもたらされてきた、と断言しても過言ではない。その繋がりに赤信号が点り出した今、私の教師人生は終わりに近付いているのではないか？　と思うこともしばしばであった。要するに、私は仕事に、職場に居場所を見出せなくなっていたのだ。迷子の教師——心身に変調を来《きた》したとしても不思議ではなかろう。そんな危機的な心身の状態で、休む間もなく、また一つ問題を抱え込むことに不安を覚えるのも当然のことだ。それでも、やっておかねばならない。問題を先送りしても、碌なことにはならない。ガタガタになりつつあった心身に鞭《むち》打って、同様にガタガタになってしまったボロアパートを処分するために動こう、と決意した……と言うのは、恰好良すぎる。決意、なんてご大層《たいそう》なものではない。偶然の出会いから流れができてしまい、その流れに任せて流れていこう、としているだけのことだ。抗うことに倦《う》んだ、ある種の諦念の為せる業《わざ》であったと言うべきかもしれない。

この飛び込みのセールスマンとの出会いから一週間後、話し合いを持つために、叔母たちに自宅に来てもらうことになった。陽子叔母のほうはともかく、受話器から伝わってきた涼子叔母の不機嫌そうなつっけんどんな受け答えに、イラッとさせられた。（くそっ！）と内心毒突いていた。

叔母たちとの話し合いに同席するために、不動産屋からやってきたのが、小熊さん。名は体を表すというが、まさにそれで、小太りの中年女性で、ブレザーの前を留めているボタンがかわいそうに思えてくるほどに、今にもはち切れそうだった。セールスマンの菅沼さんもそうだったが、大汗を掻きながら、手にしたレースで縁取られたハンカチで額を拭き拭き、約束の時刻よりもかなり早めにやってきた。応接間に入ってもらい、テーブルに着いたとき、開口一番、

「進行と説明は、すべて私のほうでやります。アパートの現状から判断して、今、手を入れないとまずいということ。事実上の共有名義は、将来相続となったときにトラブルの原因になること。それから、これは資料として作ってきましたが、アパートの解体費用、売却したときの価格について、見積もりを出しておきました。あとですね……」

鼻に掛かったような、ややハスキーな声で、小熊さんは淀みなく語り出した。菅沼さんも言っていたが、蛇の道は蛇、こういう金銭絡みの話は、プロに間に入ってもらうに限る。仲介料なり、手数料なりを取られるのは仕方ない。これを素人がやることの困難さ、煩雑さを思えば、安いものだろう。

「私は、何をすれば……？」

　と途中で口を挟むと、きっぱりとこう言われた。

「そばで座っていて下されば結構です」

　狸《たぬき》の置き物にでもなったような気分だった。でも……助かる。しかし、電話口での敵意剝《む》き出しの涼子叔母の対応を思い浮かべると、まだ安堵するには早すぎるという気がした。涼子叔母について訊いてみると、すでに小熊さんも理解していた。

「菅沼から説明を受けて、ご主人が電話をかけて下さった直後に、私のほうからもご挨拶がてら連絡を入れました。先方のご意向は分かりました。今日の話し合いだけで、すぐに納得が戴けるとは、私も考えておりません。でも、このまま放置しておけば、いずれ大変なことになるかもしれない、相当な確率で、ですね。そのことをお伝えするだけでも意味があると考えています。焦らずに、一つ一つ打つべき手を打っていけば、障害は取り除かれていくと思いますよ」

　まるであの菅沼さんが生き霊となって乗り移っているのではないか、と勘繰《かんぐ》ってしまいたくなるほどに、自信に満ちた落ち着いた物言いだった。

（この人に任せるしかないか……）

　心の中でそう呟き、小熊さんには、

「いろいろと癇《かん》に障る、聞き苦しいことを言われるかもしれませんが……。今日はよろしく

「お願いします」
とだけ伝えた。

「絶対に認めない！」と、席を立つ際に、いたちの最後っ屁《ぺ》、のように言い放った涼子叔母の言葉が、いつまでも私の耳にこびりついて離れなかった。元気だった頃の母の前で、涼子叔母が今ほどに感情的になって、腹に溜まった思いをまくし立てるという場面を見たことはなかった。母がくも膜下出血で倒れ、入院生活を送っていたとき、見舞いに訪れた際の叔母もそうだった。胸の内を隠すことなくさらけ出し、周囲を笑わせていたのは、もっぱら陽子叔母の役割で、陽子叔母のそばで相槌《あいづち》を打ちながら、一緒になって笑っている姿しか見ていなかった。だが、母の死後、涼子叔母は豹変《ひょうへん》した。まず顔付きが明らかに険しくなった。物言いにも刺々《とげとげ》しさが目立つようになった。いったい、叔母の内面に何が起きたというのか？考えられることはただ一つ。姉であり、三姉妹のリーダー格であった母の重石から解放されて、誰憚《はばか》ることなく何でも言いたいことが言える自由を手にした、ということだ。今日の話し合いの場でも、叔母の言葉の端々から、処分しようと提案したアパートの件も含めて、かつて三姉妹の間で行われた相続全般を巡り、涼子叔母には今でも相当の鬱憤《うっぷん》が溜まっていることが推察できた。相続を巡るいきさつについて、詳しいことを私は知らない。すべては母の胸の内に収められたまま、ついに私に語ることなく、母は逝ってしまった。生前の母の

郵 便 は が き

料金受取人払郵便

新宿局承認

1409

差出有効期間
2021年6月
30日まで
（切手不要）

1 6 0-8 7 9 1

1 4 1

東京都新宿区新宿1－10－1

(株)文芸社

愛読者カード係 行

お名前《ふりがな》		明治 大正 昭和 平成 年生 歳	
ご住所《ふりがな》	□□□-□□□□		性別 男・女
お電話番号	（書籍ご注文の際に必要です）	ご職業	
E-mail			
ご購読雑誌（複数可）		ご購読新聞 新聞	

最近読んでおもしろかった本や今後、とりあげてほしいテーマをお教えください。

ご自分の研究成果や経験、お考え等を出版してみたいというお気持ちはありますか。

ある　　ない　　内容・テーマ（　　　　　　　　　　　　）

現在完成した作品をお持ちですか。

ある　　ない　　ジャンル・原稿量（　　　　　　　　　　　　）

書　名			
お買上 書　店	都道 府県　　　　市区 郡	書店名	書店
		ご購入日	年　　月　　日

本書をどこでお知りになりましたか?

1.書店店頭　2.知人にすすめられて　3.インターネット(サイト名　　　)

4.DMハガキ　5.広告、記事を見て(新聞、雑誌名　　　)

上の質問に関連して、ご購入の決め手となったのは?

1.タイトル　2.著者　3.内容　4.カバーデザイン　5.帯

その他ご自由にお書きください。

(　　　　)

本書についてのご意見、ご感想をお聞かせください。

①内容について

②カバー、タイトル、帯について

弊社Webサイトからもご意見、ご感想をお寄せいただけます。

ご協力ありがとうございました。

※お寄せいただいたご意見、ご感想は新聞広告等で匿名にて使わせていただくことがあります。

※お客様の個人情報は、小社からの連絡のみに使用します。社外に提供することは一切ありません。

物言いはきつかった。これ、と決めたら、他人の意見に耳を貸そうとはせず、最後まで押し通してしまう我《が》の強さは人一倍だった。妹相手ならばなおさらだっただろう。充分に想像できた。大した額の相続ではない。また、俗に、金持ち喧嘩せず、と言う。大した額ではなかったからなおのこと、血族だからこその理屈を超えた恨みつらみは根深くなったのかもしれない。おまけに、金持ちは一人もいなかった。金銭を巡る諍《いさか》いは見苦しい、喧嘩はやめよう、という品の良さとも無縁だった。

（これは、相当たちが悪いぞ……）

私の個人的で勝手な想像ではあったが、当たらずといえども遠からず、そんな気を強くした。叔母たちが帰った後で、その辺りのことを小熊さんには伝えておいた。

「なるほど、そうですか、そんなことがあったんですね……。でも、アパートをこのままにはしておけない、という説明については、叔母さん方からは質問も異存も出されませんでしたものね。つまり、筋道立って考えれば、アパートの取り壊しもやむなし、という立場には立たれた、と判断しても宜しいんじゃないでしょうか？　その後のことは、また別問題でしょうが。ならば、後はお気持ちの問題ということになりますね。少しずつお話しを伺って、凝り固まった思いを解きほぐしていくしかないかもしれません……」

小熊さんの語った今後の見立てに賛同しながらも、一方で、全く違う思いが、一つの言葉となって私の頭の中を去来していた。我ながら厭な言葉だとは思いながらも、私の正直な思いを言葉にすれば、それしかないと強く感じていた。さすがにそれを小熊さんに言う気はしなかったが、蝿のように煩《うるさ》くブンブンと飛び交っていた言葉、それは――「死に待ち」だった。


九月の初旬、自宅の固定電話が鳴った。

昨夜もまた眠りはぶつ切れで、睡眠不足から体はだるく、頭痛がひどかった。幸いにして今日は学校が休みで、いつもなら起きなければならない時刻にもう一寝入りした。お陰で遅い目醒めとなり、多少体は楽になった。しかし、依然として頭痛は続いていた。洗顔すれば、気分だけでも少しはすっきりするかな、と期待したのだが、無駄だった。まだ、目醒めていない頭で受話器を取ると、聞き慣れぬ女性の声がした。

「あっ、秀雄さんですか？　琴音《ことね》です。今朝、母が亡くなりました」

琴音？　誰なのか、思い出せなかった。だが、すぐ直後に陽子叔母の娘の琴音さんであることに気が付いた。でも、陽子叔母が亡くなった？　何かの間違いじゃないか、としか思えなかった。昨年頃から認知症の症状が現れるようになったと聞いていたが、死に結び付くような重篤な病に罹っているなどと聞いてはいなかった。

「亡くなったって……何がいったい……事故ですか？」

実感の湧かぬまま、そう訊き返していた。

「それが、風呂で溺れたようで……。今朝早くに浴槽でうつぶせになって浮かんでいるのを父が発見したんです」

　事実が分かってくるにつれて、逆に実感はますます遠のいていった。入浴中に、手か足か、何かを滑らせてしまい、認知症と高齢の故に、とっさの判断も対応もできずに、そのまま溺れてしまったのだろう。思いも寄らぬ陽子叔母の死の知らせに、まだ目醒め切れていない私の頭は、全く別のことを考えてしまっていた。

（死んでほしいと願った相手は、陽子叔母ではなかったのに……）

　頭に浮かんだその言葉に、はっとした。電話を通して、その言葉が琴音さんにも伝わってしまったのではないかとさえ思え、慌てて打ち消した。一人芝居のような滑稽な狼狽ぶりを誤魔化そうとするかのように、私は琴音さんに今後のこと、通夜や葬儀の時刻、場所といった実務的なことを訊き始めた。人に知られたくない自らの内面の濁りを覆い隠すための最良の方法は、実務に没頭することだと判断していた。すると、会話の最後に、琴音さんはこう付け足した。

「アパートの処分の件については、ある程度は母から聞いてます。これからは母に代わって、私が話し合いの場に加わることになりますが、私には特に希望もこだわりもありません。アパートの名義人は秀雄さんなんですから……秀雄さんのしたいようにしてもらって結構です。……涼了叔母さんのことも知ってますが、私には何もできそうにはありません……すみません……よろしくお願いします」

そう言って、電話は切れた。

（動き始めた。……人が死ぬと、事は動き始める……）

受話器を握り締めたまま、私はそんなことを思っていた。人の死と事の進捗《しんちょく》の間には、必ずしも関連性があるとは限らない。しかし、意図的で、人為的な働きかけ以上に、事に関わる人間が一人死ぬことのほうが、事を大きく動かすきっかけになることは多い。根拠なんかない。あろうはずもない。でも、なぜかほとんど確信にも近い思いで、私は今後の進展に何かを感じ取っていた。

この間、不動産屋の小熊さんは精力的に動き回り、話し合いを重ねていた。叔母たちとはもちろんのこと、アパートを訪れ、三組の店子ともじっくりと話し込み、話題は退去した後の新たな居住地について相談に乗る、という段階にまで進んでいた。

陽子叔母の葬儀が終わって間もなくのこと、小熊さんが自宅に訪ねてきた。九月も中旬になっていたが、今年も残暑は厳しかった。すっかり見慣れてしまったが、大汗をかきながら、レースのハンカチで滴り落ちる汗を拭き拭き、小熊さんは話し出した。

「そろそろアパートの退去について、店子の皆さんに直接説明する場を持ってもいいと思っています。まだ今住んでいるアパートへの愛着を捨て切れない、とおっしゃっている方も見えますけどね。何とかなると思います。それと……これはちょっと申し上げにくいことなんですが、叔母さんのご様子が……。お体が一回り小さくなられて、お声にも張りがありません。ご本人は何も言われませんが、何かご病気でも患っておられるのではないか、と……。気弱になっておられるのかもしれません。『絶対に処分しない！』と大声を張り上げておられた頃のような頑なさは感じられません。……タイミングを見て、説明会の日程を決めたいと考えておりますので、決まり次第ご連絡します」

小熊さんの語った叔母の異変については、すでに私も感じ取っていた。陽子叔母の通夜の席でのことだった。会場に姿を見せた涼子叔母は、息子の富弘さんに付き添われていた。息子に手を取られた叔母の足許はおぼつかなかった。ちょっと見ぬ間に、急速に老化と衰弱が進んでいた。私の顔を見たときの涼子叔母の目には、相変わらず険があったが、口は開かず、すぐに目を逸らせた。もはや私に絡もうとする気力を失っているという感じだった。用意された椅子に座ったのだが、座っているだけでも辛そうだった。息子の富弘さんとは、年回りも近いこともあって、幼い頃はよく遊んだ仲だった。富弘さん、というより、ではなく、子供の頃の呼び名「とんちゃん」、と、彼を呼び止めた。会場を出て、入口横に設けられた喫煙所にとんちゃんを呼び出した。煙草に火をつけながら、率直に疑問をぶつけてみた。

「叔母さん、どうしちゃったの？」

と。一瞬、とんちゃんは身構えたようにも見えたのだが、すぐに、仕方がない、と諦めたように喋り出した。

「お袋から口止めされてるから、他言は無用、ということで頼むよ。お袋、癌なんだ。夏に体調を崩し、病院で検査してもらったんだが、精密検査が必要だということで、紹介状を書いてもらい、総合病院で診てもらったんだ。そうしたら、癌だって……。末期だそうだ。ただし、年が年だから、進行はゆっくりしていて、とりあえず抗癌剤で叩きましょうという話になったんだよ。それで抗癌剤治療を受けてるんだが、どうもお袋には合わないようでね。治療を受けるようになってから、目に見えて具合が悪くなっちゃってさ、本人も、辛い、辛い、とばかり言うようになった。今は抗癌剤はやめて、他に治療法はないか、医者と相談しているところ。……詳しいことを俺にも話そうとしないんだけど、アパートの件では秀ちゃんに迷惑をかけてるようだね。申し訳ない。俺が何か言っても聞かないんだよ。頑固でね。よく分からんが、意地になってるみたいでさ……」

私は相槌を打ちながら、苦そうに煙草を吸って、煙と一緒に吐き出されるとんちゃんの言葉に黙って耳を傾けていた。このときも、とんちゃんの話とは別の次元で、例の言葉が頭の中をよぎっていくのを感じていた。

「死に待ち」——死の連鎖だった。陽子叔母が死に、今また涼子叔母の身にも、死の影が色濃く差し始めていた。

涼子叔母が呼んでる、ということで、とんちゃんは乱暴に煙草を揉み消すと、会場内に戻っていったが、私は一人、その場に残った。突然差してきた死の影に閉じ込められ、身動きがとれず、気持ちが急激に沈んでいくのを感じていた。指先が冷たい。冷たくなった指で、もう一本煙草を抜き取り、火をつけた。口の中いっぱいに苦味が広がった。確かに、涼子叔母の死を願ったし、それが叶えば、古アパートの処分は一挙に片付くだろう、と今でも思っていた。だが、本当に願っていたのはそんなことだったのだろうか？　と急展開を見せる現実に戸惑いながら、自らの心の動きに疑問を抱いていた。

（私が願っていたことが、こんなことなら……それが分かっていたら……ならば、私はどうしていたというのだろう？……）

堂々巡りだった。歯車を回すときには力が必要だが、いったん回り出すと、後は意外にスムーズに進むもの、と語ったセールスマンの菅沼さんの言葉が唐突に蘇ってきた。裏を返せば、いったん回り出してしまった歯車を止めるのは容易ではない、ということか？……心が一つ所に留《とど》まろうとしないことに苛立ちながら、私は自らの思いに沈み込んでいった。

（せっかく回り始めた歯車だぞ。いまさら止めるつもりか？）

そんな自問自答にも答えられなかった。流されていく――。歯車の回る聞き苦しい軋みに眉を顰《ひそ》めながら、その音は自らの神経が立てているものであることにも気付いていた。歯車と神経が立てる不快な軋み音から逃れる術《すべ》はない。軋み音に曝《さら》されながら、その場に立ち竦《すく》むしかない自分が恨めしかった。

陽子叔母の初七日が終わるのを待って、アパートの店子に向けた退去説明会が行われることになった。出席したのは、店子の三組と私、亡くなった陽子叔母に代わって、娘の琴音さん、そしてとんちゃんに付き添われた涼子叔母、不動産屋の小熊さんだった。関係者全員が一堂に会するのは、これが初めてであった。アパートの最奥部の部屋に住む間瀬《ませ》夫妻の一室をお借りすることになった。間瀬夫妻の大家は涼子叔母であった。間瀬さんのご主人は八十歳を越え、外出する際も車椅子が必要であり、家にいるときはほとんど布団の中で過ごしていた。そんなご主人が移動するのは大変だということで、間瀬さんの部屋が説明会場に選ばれたのだった。この日もご主人はずっと布団で横になっていて、もっぱら奥さんが対応していた。奥さんも八十歳を越えていた。当日の進行、説明は、やはり小熊さんが一手に引き受け、この場でも、私は、狸の置き物、としてそばに控えておれば良かった。しかし、この狸、信楽《しがらき》焼きの狸と違って、中味はがらんどうではなく、心という厄介なものを隠し持っていた。店子からの最後の訴えに、馬耳東風というわけにはいかず、心は激しく揺さぶられ、針の筵《むしろ》に座らされているような辛い状態をしいられた。小熊さんは説明後、鞄の中から一枚の書面を取り出して、店子全員の目に留《と》まる場所に置いた。退去の承諾書であった。書面の最後に、三名連記で署名、捺印する欄が設けられていた。

「何か、おっしゃりたいことはございますか？」

小熊さんはそう促した。すると、間瀬さんの奥さんが、承諾書に視線を落としたままの姿勢で口火を切った。正座した膝の上に置かれた手は、ハンカチを固く握り締めていた。

「ご覧の通り、主人もこんな体になり、起き上がるのも大儀になってるんです。大家さんには、ここを終《つい》の棲《すみか》としたい、どうぞよろしくお願いします、と再三申し上げておりました。大家さんも、ええよ、ええよ、いつまでおってもええよ、と言って下さっていたんです。ですから、今回のことは本当に考えてもみなかったことで、びっくりしてしまって、どうしたらいいのか、分からなくて……」

　その語尾は涙で震えていた。握り締めていたハンカチを両目に当てると、体をくの字に折り曲げて泣きじゃくり始めた。その後ろに敷かれた布団に寝かされていたご主人は、天井を見上げたまま、何も語らなかった。染《し》みの浮き出た表情からは、何の感情も読み取れなかった。大家である涼子叔母は、にじり寄るようにして、泣きじゃくる奥さんの小さな体を抱きかかえ、慰謝の言葉をかけた。

「悪かったなー、勘弁してちょーよ、なあ、勘弁してちょーよ」

　叔母もまた涙で声を詰まらせていた。叔母が意固地になって反対を唱えていた理由の一端が、ここにあったことは明らかだった。

　こんな過剰とも言える愁嘆場を目の前で見せつけられては、いくら狸の置き物を装ってみても、心がある以上、平然としていられるはずがなかった。だからといって、この期《ご》に及んで、下手な励ましも慰めも口にすることはできなかった。ただただ耐え忍ぶしかなかった。隣りにいた権田夫妻も間瀬さんと同じようなものだった。権田夫妻の大家は亡くなった陽子叔母、代わって娘の琴音さんが現在の大家になっていた。権田さんの奥さんも涙で鼻をぐずらせながら、こう訴えた。

「長年ここに住まわせてもらって、間瀬さんには何くれとなくお世話になり、助けられながら、何とか今日までやってこられました。この年になって転居するのは、やっぱり辛い。どうしてもここにいられないのならば、せめて転居先は間瀬さんと同じアパートにしてほしいんですが……」

そう言うと、小熊さんに向かって深々と頭を下げたのだった。権田夫妻も八十歳近い。畳に額を擦りつけるようにして、深々と下げた奥さんの頭頂部の髪の薄さがもの悲しかった。囁くように、希望に添えるよう努力してみますから、と小熊さんは答えていた。

私一人が悪者だった。血も涙もない、目先の欲得のために社会的弱者を追い出し、アパートの取り壊しを画策した、人道上許しがたい人非人、それが私だった。この場を客観的に眺めれば、その通りだろう。私が一言、分かりました、アパートの取り壊しはやめます、皆さん、どうぞいつまでもここにいて下さい、と宣言すれば、四方八方丸く納まり、事は解決する。ボロアパートを放置することで生じるリスクをすべて棚上げにして、そんな正義の味方のような言葉を口にするのは簡単だ。この耐えがたい、地獄の責め苦の続く愁嘆場からもたちどころにして解放されることになる。メデタシ、メデタシ、だ……。でも、すでにそんな台詞《セリフ》を口にできる時は過ぎ去っていた。情に流されそうになり、動揺する心を力ずくで押し潰し、最後まで狸の置き物という自分に割り振られた役割を全うし、どのような愁訴にも馬耳東風の態度を貫き通すことしか、このときの私には許されていなかった。頭痛がする。耳鳴りがする。冷や汗が時折流れ、しばしば吐き気が込み上げていた。我慢するにも限界がある。そろそろその限界が近付いているのでは、と思いかけたとき、部屋の隅で片膝を付き、心底うんざりした表情を張り付けて、黙りこくっていた片桐さんが口を開いた。四十過ぎの中年男、偏屈さが顔付きばかりでなく、全身から滲み出ているような独身者だった。彼が私の担当する店子であった。

「いつまでも泣き言並べていたって、大家が、アパートを潰すから出てってくれ、って言ってんだ。出ていくしかねーだろ」

と吐き棄てた。お涙頂戴の愁嘆場の空気が一気に凍り付いた。片桐さんはポケットから判子を取り出すと、小熊さんからボールペンと朱肉を借り、手許に引き寄せた承諾書に何のためらいもなく署名し、押印した。ボールペンと朱肉を小熊さんに返し、承諾書を元《もと》あった位置へと押し返した。

「これから用事があるんで、俺はこれでお暇《いとま》する。後は適当にやっといてくれ」

そんな捨て台詞を残して、さっさと出ていってしまった。家賃の集金とかで顔を合わせると、そのつっけんどんな態度にあまりいい気分のしない人だったが、この日ばかりは違った。彼の浴びせた冷や水に、その後は誰も口を開こうとしなくなった。白《しら》けてしまった、と称してもいいだろう。場の空気の急変に救われたのは、私一人だったただろうか？　小熊さんは、今後の手続きについて簡略に説明した後、この場を閉め括り、散会となった。

暖かい日が続いていたのだが、天気予報で、大陸から真冬並みの寒気団が南下してきた、と告げられた翌日には、一気に季節は冬に逆戻りしてしまった。昨日まで吹いていた南風は、凍て付くような北風に変わってしまった。そんな昨日までの南風に乗って、不動産屋から電話が掛かってきた。買い手がついた、との連絡だった。契約書を取り交わした後、準備が整い次第、工事に入る予定だとも言っていた。

（見に行くならば、今か……。でも、何を見たいのだろう？）

自らの思い付きに突き動かされ、自宅を出たものの、その目的を摑み兼ねていた。何かを見ておきたい、と願いながらも、何を見たいのかが判然としない。茫然とした奇妙な気分だった。それでも、見に行くしかない、との思いは揺らぎようがなかった。

去年の九月、アパートの店子に向けた立ち退きの説明会が行われてからの動きは早かった。三組の店子の転居先は、二週間ばかりですべて決まった。独り者の片桐さんは、小熊さんの世話にはならず、自力で勤務先の工場のすぐ近くにあるアパートへの転居を決めていた。権田さんの奥さんが涙ながらに訴えた、間瀬夫婦と同じアパートに引っ越したいという要望を受けて、小熊さんは奔走した。高齢の二組の夫婦を一時に受け入れてくれるようなアパートを探し当てるのは容易なことではなかろう、と思っていたのだが、案ずるより生むが易し、で意外と早く見つかった。小熊さんが誠実に尽力したお陰なのだろう、今のアパートからはやや離れていたが、近くにスーパーマーケットあり、病院あり、で日常生活に支障を来《きた》すような場所ではなかった。両夫妻ともあっさり了解してくれた、と電話連絡をくれた小熊さんの声には、安堵感が溢れていた。その連絡を受けてしばらくしてから、アパートの解体作業が始まった。木造平屋のボロアパートだ、解体作業といっても、重機を使えば呆気ないほどの早さで終わってしまう。仕事の都合で現場に立ち会ったわけではなかったが、解体作業の終了についても小熊さんからの電話連絡を受けて知ったことだった。今から解体作業に入る、との連絡を受けて間がなかったために、

（えっ、もう終わったの⁉）

というのが最初の印象だった。何もかもが消えてなくなっていく。存在していたときには、それ故に苦しみの種にもなり、存在していること自体を呪いもしたのだが、いざ、なくなる段になると、あまりにも呆気ない。それが現に存在していたという事実も、それ故に味わった耐えがたい苦悩も、すべてが幻であったようにすら感じられる。消滅による喪失感は、決して安堵には結びつかない。喪失感は現実味の喪失であり、忌むべき存在の喪失は、それと否応もなく繋がって生きていた自分を稀薄化、つまり自分が今、この世に存在しているという感覚を稀薄化させてしまった。しかも、さらにたちが悪いことに、苦悩の記憶は時の流れ

によって朧《おぼろ》になろうとも、苦悩の傷はいつまでもかさぶたにはならず、ジュクジュクと血膿《ちうみ》を流し続けた。取り巻いていた実体はかき消えていくのに、蓄積されたダメージは外への行き場をなくし、容赦なく自らを侵蝕していった。最悪の結果だった。

周辺には馴染みのある建物が並んでいるのに、その一角だけが異様であった。空虚なのだ。ボロアパートは跡形もなくなり、土台の痕跡すらない。柱の一部、瓦の欠片一つ、釘一本残っていなかった。解体し、瓦礫《がれき》をすべて撤去した後で、ローラーでも掛けられたのだろう、剝き出しになった黒っぽい土が、不自然なくらいに真っ平《たいら》になって広がっていた。この場所につい最近まで人がいて、生活を営んでいたという痕跡を完全に抹消しようと企てているかのような徹底的な破壊ぶりであった。徹底的な破壊、この世からの消去は、建物ばかりでなく、人にも及んでいた。

今年に入り、入院治療を続けていた涼子叔母の連れ合い、敬一叔父が亡くなった。通夜、葬儀には参加したのだが、急に襲ってきた心と体の変調のために、火葬場までは付き添えなかった。後になって、間接的に聞いただけなのだが、そのことで涼子叔母は激怒したという。

「伊藤家、本家の総領が、最後まで付き添わんで、どうするんだ！　どたわけが！」

と大変な剣幕だったという。そんなことがあっただなんて、しばらくは知らなかった。それを漏れ聞いたとき、理由はともかく、一言詫びを入れるべきか？　とも考えたのだが、時間が経ちすぎてしまい、結果的にタイミングを逃してしまった。また、叔母への蟠《わだかま》りが依然として根深く残っていて、それが詫びを入れることを躊躇させた一因であった。そして、時を経ずして敬一叔父の後を追うようにして、涼子叔母も亡くなってしまった。抗癌剤治療をやめ、一時は体調を持ち直していたのだが、叔父の死を契機にして、急激に病状は悪化していったという。

茶毘《だび》に付された叔母の煙が、煙突の先から薄く立ち昇っていくのを見上げたとき、私が幼かった頃の優しい叔母の笑顔が思い出された。叔母は私のことを可愛がってくれた。よく褒めてくれた。この日が来るまで、ついぞ思い出すことのなかった、優しい、懐かしい笑顔だった。その笑顔の残像とともに、私の心に湧き上がってきたのが、後悔の念だった。通夜、葬儀と会館内に幽閉されたような息苦しさを覚えながらも、何とか時をやり過ごしている間、最も強く感じていたのは解放感だった。死に待ち、という言葉をもう一度胸の中で噛み締めていた。ところが、叔母の笑顔を思い出した途端、同じ、死に待ち、という言葉が、全く違った意味合いへと変化した。たかが古アパートの処分という一件を巡って、障害になる叔母の死を願った自分が、いたたまれないような、慚愧《ざんき》の念に苛まれ始めたのだった。

（なぜ、あんなにも叔母のことを忌み嫌ったのだろう？）

薄い煙を見上げつつ、自らの荒れすさんだ心の動きをいぶかしんだ。しかも、だ。自己嫌悪に陥りながら、死に待ち、の心情から生み出されてきた解放感が、なおも心の片隅で消えることなく燻《くす》ぶっていた。水と油。心というコップの中をどんなに掻き混ぜたとしても、この両者が溶け合うことはない。水と油は、分離したまま、私の心の中でたゆたい続けるばかりだった。

　更地を見詰め、その空虚さに底知れぬ虚無感を覚えていた。私の目には、更地の空虚を透《す》かして、永遠に失われてしまった人々の姿、陽子叔母、涼子叔母と敬一叔父夫婦の面影が揺らめいていた。さらに、恐らくは二度と会うことはないであろう、アパートの店子の人々、間瀬夫婦、権田夫婦、片桐さんの影が陽炎《かげろう》のように現れ、たちまちにして朧《おぼろ》になっていくのが見えた。そして、もう一人。アパート処分の件で最も世話になった不動産屋の担当、小熊さんの姿がそこに重なった。不動産屋との電話での事務連絡の中で、たまたま彼女のことが話題になり、つい最近、会社を退職したことを知ったのだった。電話口の相手は、小熊さんがなぜ辞めたのか、その理由を知らない、と言った。とっさに、申し訳ないことをした、との思いが募ってきた。疲れ切り、心が折れてしまったのではないか？　矢面に立ち走り回った先々で、耐えがたい言葉、身勝手な要望を浴びせられたのかもしれない。充分に想像できた。それも仕事の内、と言ってしまえばそれまでだろうが、小熊さんも人間だ。これも仕事の内、とは割り切れないひどい対応もあったのではないか？　今となっては憶測するしかないのだが、憶測だけにその範囲は際限なく広がっていった。もしかしたら、知らず知らずのうちに、私も彼女に我慢のならぬ暴言の類いを浴びせていたかもしれない……。そう思うと、申し訳ないでは済まない、やりきれぬ気持ちでいっぱいになった。ブレザーの前をはち切れそうにさせながら、汗を拭き拭き説明する小熊さんが、私の目の前に立ち現れるや否や、霧が晴れるようにして掻き消えた。

　逃げるようにして、その場を離れた。もはやその場にはいられなかった。手当たり次第に関わった人たちを呑み込んでいった空虚、更地というノッペラボーの底無しの虚無感に、自分までもが呑み込まれそうな恐怖感を覚えたからだった。ここ数年の間に、息つく間もなく次から次へと眼前に現れた死と死の影は、着実に、確実に、私の魂から生きる力を奪い去っていった。仕事に行き詰まっていた私には、その暴力的な衝撃は致命傷にもなり兼ねなかった。早足だった私の足が、ふいに止まった。魔が差したのだろうか？　将来のリスクを避けるために下した決断だった。金銭目的ではない。いずれ振り込まれる土地の対価を、次の代であるとんちゃん、琴音さんと三等分して、すべては終わる。求めていたわけでもない対価と引き換えに失ったものの大きさを考えたとき、私は暗然たる気分になった。

　大きく切り取られたガラス窓に映った自分の姿を目にして、私の気持ちはさらに沈んでいった。短期間のうちに、いっそう痩せていた。こけた頬に暗い影が宿っていた。その影に向かって、私は心の内で呟いていた。

（教えろ。お前の次なる獲物は誰なんだ⁉）

第四章　被爆のマリアに弾かれて

「伊藤先生、あれ、あそこ！　あそこにいます！」

駆け寄ってきた同じ学年団の井ノ口先生が、切羽詰まったような声を出して、指差した。教職員の駐車場としても使われている中庭を挟んで、職員室の入っている棟の向かい側にある教室棟の屋上を指差していた。屋上に出る、コンクリートの打ちっ放しでできた小さな建物の端に、スカートがチラッと見え、すぐに物陰に隠れてしまった。そのとき、職員室に残っていたのは、同学年の担任教師、井ノ口先生と、もう一人、副担任で生活指導部長の蛯原先生だけだった。

「先生もお願いします」

やはり屋上に目を遣っていた蛯原先生にも声をかけると、こくりとうなずいて、すぐに立ち上がった。二つの棟を繋ぐ建物にも教室は入っていたが、この時間は体育の授業らしく、生徒がいる気配はなかった。私と井ノ口先生、蛯原先生は、足音荒くその前の廊下を全力で走り抜け、教室棟の屋上へと出る階段を、二段飛ばし、三段飛ばしで駆け上がった。この日も朝から固形物は何も食べておらず、水やコーヒーしか飲んでいなかったために、軽い眩暈がしたが、そんなことには構っていられなかった。屋上へ出る鉄の扉は蝶番《ちょうつがい》が錆《さび》付いているらしく、ギーッと耳障りな音を立てた。屋上に風はなく、梅雨《つゆ》真っ只中の雨の臭いがする、籠ったような空気が溜まっていた。

雅《みやび》の細い体は、すぐに見つかった。ここは別にもう一カ所ある、屋上へ出る東側の建物の陰に座っていた。コンクリートの壁に背を凭《もた》せ掛け、手摺りも何もない、屋上のギリギリの端に腰を下ろした彼女は、両足を宙に浮かせ、物憂げにブラブラとさせていた。校舎は三階建て、雅が座っている側は、眼下に砂利を敷き詰めたエリアが広がり、来校した保護者がよく使う駐車場になっていた。彼女が足をブラつかせている真下は、校舎に接した部分で、コンクリートで固められている。もしも、バランスを崩して落下すれば、ただでは済まない。コンクリートに頭でも強打すれば……。

井ノ口、蛯原、二人の先生に目配せして、私一人で雅のそばへ近付いていった。雅は生気のない青白い横顔を見せて、駐車場の奥に広がる森に目を遣っていた。何かを一心に見ているという意思を感じさせる顔付きではなかった。たまたま目を遣った先に、森が広がっていた、という感じだった。私がゆっくり近付いていっても、顔をこちらに向けようとはしなかった。でも、気付いているはずだ。無視しているという意識性は感じさせなかった。ゆっくり一歩一歩近付いていっても、彼女の態度に変化は見受けられなかった。端《はな》っから私の存在になんぞ興味はないし、眼中にすらない。自分はここに来たいから、こうしていたいから、ここにいるだけの話だ、といった態度であった。私は黙って、そばに座った。

雅との距離は一メートルもなかった。手を伸ばせば、すぐにでも彼女の細い体を抱き締められる距離だった。跳ばれては困る。ならば、有無を言わせず、その細い体を抱き締めて、こんな危なっかしい場所から引き離せば良かったのかもしれない。でも、そうはしなかった。雅は跳ばない、と断言できるほどの自信はなかったが、跳ばないだろう、たぶん、という程度の……勘だった。自然と胡座《あぐら》をかいていた。演技ではない。リラックスさせよう、とかといった意図があって、そうしたわけではない。疲れが、そういう姿勢をとらせた、としか言いようがない。雅のぬいぐるみにでも付いていそうな丸っこい小さな耳朶《みみたぶ》を見ながら、私は口を開いた。

「よくここへは来るのか?」

返事はない。肯定すれば、これまでにも何度か授業を抜け出して、ここで時間を潰していたことがバレてしまう、と警戒して、返事をしないのだろうか? 初めてならば、初めてだ、と答えるのが自然だろうと思えた。それとも、今は誰とも話をしたくないという気分なのだろうか? 私からの問いかけには答えず、何かを見詰めているとは思えないのだが、とりあえず雅が視線を送っている森を私も眺めることにした。

彼女の心の中は分からない。分かっている気になっているところもあるが、氷山の一角にすぎないだろう。心の謎を解く鍵の在《あ》り処《か》に繋がるようなことを、彼女は決して語ろうとはしなかった。だからといって、無口な生徒というわけでもない。気が向けば、いくらでも、いつまでも話す。ただし、自分のことだけ。人の話を聞こうとはしなかった。そのために厭になって、友達は離れていってしまい、親しい友人はいなかった。自分のことだけを一方的に機関銃のようにまくし立て、一人勝手に笑い転げている彼女の姿を、新学期早々にはときどき目撃することはあった。しかし、長続きはしなかった。四月も後半ともなれば、放課でも、一人ポツンと座っている姿しか見受けられなくなった。彼女の許へは誰も近寄ってはいかなかった。

　先月のゴールデンウィーク明け、登校する振りをして、ゲームセンターへ行き、そこで補導員に捕まって怠学が露見した。有期の家庭謹慎処分となったのだが、その折に家庭訪問をしたとき、雅は私によく喋った。饒舌《じょうぜつ》すぎるほどに饒舌であったことが、私の目には奇異に映った。父親への不満、悪口のオンパレードであった。

「将来は歯医者になって、家業の歯科医院を継げ。パパは口を開けば、これぱっかり。医者になれるほど勉強ができなくても、ビリでも何でもいいから、ともかく大学の歯学部に入学して、そこで歯医者志望の男子をゲットしろ。結婚して、入り婿《むこ》になってもらい、ウチの歯科医院を継いで貰う。だから、長男は駄目だぞ。長男は大抵が家が歯医者で、家業を継ぐことになってる。次男坊、三男坊を狙え。できれば気の弱そうな男がいい。お前が繰り返し継いでくれるよう説得するんだ。惚れた弱みで、恋人から強く頼まれれば、断れないような気の弱い男がいい。いいか、繰り返し言うぞ。お前が歯科医師になるか、それとも、歯学部に入って、ウチの病院を継いでくれる男を見つけてくるか。そのどっちかだ。それ以外、パパは認めんからな。そうでなかったら、学費は一切出さん。いいな、分かったな！　――先生、どうよ、どう思う？　ここまで娘の人生を縛り付けてくるのって、考えられる⁉　パパは、ヒトラー、独裁者よ！　私のことを自分の道具としか見ていない。生きた人間だ、と思ってないんだから。ひどすぎると思うでしょ！　……先生は私のこと、どう思ってるか知らないけど、私がおかしなことをするのは、全部パパのせいだからね。それだけは分かっててほしい」

妙に説得力のある言い分だった。こうまではっきりと原因は、パパにある、と明言する生徒とは初めて出会った気がする。しかも、ここまで一息で語り尽くせるのだから、たとえ学業成績は低空飛行でも、地頭《じあたま》はいい証拠だろう。だが、引っ掛かるところがあった。その過剰なまでの饒舌さ、だ。迫真力がある分、どこか演じているような、そんなかわいそうな自分に酔っているというか、それで人から同情され、共感されることに快感を覚えているような……真実は別にあるのではないか？　一言で称するならば、ざらつくような違和感を覚えたのだった。

日を改めて、今度は雅の両親と話をすることにした。雅と会う前に時間をとってもらい、医院内の休憩室で話を聞いた。雅から聞かされた、パパ＝ヒトラー説、をそのまま両親にぶつけてみた。両親共に驚いていた。父親は私とそう変わらない年齢、五十前後といったところか。四角い銀縁の眼鏡をかけ、えらの張った顔立ちで、一見すると我の強そうなタイプのようにも思えたのだが、その語り口は柔らかだった。白い物が混じる髪を後ろに撫でつけながら、いかにも困ったな、といった表情で語り出した。

「確かにそんな話をしたことはありますが、何が何でも病院の跡を継げ、と言ったつもりはないんですよ。その話をしたときには、家内も同席していたので、後で訊いてもらえば分かると思うんですが、歯医者になってほしいというのは、あくまでも私の希望であって、あの子に押し付けたことなんか、一度もありません。将来のことを訊いたら、今は特にやりたいことはない、と答えるものですから、ならば、今から勉強に本腰を入れて、歯学部を目指したらどうだ？　せっかく家が歯医者なんだから、その跡を継ぐというのも一つの選択肢じゃないか？　といった程度のニュアンスで話しただけなんです。なあ、そうだったよな？」

　隣席していた母親も、何度もうなずいていた。

「来年は受験の年だというのに、勉強はさっぱりで……。今からじゃ無理かもしれませんが、歯学部受験という目標ができたら、あんな子でも、少しはねえ……。私はそっちのほうを期待してたんですが……」

　考え考え、そう母親は語った。両親の口調から判断して、嘘をついているようには見えなかった。相変わらず困惑した表情を浮かべながら、父親がこう言ってきた。

「一人娘で、甘やかしすぎたんでしょうか？　学校をサボって、ゲーセンで捕まるなんて、恥さらしなことをしでかして……。何が理由なんだか、私にはよう分からんのですが、やはり、父親である私への反発が原因なんでしょうか？」

愛着障害がどうのこうの、お嬢さんを思いっきり抱き締めてあげて下さい、云々《うんぬん》といった紋切り型の解説をするのが、私には面倒臭く思えていた。気力が湧いてこない。心が弱っていた。これ以上、家族の問題に首を突っ込んでいくことに、疲労感はおろか、嫌悪感すら覚えていた。

「よくその辺りのことを、家族で話し合ってみて下さい」

と、私は話を切り上げた。逃げたのだ。

両親との話を終えた後、雅の勉強部屋へと出向き、彼女とは別件について話をした。その左の下腕《かわん》部には、いつも包帯が巻かれていた。付属する中学からの持ち上がりである教師から、その事情についてはあらかた聞き、知ってはいたのだが、一度本人の口から、直接その心情を話させたかった。雅は何の抵抗も見せず、包帯を外し、私に見せてくれた。だが、なぜそんなことをしてしまったのか、はっきりしたことを語ろうとしなかった。ただそうせずにはいられなかった。切っている間だけは、心が落ち着いた、と語るに留《とど》まった。私もそれ以上は掘り下げて、心理分析をしようとは思わなかった。剝き出しになったそれを目の当たりにした途端、物事の本質から遠ざかろうとする心の動きが働いたのを自覚していた。両親と対したときと同様に、面倒臭さが先に立っていた。続けて家庭訪問したことさえも後悔し始めていた。

家庭謹慎が明けて、学校に復帰してから、雅は私とは話をしなくなった。避けている気配さえあった。ただ一度だけ、昼食時間に別の用件で教室へ出向いた際、一人で食事をしていた雅のほうから声をかけてきたことがあった。

「パパとママに喋ったでしょ。先生も、パパと同じだよね」

雅の表情には、怒りと軽蔑がべったりと張り付いていた。そして、それっきり私のほうに顔を向けようとはしなくなった。

雅と微妙な距離をとって並び、腰を下ろして森を眺めていても、私の心には何の感懐も湧いてはこなかった。森は、ただの森でしかなかった。深い意味などなかったが、彼女の横顔を見ようと、目をそちらに向けたとき、視界には、横顔ではなく、屋上の端のコンクリート部分に手を付き、細い体を支えていた剝き出しの左腕が入ってきた。屋上にやってくる前に外したのだろうか、いつも下腕に巻かれていた包帯はなかった。人目を憚《はば》かる必要がないから、外したのかもしれない。棒切れのような腕には、横に十本を超える白い筋が走っていた。リストカットの跡だった。中学生の頃から自傷行為は始まった、と持ち上がりの教師から聞かされていた。中三のとき、思った以上に深い傷を負い、出血が止まらなくなり、意識をなくしていたところを、偶然発見した母親が病院に運んだことがあった、とも聞いていた。訳知り顔の精神科医は、リストカットについて、こんな風《ふう》に説明したりする。思春期の頃の子供は、自分に向けられた親の期待に凄く敏感で、何とかしてその期待に応えようとして頑張る。だけど、なかなか結果が出ずに、自分を責めてしまう。それがリストカットという形になって表れるのだ、と。何かの本で読んだ記憶があるのだが、よくできた説明だ。親の期待に応えられない自分は、生きている価値なんかない。それで、リストカットという自分を罰する行為に走るんだが、手首にカッターの刃先を食い込ませるとき、その刃で皮膚を切り裂くとき、そして、傷口から溢れるようにして血が流れるとき、心が安定し、自分は生きてるんだという実感が湧いてくる……。パパは、ヒトラーよ！　と罵ったあの日の雅の心情の説明としては、なるほど、そうか、と合点してしまいそうだ。でも、心なんか目には見えやしない。数値化し、可視化することも不可能だ。結局は、どんなに説得力のありそうな説にしても、すべては仮説にすぎない。人は、見たいものしか見ることができない。ご立派な学者先生方も、要はそのように理解したいから、すべてを理解できたかのように装って、そう理解したいと願っている物語を、好都合な事例に当てはめて語っているだけのことだろう。私はそういうご都合主義的な物語を仕立て上げようとする態度に、いかがわしさと嫌悪感を覚える。父親のことをヒトラー呼ばわりした雅。腕に十回以上もカッターを突き立てた雅。そこに、さも関連性があるかのように語る気にはなれない。それぞれが、雅という少女の現実に現れ出た断面、それ以上でも以下でもない。時に父親を傷付け、時に自らの肉体を傷付けることで、雅は今を生きている。ただそれだけのことだ。

それから、白い十本を超える線をまるで統括するかのように、そのランダムな白線の並びに秩序を与えているかのように彫り付けられた、青い星、に目が行った。これも他の教師から説明を聞かされていた。先の尖った極細のボールペンを使って、一個一個点を刻むように皮膚を傷付け、ボールペンの青いインクを染み込ませて作ったものだという。我流の製法による刺青、と呼んでもいいだろう。青い星は五つの方角に分かれて、光芒《こうぼう》を放っていた。そんな彼女の肌に彫り付けられた星型を見詰めているうちに、つい口が滑った。

「その星……五芒星《ごぼうせい》か？　木火土金水、天地五行を意味している。……陰陽道《おんみょうどう》、安倍晴明《あべのせいめい》とかに興味があるのか？」

雅も目を自分の下腕へと向けていた。すぐには何も答えなかった。そして、

「……知らない」

とだけ答えた。その声音は冷たかった。腕に刻んだ星から目を逸らし、再び森へと視線を戻した。五芒星を知らないということか、刺青の話題には触れられたくない、という意思表示なのか、その「知らない」という返事の意味するところを、私は計り兼ねた。いずれにしても、失敗したな、という思いで苦さを感じていた。

すると、今度は重いはばたきのような物音が聞こえてきた。森の中から黒い塊が飛び出してきた。カラス——目線のすぐ先で黒い羽根を広げ、ホバリングして宙に浮いたと見えた直後に、雅の座っている場所の二メートルも離れていない位置にカラスは止まった。一声高く、どこかしゃがれた声を発すると、僅かに開いた両足の形のまま、ピョンピョンと横っ跳びし、雅のほうへと近付いてきた。雅は首を左側にねじり、じっと近付いてくるカラスを睨み付けていた。カラスはいったん動きを止めたのだが、もう一回、ピョンと横っ跳びした。その直後、雅は、つと立ち上がった。全く無防備な立ち上がり方だった。屋上も端も端、ギリギリのコンクリート部分に、ふらりと直立したのだった。すぐ脇で胡座をかいていた私は、雅を見上げる恰好《かっこう》になった。くるりとカラスに背を向けると、私のすぐ横をすり抜けて、雅はその断崖絶壁の如《ごと》き場所から立ち去っていった。私の顔や肩に、翻ったスカートの裾《すそ》が当たった。なぜか、鋭い痛みを覚えた。痛みの感覚と同時に、私の頭上で吐き棄てるような声がした。

「気持ち悪っ！」

その嫌悪感に満ちた声は、間違いなくスカートの裾が当たったことによる痛みを増幅させた。「気持ち悪っ！」という声は、カラスに向けられた体《てい》で、実は私に向けられたものだった。そのときの私には、それ以外の理解はできなかった。なぜなら、雅の言い放った言葉は、私の心の奥底に沈殿したヘドロから湧き出た穢《けが》らわしい泡《あぶく》、黒々とした呪詛の力が引き出したものだからだ。ふわりと屋上の断崖絶壁の縁に立った雅に向かって、そのあまりの警戒心のなさ、無防備さに苛立ち、私の心奥に渦巻く呪詛、死神が囁いていた。

（跳べ、雅。跳んでみろ。楽になるぞ。跳んでしまえば、もうお父さんに怒りを覚えなくて済む。生きてる実感を求めて、腕にカッターを突き立てる誘惑からも解放される。事が終われば、無になるが、それでも永遠に苦しみから解放されることだけは間違いない。さあ、雅、跳んでみろ！）

死神は呪詛の力、私の心奥に隠れている魔なのだから、雅には見えない。必然的に、その甘い死への誘惑は、私から発せられたものとして受け取っただろう。

（先生のくせに、生徒を死なせたいのか⁉　……気持ち悪い奴！）

唾棄《だき》すべき存在として、私に投げつけた台詞《せりふ》――死と生の間《あわい》で、雅と対峙《たいじ》した私は教師であり、高二の学年主任でありながら、もはやそんな立場からは遠く隔った存在、魔、そのものに成り果てていた。

井ノ口、蛯原の二人の教師に小脇を抱えられるようにして、教室棟内部へと繋がる階段を下り、姿を消していく雅をぼんやりと見送った。全身が鉛のようにだるかった。誰とも会いたくはなく、言葉を交わすことが億劫《おっくう》だった。中庭を挟んだ向こう側、職員室の視界に入らぬよう、私は身をかがめて、最前まで雅の座っていた場所へと移動した。カラスはいなくなっていた。もう自分の役割は終わった、と言わんばかりに、どこかへ姿を消していた。雅の真似をして、屋上から宙へ両足を投げ出し、ブラつかせてみた。

（これじゃあ、あの子と何ら変わるところはないな）

そう思うと、苦笑するしかなかった。だが、その苦笑はたちまちにして消え去った。屋上の端のコンクリート部分を強く握り、砂利の敷き詰められた地上の駐車場を覗き込んだ。そこに、私の幻視したものは――不自然に手足を折り曲げ、仰向けに倒れた雅の変わり果てた姿だった。唇の端から細く薄く一筋の血が流れ、耳朶に向けて伸びていた。両目がうっすらと開いていた。屋上から森を眺めていたときのように、その目は何も捉えてはいなかった。首、そして、ありえない方向に折れ曲がった手足、この屋上から俯瞰《ふかん》すると、その形はいびつに変形した五芒星のようであった。天上界から地面へと落下し、叩きつけられた衝撃で不自然に変形してしまった五芒星。それを幻視した私の顔には、冷笑とも薄ら笑いともとれる、人間らしい感情を喪失してしまった寒々しい笑いが浮かんでいた。


二〇〇九年四月、新一年生を迎えて、私は学年主任を引き受けることになった。主任は、学年団を構成する六名のクラス担任の中で、互選によって選ばれる。引き受けるべきではなかった。今にして思えば、迷うことなくそう断言できる。すでに、心も体も限界を迎えていた。

（ヤメロ、ヤメロ、ヤメテオケ！　今のお前では、学年主任なんか引き受けたら、ストレスで完全に崩壊してしまう。ちょっと考えれば、分かるはずだろうが！）

主任を選ぶ会議の場で、そんな言葉が私の頭の中でガンガン響いていた。

「伊藤先生、お願いできませんか？　中学から持ち上がってきている教師も複数いますから、生徒の状況については大体把握できています。実務の面ではサポートしますから、何でも言いつけてドさい。ですから、主任は先生に是非とも……よろしくお願いします」

井ノ口先生を初めとして、他の担任の多くからも同趣旨の言葉を聞かされた。

（無理です。はっきり言いましょう。今の私は重度の鬱病を発症しているとしか考えようがないひどい健康状態なんです。病院へ行って薬漬けになるのは厭ですから、関連の医学書を読み、自分で実行可能な治療法をあれこれ試してみて、病を克服したいと考えてるんです。そんな状況で学年主任を引き受けるなんて、今の私には自殺行為以外の何物でもありません）

と、正直にありのままを告白し、きっぱりと辞退すべきだったのだ。でも、私はしなかった。いや、できなかった。話の流れ、その場の空気に抗う勇気を出せなかった。学年主任を決めるための会議を、いつまでもダラダラと長引かせる、その場の当事者として我《が》を張り続けるような見苦しい真似をすることに耐えられなかった。

（では、やりましょう。皆さん、ご協力よろしくお願いします）

そう言ってしまえば、会議は終了。この息苦しい場から解放されるのだ。そう思った途端、私の思考力は完全にストップした。意思とは無関係に、口だけが別の生き物にでもなったかのように、勝手に喋り出していた。

「分かりました。パソコン一ついじれないアナログ人間で、情報処理能力の高さが求められる現代社会からは完全に落ちこぼれてしまった厄介者ですが、皆さんの協力が戴けるならば、引き受けさせてもらいます」

「実務の面ではサポートしますから」という言葉に引っ掛かりを覚えたことで、自虐を織り交ぜながら、私は主任になることを承諾してしまったのだ。いよいよ本格的に、終わりが始まったな——そうもう一人の私が心の中で呟いていた。

この十数年の間に、学校に吹く風は大きく変わった。以前の学校にはあった、人が人としていられる牧歌的な時間と空間は、新しい時代には対応できない旧弊なものと見なされ、次第に片隅に追い遣られてしまった。代わりに登場してきたのが、データとマニュアルと実績であった。数値化され、目に見える価値だけが、価値あるものと見なされた。可視化されない無為なものの価値は、(人も含めて)ことごとく無化され、排除されてしまった。新たに学校に吹き始めた、冷害をもたらすような凍《い》て付く風は、急速に生命を育《はぐく》む牧野であった学校を不毛な砂漠へと変貌させた。データとマニュアルと実績によって作り出される価値になじめない私は、たちまちにして居場所をなくしてしまった。惨めなものだ。学校に居場所をなくした教師の心は、否応もなく蝕《むしば》まれていく。そこへ、ここ数年の間に矢継ぎ早に起きた我が家の変事が、心と体の変調に拍車をかけた。一つ一つの変事は、表面上は一段落したように見えても、その都度受けた心の傷に瘡蓋《かさぶた》ができるまでには、相当の時間を要した。時間薬の効き目は緩やかだった。そして、波状的に襲いかかったストレスの荒波に、いったん崩れてしまった体調は杳《よう》として回復せず、心奥に溜まりに溜まり、ぶ厚い層を成した疲弊感は一向に消えることなく、腐敗が始まったのだろう、いつしか異臭を放ち始めるまでになった。学校へ行っても、家に帰っても、心の安らぐ場所は見当たらなかった。どこもかしこも修羅場でしかなくなっていた。苦しいこと、辛いこと、理不尽で納得しかねることで、びっしりと隙間なく埋め尽くされたこの世に、身を守る術《すべ》もなく、ただ生き永らえることに絶望を覚えることも珍しくはなかった。そんな生き地獄からの脱出を真剣に考えることも数知れずあった。大した用事もないのに台所へ行き、流しに並べられていた包丁を見詰めたまま、何時間も過ごした日もあった。死は娑婆苦からの解放——現代社会から強要される生の形の一切に嫌悪感を覚え、だからこそだろうが、そうした生に疎外された人間の過敏で、脆くなった心に忍び寄る死への誘惑には、簡単に拒絶しきれぬ強烈な力があった。もしも、そういう機会に恵まれたならば、抵抗などしないだろう、との確信すら生まれていた。

それでも、学年主任になった一年目は、どうにかこうにか流れ過ぎていった。無事に、などとは到底言えない。しかし、結果として私は学校という修羅場を、教師、主任という修羅を生き永らえたのだから、一年目を乗り越えられたと言ってもいいのだろう。しかし、主任として迎えた二年目、二〇一〇年は違った。本格的に始まったと思っていた、終わりの始まりは、唐突な形で、終わりの終わり、を告げる年になった。

雅には「前科」があるということも災いして、今回の授業エスケープ、怠業に対しては厳しく臨む方針でまとまり、無期停学処分となった。職員室の二年生の「島」に、六名の担任と生活指導部長の蛯原先生にも加わってもらい、家庭訪問のスケジュール予定表の作成に当たっていた。多くの先生は部顧問も兼務しており、授業後いつでも学校を離れて、雅の家庭訪問に出掛けるというわけにはいかなかった。主任であり、彼女の担任でもある私は、連日出掛けていくつもりでいた。だが、雅の様子を観察するには、複数の目がどうしても必要だった。この学年団に所属する男性教師は、私と井ノ口、蒔田《まきた》、そして、女性教師は稲泉《いないずみ》、真墨《ますみ》、北畠《きたばたけ》。この六人がスケジュール表を前にして、雁首《がんくび》を揃え、この日なら行ける、と自発的に名乗り出てもらうというやり方で埋めていった。誰もスケジュールが合わず、私一人になる場合は、指導部長の蛯原先生にお願いすることにした。

そこへ、北畠先生のクラスの生徒、真喜子が飛び込んできた。

「北畠先生、お願いします。緊急事態！」

職員室の入口近くから、よく通る声で北畠先生を呼び出した。いつもは明るい笑顔が印象的な真喜子だったが、このときは違った。その表情は固く、どこか沈んでいた。その雰囲気を察してか、北畠先生は急ぎ足で近付いていった。職員室の片隅で、皆に背を向ける恰好《かっこう》で何やらヒソヒソ話を交わした後、今度は北畠先生が私を呼んだ。

「伊藤先生も一緒に教室へ来て戴けますか？　行きがてら事情は説明します」

その口調には有無をも言わさぬ切迫したものがあった。

窃盗——財布から現金が抜き取られていた。教室へ入っていくと、窓際の最前列の席に、一人の生徒がうなだれて座っていた。華江だった。華江を挟んで二人の生徒、知佳と倫がしゃがみ込み、華江に顔を近付けて、何事かしきりに喋りかけていた。知佳は華江と同じクラスだったが、倫は私のクラスの生徒だった。北畠先生の問いに、華江は蚊の鳴くようなか細い声で事情を説明した。彼女の話によるとこうだ。

授業が終わってから、購買で買い物をしようと、鞄の中から財布を取り出して中身を見ると、三千円入れてあったはずなのに、千円札一枚しか入っていなかった。今朝、家を出る前に一度財布を確認したから、三千円入っていたのは間違いない。学校に来てからはお金を使っていないから、なくなるはずがない。それが……。今日、教室移動は二度あったが、英語のグレード別授業では財布を持って移動したから、お金がなくなることはない。問題は体育の授業だった。貴重品係がクラス分の財布を一括管理して、授業中は体育教師に預けるという盗難防止策をとっているのだが、華江は面倒臭がって、貴重品係に財布を渡さなかった。財布を鞄の中に入れっ放しにして、グランドに出てしまったのだ、という。盗られたとしたなら、その時間以外には考えられない。教室に人気《ひとけ》がなくなったのを見計らって、誰かが忍び入り、財布から三千円の内、二千円だけ抜き取った……。

「被害届を出さなきゃいけないから、今から指導室へ行きなさい。私も付いていくから。今、話してくれたことを被害届にも書くのよ。そのときの状況を、蛯原先生からいろいろ訊かれると思うけど、よーく思い出して答えてね」

北畠先生の言葉に、華江は小さくうなずき、立ち上がった。盗難に遭ったというショックからだろうが、立ち上がったものの足許がおぼつかない。そのとき、手を差し伸べようとした知佳を押し退《の》けるようにして、倫が華江の両肩を抱き、耳許で、ガンバッテ、と励ました。その光景を目にしたとき、私はおぞましいデジャビュの感覚に襲われた。家庭訪問したとき、パパはヒトラーよ！　と激しく訴えた雅の面影が、頭の中を稲妻のようによぎっていった。自らが発した言葉に酔いしれたような雅の姿が、今、眼前で、華江の肩を抱き、熱っぽく励ましている倫の姿とダブって見えたのだ。日頃、教室で目にする倫は、生気がなく、何が気に食わないのか知らないが、いつも仏頂面《ぶっちょうづら》で座っていた。私と目を合わせようともしなかった。ところが、今、目にしている倫はまるで別人だった。頬は紅潮し、思いが胸奥から溢れ出てくるように、盛んに声をかけている。普段の魂の抜け殻のような死んだ目からは打って変わって、目は大きく見開かれ、爛々《らんらん》と異様なほどの光を宿している。災難に遭った友人に同情し、共に悲しんでいるようには見えなくて、逆に、その災難に歓喜し、悲嘆に暮れている友人を励ます自分に大満足しているような、狂気すら覚える空気感を全身から漂わせていた。倫が発する狂気が、私を終わりに向かわせようとしている内なる魔を刺激した。急激な気圧の変化で耳がポーンとしてしまい、話し声や物音が遠くから聞こえてくるような、あの不快な感じ、そして同時に、神経を苛立せる耳鳴りに襲われた。雅とはまた違う、もしかすると、もっと厄介な問題に巻き込まれるのではないか？　まだ何の根拠もない、ただの直感にすぎなかったが、早くも私の体は敏感に反応し、強張《こわば》っていた。

翌日、授業後に緊急で学年会議を招集し、担任以外にも事情聴取に当たった指導部長の蛯原先生に出席してもらった。今回の窃盗に関する事の概略を説明した後、被害に遭った華江の担任、北畠先生から補足してもらった。その中で、次のような発言があった。

「昨日、華江のそばにいた知佳と、職員室に私を呼びに来た真喜子は、中学時代からの友人なんですが、倫だけはクラスも違い、仲良くなったのはつい最近のことらしいんです。それで、思い出したんですが、去年、稲泉先生が顧問をしているバトン部でも、同じような盗難が起きましたよね？」

そう話を振られて、稲泉先生はしばらく考え込んだ後に、口を開いた。

「北畠先生の言いたいことは分かります。あのときも、被害に遭った部活の生徒の周りには、仲の良い部員の他に、倫がいた……。部員でもないのに、なぜか、その場に居合わせていたんだけど……確か、そのときも、誰よりも熱心に被害生徒に寄り添って慰めていたのは、倫のほうだった記憶がある。被害生徒から話を聞いたんだけど、前からの友達じゃなくて、倫のほうから話しかけてきて仲良くなったって、やはり最近のことだ、とか何とか言ってた覚えがあります」

するると、蛯原先生が指導部のぶ厚いファイルを捲りながら、言葉を挟んできた。

「真墨先生、蒔田先生、覚えてるでしょう。去年、お金がなくなったかもしれない、と言ってきた生徒が、先生方のクラスにいたことを。二人共、被害額は千円。財布から抜き取られたかもしれないと言ってきたんですが、今回と同様で、財布に入れておいたお金全部じゃないから、気付くのが遅かった。そのせいもあって、結局何も分からぬまま、学年朝礼で私から、盗難が続いているので、貴重品の管理を厳重にするように、と一般的な注意喚起をするだけで終わってしまった。この他にも言ってこないだけで、同じような目に遭っている生徒はいるんじゃないか、と思ってるんですけどね」

うーん、と唸り声を上げ、折り曲げた人差し指の角でこめかみをぐりぐりやりながら、蒔田先生が話し出した。

「何となくだけど、覚えてますよ。最初に私のところへ盗られた生徒が言いに来たとき、そばに倫がいたような記憶がある。去年は私のクラスだったから、それほど気にも留めなかったんですが。そのときも、ぴったり寄り添って、泣きそうになってた被害生徒を懸命に慰めたり、励ましたりしていたように思うなあ……」

話は、倫のこと、さらには今後盗難を未然に防ぐために取るべき策を中心に進んでいった。

倫についての情報は、極めて限定的なものでしかなかった。性格面、成績面、そして家庭環境といった面についても、知り得る情報を交換したのだが、窃盗に結び付くような、原因として考えられる、これ、といった事柄は出てこなかった。また、予防策といっても特に目新しいものはない。まずは、自己管理の徹底を促すべく、注意喚起を各クラスで、また学年全体でも繰り返すこと。特に授業の関係で教室を離れなければならないときは、教室の後方に設けられた個人ロッカーを活用し、必ず施錠するよう徹底させること。そして、当面は昼放課に教師が巡回し、財布を出しっ放しにしているような生徒には厳しく注意すること。さらには、昼放課以外でも移動教室のある場所を中心に、教師が立って目を光らせる、という案が出て、明日から早速実施することが合意された。合意された、とは言っても、それぐらいのことしか打つべき手はない、というのが現実なのだが。

私は、といえば、予防策のほうに話が移った途端、主任という立場上、うん、うんと相槌を打ちながら聞いている振りはしていたものの、上《うわ》の空だった。倫のことばかりを考えていた。だが、本当に倫のことを、教師らしく倫の身になって考えていたのか、といえば、そうではない。私は倫の行動やそこから滲《にじ》み出てくる異常な心理に恐怖感を覚え、教師という立場を忘れて、激しく嫌悪していたのだ。倫の、心を閉ざした、生気のない無表情な顔、そして、悲嘆に暮れる友人に慰めの言葉をかけながらも、その言動と裏腹な、隠しようもなく浮かべている喜悦の表情が、決して混じり合うことなく二重写しとなった恐ろしげで奇怪な顔には、べったりと一枚のレッテルが貼られていた。
クレプトマニア
病的窃盗、窃盗癖のことを指す言葉だ。万引きとは違って、現金を盗んでいるのだから、もしかすると、何か買いたい物があっての犯行なのかもしれないが、私にはそうは思えなかった。盗む際のスリル、誰かに見つかるかもしれないというドキドキ感が、堪えられない魅力、快感となり、さらには、上手くいったときの満足感や得《え》も言われない解放感が付け加わることで、やめようにもやめられなくなっているに違いない、と推測していた。しかも、倫の場合はそれだけではない。窃盗の前後に、窃盗以上におぞましい行動、パターン化されていたから、儀式と呼んでもいい行動が見受けられた。窃盗と同等、もしかしたら、それ以上の快楽を倫はその行動に覚えているのではないか？　私は戦慄さえ感じていた。倫は犯行に及ぶ前に、必ずターゲットに選んだ生徒に積極的にアプローチし、友人になっている。友情を結ぶことで、相手の警戒心を奪い去ろうと企んでいるのだろう。実に用意周到だ。相手が油断した隙を窺って、教室や部屋に無防備に放置された財布から、すぐには露見しないように、千円札を一枚、あるいは二枚だけ抜き取る。たぶん金がなくなったことに気付くまでのプロセスを楽しんでいるに違いない。そして、相手が被害に遭ったことに気付き、周章狼狽するさまを目にしたとき、倫の快感は絶頂に達していく。仲のいい友達が盗っただなんて、想像もしていないだろうな、と屈折した優越感に浸りながら、倫は次なる行動に移ることによって、快楽の仕上げに掛かる。他の友人たちの誰よりも親身になって寄り添い、被害生徒を慰め励ます。私が盗ったなんてことは露知らず、犯行に及んだ当人から慰められ、励まされることで、傷付いた心を少しばかり癒されている被害生徒がすぐそばにいる。できることならば、その生徒の耳許に口を寄せて、こう囁きたいに違いない。

「私が盗ったんだよ。驚いた？　……アンタは、本当に馬鹿な子！」

そう口走りそうになる誘惑をぐっと堪え、決して口外してはならぬその身の破滅に直結する言葉を呑み込むときに、倫の快楽のボルテージは最高潮に達する……。私が招集した緊急学年会議の中心にいるというのに、会議の議論から遠く隔たった次元で、そんな妄想を掻き立てていた。

「伊藤先生も、何か案がありますか？」

不意に井ノ口先生から問いかけられ、現実に引き戻された。だが、私は少しも慌てなかった。何の躊躇もなく、頭に浮かんだ言葉を口にしていた。

「防犯カメラ」

「はっ？」

怪訝《けげん》そうに井ノ口先生は訊き返してきた。それが合図であったかのように、私は間髪を入れず喋り出した。喋り出したら、もう止まらなくなった。

「二年生の全クラスに、防犯カメラを設置する。これ以上の抑止力はない。仮に窃盗の虫が騒いで、発作的に犯行に及んだとしても、防犯カメラで一部始終が録画されていれば、言い逃れはできない。相手は病気なんだ、依存症なんだよ。ちょっとぐらい注意したところで、あるいは、教師が放課にちょろちょろ姿を見せたところで、窃盗中毒を治せやしない。犯行現場を押さえない限り、窃盗をやめさせることはできないんだよ。状況証拠をいっくら並べたてても、あの子は絶対に認めやしない、絶対にね。どんなに問いただしても、能面のように、一切の表情を消し去って、ただ一言、『知らない』と答えるだけだ」

その刹那、私の脳裡をよぎったのは、雅だった。あの日、屋上で、雅の腕に彫られた刺青を目に留め、「五芒星か？」と訊いたとき、あの子は「知らない」とつっけんどんに答え、私との会話を拒絶した。その折に味わった落胆、孤独感が苦みを伴って蘇《よみがえ》った。その感情は間を置かずして、憎しみに変質した。雅の顔は倫の顔に変わり、憎悪の矛先《ほこさき》は倫に向けられた。私は話し続けた。

「『知らない』と言われたら、もうそれ以上突っ込むことはできない。そんな教師の限界、弱点を、あの子は本能的に知っているに違いない。クレプトマニアになった原因が、幼少期の家庭環境の歪みにあろうが、過去に受けたいじめによるものであろうが、そこに切り込み、指導に入るためには、まずは盗んだ事実を認めさせるしかない。それが唯一の前提条件だ。それがなければ、あの子が溜め込んでいるストレス、欲求不満の原因が何なのか、探った上で、家庭に踏み込んでいくことも、窃盗癖を改善するために、専門機関での治療に入っていくことも、本質的な問題の解決に取り組むことは不可能なんだよ。そうは思わないか？」

「そうは思わないか？」と同調を求めるかのように問いかけながら、井ノ山先生を始めとして、学年会議に集まった全員が、そうは思っていないことを、喋りながら分かっていた。どんな理由であれ、教室に防犯カメラを取り付けることに違和感を覚えない教師のほうが、よっぽどどうかしているだろう。仮に、私以外の誰かが、防犯カメラの導入を提案したら、真っ先に反対するのは私だろう。かつての私だったら、間違いなくそうしていただろう。しかし、今の私は、受け持ちの生徒としてではなく、雅にしても、倫にしても、忌むべき敵対者であり、排除すべき対象としか捉えていなかった。そんな私の胸奥にあったのは、生徒への愛情ではなく、憎悪であった。

（もう、いい加減にしてくれ！　こんな下らないことで、私を悩ませるな！　希死念慮もクレプトマニアも、私の目の前から、とっとと消えてくれ！）

それが、今の私の偽らざる本音だった。生徒の前に立ち、「汝《なんじ》、盗むことなかれ」と説教する？　満足に食べることも眠ることもできず、学校に来るだけでも精いっぱいで、僅かな時間でも体を休めたいのに、放課の時間を削ってまで、教室をうろつき回り、窃盗をさせないよう目を光らせる？　冗談じゃない！　効果のほども疑わしい、そんなまだるっこしい取り組みに時間を割かれるぐらいなら、二年生の全教室にカメラを設置したほうが、手っ取り早いだろうが！　私は本気だった。そして、絶望していた。まず間違いなく誰の賛同も得られないことに、そして、それ以上に、生徒への憎悪を掻き立て、教育とは真逆の関係にある防犯カメラの設置を主張する自分自身に——。

　予想通り、学年会議では私の提案は却下された。それに対して、私は何も反論しなかった。議論を戦わせる気力も体力も残ってはいなかった。だが、性懲りもなく、三学年の学年主任が揃って出席する生活指導部の会議でも、私は同じ提案をした。学年会議にも顔を出していた部長の蛯原先生は苦笑するばかりだったが、他学年の主任からもきっぱりと反対された。さらに教頭に直談判した。緊急事態だ、学校で防犯カメラ設置のための予算を組んでほしいとまで言った。だが、結果は同じだった。端っから提案が通るなどとは思っていなかった。でも、言わないではいられなかった。胸奥から噴き上げてくる憎悪は出口を求めて、私の胸の中を情け容赦なく傷付けながら暴れ回った。出口を作り、暴れ狂う憎悪を放出しなければ、私は狂い死ぬ。その出口が会議であり、直談判であった。まだ狂い死にしたくはない、との一心で、却下されることを承知の上で、防犯カメラ設置の必要性をしつこいほどに触れ回ったのだ。その主張を聞き、ある教師は顔をしかめ、露骨に不機嫌そうな表情を浮かべた。困惑を隠そうとしない教師もいた。何て非常識なことを言っているんだ、と侮蔑的な視線を向けてくる教師もいた。反発、反感、不快、懐疑、混乱……さまざまなマイナス感情を張り付けた何人もの教師たちの顔が、私の心に新たな刺激をもたらし、私を狂い死にさせようとする憎悪の猛毒を、多少なりとも中和してくれるのではないか、と願っていた。果たして、その効果のほどはどうだったのか？……分からない。狂い死にする時期が、少しばかり先送りされただけのような気がする。

学年会議での合意に従い、昼放課に教室を訪れて、用事を片付ける振りをしながら、倫の姿を目の端で捜した。いれば一安心し、しばらくはその動向を監視した。しかし、教室に見当たらないとき、私は急いで他の教室を渡り歩いた。そこで見つかれば安堵するのだが、一時的なものにすぎなかった。あるとき、別のクラスで、倫の交友関係にはないはずのグループの輪の中に加わり、楽しげに話している倫を見付けた。私は不安になった。

（次なるターゲットを定めたのか？）

ある生徒に親しげに向き合い、ついぞ教室では見せたことのない飛び切りの笑顔で話しかけているのを見て、また、胸の奥底で、不気味に憎悪が蠢き出すのを感じた。

（いったい、何を私はやっているんだ⁉　いつまでこんな下らないことを続けねばならないんだろう⁉　倫、お前は何をしに、ここにいる⁉）

二学年全員の教師たちが連日のように警戒する姿を見て、さすがに少しは抑止効果が働いたのか、しばらくの間、盗難は鳴りを潜《ひそ》めた。こうして一学期は終わり、長期の夏休みに入ったのだが、それも瞬く間に過ぎていった。夏休み明けは、生徒の内面に大きな変化の起きていることが多い。このまま何事もなく、時が流れ去ってくれれば、と祈ったのも束の間、これまでとは形を変えた盗難が発生した。文化祭が近付いてきたある日のこと。文化祭準備のために、午後の授業がカットされ、クラス企画の準備に追われていたとき、隣りのクラスで何人かの生徒たちがただごとではない様子でざわつき出した。すぐに事情聴取に当たったクラス担任の稲泉先生から報告を受けた。背の高い、ひょろりとした体型の稲泉先生は、猫背になり、手にしていたメモ帳を捲りながら話し出した。

「ウチのクラスの祐子なんですけど、買ってもらったばかりの最新型の携帯がなくなったんです。今週の初めに学校に持ってきて、仲のいい子たちに見せびらかしたんですって。今日の昼休みには、確かにあったと言うんですが、その後、文化祭の教室展示のための装飾品を廊下で作った後で、教室に戻ったら、なくなってた。補助バッグのポケットに差し込んでいたと言うんですが。手分けして探させたんです。教室内はもちろんのこと、外の植え込みの中も。なかなか見つかりませんでした。持ち物検査をしようか、と考えたんですが、念のためにもう一度、範囲を広げて外を重点的に探させたところ、あったんです。……でも、ひどい状態で。真っ二つにへし折られてました。祐子はショックを受けて、泣き崩れてしまい、碌に会話もできないほどで。今は保健室で休んでます」

ここまで話し終えると、少し間を置き、一段と声を潜めて、稲泉先生はこう付け加えた。

「携帯を探してくれた生徒の中に、先生のクラスの……倫もいました。祐子と倫がいつから親しくなったのか、私は知らないんですが、夏休みが明けてから、つい最近のことだと思います。それで、ですね、携帯を見付けてくれたのも、実は、倫なんです。教室からは目と鼻の先にある植え込みの根元に落ちていた、と言うんですが、それが不思議なんですよ。倫が携帯を見付けた場所は、最初に探させた場所で、そのときには見付からなかった。携帯のあった植え込みは、葉もそんなに繁ってなくて、外からだって根元までよく見える状態です。だから、最初に探させたときに見落とすはずはないんですが……。倫が見付けたとき、大きな声で、『あったー！』って叫び、一目散に私の許へ走ってきて、二つに折れた携帯を差し出してきました。明らかに、倫は興奮してました。嬉しくて、目をキラキラさせて、顔を真っ赤にしてました。それが何とも言えない気持ちにさせたんです。なくなった携帯を発見したとは言え、無惨に破壊された友人の携帯を手にして、見せる表情ではない。そう思えたからです……。倫は今、保健室で祐子のそばで付き添っているはずです。先生には申し上げるまでもないことですが、誰よりも熱心に、放心状態の祐子の世話をしていました……」

湿った叢《くさむら》をくねりながら進む蛇のように、私の胸の中を憎悪が這いずり回っていたが、もはや動揺らしい動揺は起きなくなっていた。絶望は心の隅々まで蔓延し尽くしており、そこに新たな絶望の入り込む余地などなかった。淡々と学年主任として果たすべきルーティンワークをこなしていくだけだった。目にする光景の歪みに、眩暈と嘔吐が起きるのは、すでに日常化していた。

（今さら、教育的指導という名の無為を、どうこう論じてもせんないことだ。やればすむことを、思考停止でやるまでのこと……）

と心の内で呟いた。呟きが行き場を失って、泡《あぶく》のように弾けて消えた。

教室棟の二階から延びた屋根付きの渡り廊下を、クラス担任と級長が先導して、二年生の生徒たちが続々とやってくる。いつもなら、級長が、

「静かにー！　他学年の迷惑になるからねー！」

と、注意することが多いのだが、この日ばかりは声高に私語を交わす生徒はいなかった。葬送のための行列——明るい表情を浮かべている者は皆無だ。陰気臭い雰囲気を醸し出し、うつむき加減にゾロゾロと足を引きずるように歩いている。中には、

「アタシたち、関係ないじゃんねー。いい迷惑だわ！」

と、抑え気味ながら、周りに聞こえるような声で毒突く生徒もいた。その言葉は一定層の生徒たちの正直な思いを代弁するものであった。不平たらたらの葬送の行列が向かう先は、体育館だった。本来ならば、文化祭準備のために設定された時間を一時間割《さ》き、緊急の学年集会を開くことになった。携帯の盗難が起きた翌日のことだった。舞台上の演壇には指導部長の蛯原先生が立ち、マイクを使って入場してきた生徒たちに指示を与えた。

「各クラス、二列に並びなさい。クラスリーダーは前に出て、速やかに並ぶよう、指示しなさい」

私は舞台の上手《かみて》側、舞台に上がる階段の下に立ち、全体の動きを眺めていた。憂鬱そうな

顔が列を成し、次第に体育館の前半分を埋めていった。携帯を壊された祐子は、今日学校を休んでいる、と担任から聞いていた。ならば、私がこれから舞台の壇上から語り掛けなければならない対象は、ただ一人だ。その一人のために、学年の二百五十名の生徒全員が集められる。たった一人を除いて、誰も、何も悪くはないのに、まるで自分にも何らかの落ち度があるかのように、説教されることになる。いったい、私が何をしたって言うんだ⁉　一人を除いた全員の生徒が、そう叫びたいだろう。こんな時間を強制されるなんて、理不尽だ、納得できない、不愉快だ。そう、その通り。君たちの感じていることは、全くもって正しい。そして、誰よりも強くそう感じているのが、今から説教せねばならない私自身だった。全員が体育館に入場し、整列が終わった時点で、壇上からこう言ってやろうか、あらん限りの憎悪を込めて、あらん限りの冷酷さをたたえた声で。

「倫だけ、その場に残れ。あとの人たちは教室に戻りなさい——」

そう言えたならば、いくばくかでも気は楽になるだろうか？　ところが、「倫だけ」という呪詛が、私の頭の中にだけ響いた途端、まるで条件反射のように、鼻の奥にツーンとした刺激が走り、酸っぱい味と臭いが、喉の奥いっぱいに広がるのを感じた。からっぽの胃袋から胃液が逆流してきたのだろう。このまま際限なく胃液が逆流し続け、その強烈な胃酸によって、内部から全身を溶かし尽くし、この牢獄から私を消し去ってくれたなら……それが私の願望だった。

学年集会の司会進行を務める井ノ口先生が、顔を近付け、囁いてきた。

「そろそろ始めます。先生、お願いします」

口腔《こうくう》内に広がった気分の悪い酸味に耐えながら、私は小さく、機械的にうなずいた。主任なんだから、こんな問題が発生した場合には、生徒集団に向けて、それらしいことを話さねばならない。それだけのことだ。喋る直前まで、自らの言葉に何の期待も寄せてはいなかった。私のそんな絶望感など知る由もなく、舞台に繋がる階段下にも立てられたマイクを通して、井ノ口先生が緊急学年集会の開始を生徒たちに告げた。生徒たちは身じろぎもせず、ひたすらに身を固くしていた。井ノ口先生の紹介で、登壇した私は、立ったままの生徒たちに、静かに座るよう促した。小波《さざなみ》のように広がった私語が治まるのを待って、私はおもむろに話し出した。まずは、昨年から続いている盗難の事例について、その概略を説明した。壇上から判別するのは難しかったが、恐らくはこれまでに被害に遭った生徒たちなのだろう、両手で組んだ膝の間に顔を埋めている姿が、いくつか目に飛び込んできた。時間が経過する中で、ようやくできかかっていた心の傷を覆う瘡蓋を剝がすような無慈悲な言葉を、今、私は投げ掛けている。

（ひどい仕打ちだ。とんだとばっちりを食らわせちゃったね）

顔を伏せた頭頂部に向かって、私は心の中で詫びた。そして、一呼吸置いてから、昨日起きた携帯の盗難と破壊行為について触れた。壇上から見る限り、一瞬ではあったが、固い生徒たちの表情にさらなる緊張感が走ったように見受けられた。私は一語一語噛み締めるように、一段とトーンを上げて話し出した。

「昨日起きた出来事は、単なる盗難ではありません。盗難だけでも許しがたい犯罪行為なのですが、それを遥かに上回る愚劣で陰湿な行為です。買ってもらったばかりの、本人にとっては宝物のような携帯が盗まれた挙句に、無惨にも真っ二つにへし折られたんです。しかも、盗難が起きた教室のすぐ近くにある植え込みに、これ見よがしに投げ棄てられていた。興味本位とか、出来心とか、厭がらせとかといった愚行のレベルを超えてしまっています。もっと根の深い、悪意に満ち、常軌を逸した病的な犯罪だ、と考えています。通り一遍の注意で済ませられるような事象だとは思えません。これから文化祭を迎え、十一月の修学旅行もすぐにやってきます。みんなにとっては、心踊るような楽しい行事が連続して予定されていますす。人間誰しも、このようなときには、心が浮かれ、つい警戒心も薄れがちになってしまいます。まるで盗むこと自体を楽しんでいるかのように、病的に窃盗を繰り返している者は、その心の隙を突いてきます。一度でもそのような犯罪行為が起きたら、即刻行事は中止します。中止せざるを得ません。たった一人の不届き者のせいで、みんなが楽しみにしている行事が、一瞬にして吹き飛んでしまうんです。修学旅行中であっても例外ではありません。その時点で旅行は中止、学校にUターンすることになるでしょう。……そうなってもいいですか？　仕方がないと諦められますか？　最低、最悪の形で、一生思い出に残るような、前代未聞の修学旅行になってしまうんですよ――」

　そこまで話すと、いったん言葉を切った。あらかじめ考えていたわけではない。こうした場面に立たされた際の教師の性《さが》として、無意識に、こういう巧《たく》まざるパフォーマンスをしてしまうものなのだ。言葉がどこまで、どのように生徒たちに伝わったのかを確かめるように、体育館の冷たい床に直座《じか》りしている生徒たちの顔を一通り見渡した。我ながら滑稽だと思う。自らの稚拙な芸に酔ったピエロほど、愚かしく醜い者はいない。この中に泥棒がいるんだから気をつけろ！　という悲しいような注意喚気ならば、この程度でもいいのかもしれない。

だが、この浅薄で、生徒への不信感を剝き出しにした言葉が、生徒の心の中に浸透するはずはない。喋りながら、自らが口にする低劣な言葉に、吐き気を催していた。案の定、生徒たちはすっかり心を閉ざし、自分の内面を悟られぬように、表情は鉄仮面と化していた。不信感を剝き出しにした教師に対抗するには、鉄仮面を被《かぶ》るに限る。鉄仮面は防御のために有効なだけでなく、無言の拒絶感を露骨に顕示することで、相手に心的ダメージを与える攻撃のための武器にもなる。生徒集団の鉄仮面を被った拒絶感によって、私の不信感に染め上げられた言葉の力は、完全に無化された。話す前から、話す内容を考えれば、想像はついていた。それでも、現実に、宙に舞うばかりで、一向に着地点を見付けられずに、虚しく回転を続けていた自分の言葉が、あろうことか、獲物を仕留める凶器としてのブーメランになり、唸りをあげて私の許へと戻ってきた。ブーメランの受け止め方を知らぬ私は、体と心を容赦なく切り刻まれた。瞬く間に、血だるまとなった私はうめいた。

（今、私は、ここで何をしている？）

何度繰り返したことだろう？　同じ言葉を胸の内で反芻《はんすう》しながら、私は壇上で立ち尽くした。徒労感に押し潰されそうになった私の目は、自ずと自分のクラスの列にいる倫へと導かれていった。胡座をかき、背中を丸め、首を前へ落として、完全に脱力し切った恰好の倫の顔には、一切の表情、感情が浮かんではいなかった。この学年集会の主役は倫だというのに、その自覚は皆無だった。悪びれる様子など毫《ごう》もなく、無表情で、ただ座っているだけの倫の傲岸《ごうがん》この上ない姿に、弱まり掛けていた憎悪の炎に再び油が注がれた。体の向きを生徒たちに正対させた姿勢は崩さぬままに、視線だけを倫に向けた。憎しみばかりが渦巻き、頭の中はからっぽだった。にもかかわらず、言葉だけが自律しているかのように、勝手に口からほとばしり出ていた。

「名乗りでなさい、今すぐに！　あなたが盗《と》ったのは、携帯だけではない。被害に遭った子の心を盗み、真っ二つにへし折り、植え込みに投げ棄てたんだ。人間として恥ずべきことを仕出かした。それでも人間か！　これがラストチャンスだと思いなさい。あなたが、人間の心を取り戻すためのラストチャンスです。あなた一人のために、すべての生徒が不幸になっている。そんなことをする権利は、あなたにはない！　人間らしい心の欠片、良心と呼べる心の欠片の一つでも残っていれば、私がやりました、許して下さい、と名乗り出ることぐらい可能なはずだ。これ以上、自らが犯した罪を隠し続けることで、あなたの中に残っている最後の人間までも破壊するんじゃない！　……あなたは、まだ、人間であるはずだ……信じたい……頼む……」

最後の「頼む」という言葉を、マイクは拾わなかったかもしれない。その後に続けるべき言葉を、私は辛《かろ》うじて呑み込んだ。

（あなたのことを、これ以上、憎ませないでくれ。私を、教師でいさせてくれ）

倫に向かって本当に伝えたかった言葉を呑み込んでしまったことで、私の体に異変が生じた。体に力が入らない。地球の重力が一気に増したかのように、両足だけでは自分の体重を支え切れなくなり、演壇に両手を突き、何とか崩れ落ちそうになる体を支えた。冷や汗が滲《にじ》み、目の奥では不快な耳鳴りが強弱を繰り返していた。体育館の床に座った生徒たちの一塊《ひとかたまり》の全景が歪んで見えた。学年集会が始まる前から続いていた吐き気が強まり、思わず片方の掌で口許を押さえた。酸っぱい胃液が鼻腔に入り込みそうになり、むせ返った。その途端、辛うじて両手で支えていた体のバランスを崩し、その場にへたり込みそうになった。そのときだった。無表情だった倫の顔に笑みがこぼれていることに気付いたのだ。隣りに座っていた生徒が、何事か囁いたのだろう。それに倫が笑顔で応えたのだが、笑みをこぼした刹那、彼女の目は確かに私を捉えていた。その笑みは、私に向けられたもの!?　冷笑、嘲笑――そう思った途端、憎悪の炎は倫に向かうのではなく、私自身を燃やし尽くそうとしたのだった。私は、私を憎んでいる⁉　自らが発した言葉で血達磨になっていた私は、今度はたちまちにして火達磨になっていた。辛うじてまだ体を支えてはいたものの、事実上、私の体は、心は無様《ぶざま》に崩れ落ちていた。惨めだった。残された力を振り絞るようにして、ふらつく足に力を込め、舞台の板に足裏をすり付けながら、何とか私は演壇を下りた。予定されていた時間の半分も話してはいなかった。でも、もはや何も語るべきことはない。生徒の胸に届く言葉を、今の私は持ち得てはいなかった。そのことを残酷なまでに思い知らされた。ここに、いや、ここにも、私の居場所などなかった。

　階段下のマイクの前に立っていた井ノ口先生の不安そうな目が私を出迎えた。声を出し辛かった。掠れた声で、井ノ口先生に告げた。

「済まない、もう無理だ、後を頼む」

　怪訝そうな顔が並ぶクラス担任の前を無言で通り過ぎ、体育館前方の扉を開け、外の廊下へと出た。急ぎ足になった。口許を掌で強く押さえ付け、教職員用のトイレに駆け込んだ。便器の蓋を開けるのと同時だった。口から、鼻の穴から、黄色い液体が噴き出した。便器の底に溜まっていた水が、みるみる黄色く染まっていった。口腔内にこびりついた酸味を吐き出すべく、二度、三度と唾を吐いた。吐き出した白い泡の塊が、便器の側面に貼り付き、ゆるゆると底の黄色く濁った溜まり水へと滑り落ちていった。泡の表面には、さらに小さな粒状の泡が蝟集《いしゅう》し、プチプチと弾けて消えた。胃がキリキリと痛んだ。食道から喉にかけて、焼きごてを押し付けられたようにひりついていた。昨日の朝にトーストを一齧《ひとかじ》りしただけで、固形物はそれ以後、何も口にしていなかった。黄色というよりも茶褐色に近い筋が、何本か認められた。コーヒーだろうか？　睡眠がブツ切れで、一時間と続けて眠れてはいなかった。慢性的な寝不足で、頭痛は恒常化し、四六時中頭はボンヤリしたままだった。水代わりにコーヒーを何杯も飲んだ。カフェインの力を借りて、眠気を吹き飛ばそうとしたのだが、その効果も束の間で、からっぽの胃に流し込むコーヒーのせいで胃痛がひどくなるばかりだった。逆流する胃液の苦しみに、涙が溢れ、下を向いた眼鏡のレンズに溜まった。便器に突っ込んでいた首を上げると、眼鏡に溜まっていた涙が滴り落ち、視界がまだらに曇ってしまった。立ち上がる気力も体力もなかった。便器の脇にへたり込み、トイレットペーパーで眼鏡を拭いた。トイレットペーパーを巻き取るときの、カラカラという乾いた音が虚しく響いた。そして、まるで今の私を嘲笑しているかのようにも聞こえた。一瞬、体育館で浮かべていた倫の笑みが蘇り、消えた。その乾いた音が引き金になったのか、惨めさが一時に襲いかかってきた。惨めさには重さがあった。凭れ掛かっていたトイレの壁に強い力で押し付けられたようになり、身動きが取れなくなった。身の内がざわつき、どうにも感情をコントロールできなくなっていた。ぶり返す吐き気の合間を縫うようにして、悲しみが込み上げてくる。激情だった。慌ててズボンのポケットに突っ込んでおいたハンドタオルを丸め、口に詰め込んだ。激情突如として襲いかかってきた悲嘆の激情に抗う術を持てぬまま、私は赤ん坊のように身も世もなく声を上げて泣いた。号泣。慟哭。けれども、その声は、口いっぱいに詰め込んだハンドタオルの塊に遮られ、トイレの外にまでは漏れなかった。タオルの上から両掌で塞いでいたのだからなおさらだ。それでも、タオルと両掌の指の隙間から、嗚咽は漏れ出ていたのだが、それはくぐもったうめき声、狂った獣の低い唸り声のようだった。感情失禁の状態になってもなお、見栄や羞恥心から自由になれない自分に、いっそうの悲しみを覚えたのだが、嗚咽を絶対に外部へは漏らさぬよう、念には念を、とトイレのレバーを引き続けた。水洗の音が掻き消してくれるだろうという安心感が働いたのか、いつまでも悲嘆の激情が弱まることはなかった。

後頭部に、トイレの壁を通して、人の声を聞いた。ふと我に返った。生徒の声ではない。教官室に体育科の教師たちが戻ってきて、何事か言葉を交わしているらしかった。どれほどの時間が経ったのか、にわかには分からなかった。携帯を見ると、もう生徒の下校時刻が迫っていた。膝の上に湿気《しけ》ったハンドタオルが丸まったまま載っていた。何の感懐も湧かなかった。乱暴にタオルをポケットに突っ込むと、便器に手を付き、立ち上がろうとしたのだが、足腰に痛みが走り、思うように体を動かすことができなかった。だからといって、いつまでもこうしてはいられなかった。四つん這《ば》いになり、這い出すようにして、トイレを出た。ふらつく体を支えるために、壁を伝って、教官室にいる体育教師の目に留まらぬよう注意しながら、体育館を出た。まだ胃が灼けるように痛んだ。吐き気も残っていたが、吐き出せる物など、胃の中に何一つないことは分かっていた。思考する力がなくなっていた。思考すること自体が億劫でならなかった。職員室に人影がまばらなのを確認すると、急いで荷物をまとめて、駐車場へと向かった。今は誰とも会いたくはなかった。言葉を交わすなど、まっぴらごめんだった。一刻も早くこの場を、誰とも心を交わせることができず、自らが安心していられる居場所のなくなったこの地を立ち去りたかった。それ以外のことは何も思い付かない。車を発進させたとき、初めて幽かな安堵感を覚えた。そして、気が付いた。息苦しい。どうしたのだろう？　車の窓を全開にし、外気を入れたのだが、息苦しさは一向に改善しなかった。それでも、私は逃げるようにして、家路に就いた。

息苦しさは帰宅しても改善しなかった。それどころか、さらに悪化していた。夕食の準備はできていた。とりあえずは食卓についたのだが、箸を手にする気にはなれなかった。料理の匂い、特に湯気の立つ温かい物が駄目だった。匂いを嗅ぎ取った途端、ムカムカと胸が悪くなった。

「今日は食べられそう？」

妻が心配そうに訊いてきた。もう何日もまともに夕飯を口にはしていなかった。上体を支えていることが辛くなり、テーブルの端に額を載せ、突っ伏した。そして、妻からの問いかけには直接答えず、こう言った。

「悪いけど、背中を叩いてくれないか？　息が、吸えないんだ」

突っ伏していたために、妻の表情を見て取ることはできなかったが、その気配から、妻に緊張感が走ったのを察知した。私の背後に回り込むと、優しく片手で、トントン、と背中を叩き始めた。

「両手でもっと強く頼む」

妻は黙って両手に力を込め、背中の真ん中を、ドンドン、と叩いた。両手でテーブルを摑み、体を支えていないと、叩く勢いで体が前に持っていかれそうになる。息苦しさが勝《まさ》って、痛みはまるで感じなかった。それぐらいの強さでちょうど良かった。拳に込められた衝撃が、動きを止めてしまっていた肺に伝わり、肺の中に溜まっていた空気を強制的に押し出した。むせながらも、肺から空気が押し出されてくる感覚が心地良かった。空気が強制排除され、空隙《くうげき》の生まれた肺の内部に、自然に新たな空気が吸い込まれていく。空気を吸うときに、喉が笛のような枯れた音を立てた。だが、新たに入ってきた空気によって、肺が満杯になると、再び息苦しくなった。自力では、思うように息を吐き出せなかった。

「頼む。また力いっぱい叩いてくれないか？　息を吐けない……」

妻はまた、ドンドン、ドンドン、と大きな音を立てて、背中を叩き始めた。その繰り返しだった。多少息苦しさが遠退いた頃を見計らって、

「ありがとう。もういいよ。だいぶ楽になった」

と言い、ゆっくりと上体をテーブルから離し、椅子の背凭れに背中を押し付けるようにし

て、首を天井に向けた。口を半開きにして、二度、三度と深呼吸をしてみた。まだ深く吸うことは難しかったが、息が詰まるような感覚は、ずいぶんと緩和された。

「やっぱり病院へ行って、診てもらったら？　そのほうがいいと思うけど……」

妻は語尾を濁した。これまでにこの問いかけを何度聞いたことだろう。そのたびに私の答えは同じだった。

「いい！　行けば、簡単な問診とアンケートで、たちどころにして精神疾患の烙印を押されて、薬漬けにされてしまうだけだ。何年も、何十年も……。分かってるんだ。他の病気と違って、この病気は薬じゃあ治りはしない。認知の仕方、脳のくせが問題なんだ。自分で、何とかして治すしかないんだよ！」

呼吸が浅いために、大きな声が出ない。掠れ気味の声が、他人の声のようでもあった。それに、「自分で、治す」と大見得《おおみえ》を切っておきながら、その言葉に傷付いていた。「認知の仕方、脳のくせ」を矯正するための認知行動療法と呼ばれる治療法については、何冊もの医学書をテキストにして試してきた。本の中に出てくる、いわば例題については、何とかクリアできた。その正解とされる基本的な考え方も、暗記してしまうほどに繰り返し読み込んだ。しかし、いざ、実地となるとからきしだった。仕事の現場で、日々直面する応用問題には、まるで適応できなかった。些細な事柄にこだわり、行き詰まり、失敗とも呼べぬような小さな失敗にも、いつまでもくよくよと思い悩んだ。どうにもならなかった。認知行動療法なんて、何の役にも立たなかった。気が付けば、自分が自分のままでいられる居場所など、どこにもなくなっていた。そうとしか思えなくなっていた。ズルズルズルズル……。まるで蟻地獄だ。もがけばもがくほど、深みにはまっていく。「認知の仕方、脳のくせ」が最悪の方向へと暴走を始めれば、体だって崩壊してしまう。碌に眠れず、食事も取れず、骸骨に直に皮を貼り付けたような痩せさらばえた姿となり、妻にドンドンと背中を叩いてもらわなければ、呼吸ができず、声も出せなくなったというのに、相変わらず「自分で、治す」などと強がりを言っている。「自分で、治す」見通しなんかとっくの昔になくしていた。それでもなお、馬鹿の一つ覚えのように、「自分で、治す」と妻には言い張るしか能のない自分が、自分で、哀れでならなかった。自己嫌悪、自己否定の深みにどこまでも嵌り込んでいった。

病院へ行く、行かない、の応酬になれば、決まって私は不機嫌になり、黙り込んでしまうことを知っていた妻は、それ以上何も言ってはこなかった。心配、焦慮、不審、困惑、諦念……さまざまに入り混じった感情に揺さぶられながら、何をどうすれば良いのか、さっぱり分からない。

「お粥《かゆ》でも作ろうか？」

戸惑いながらも、それだけを辛うじて口にした妻に対して、

「いや、今日も食べられそうにない。無理に詰め込んでも、吐くか下痢するか、どっちかだ。かえって体が辛くなる。……部屋で、横になるよ」

と言い棄てて、私は自室へと向かった。自室に籠り、ベッドに横たわったところで、事態は何も改善されないことなど知り尽くしていた。部屋の電灯はつけず、私はベッドに仰向けになった。今日、学校で起きたことを思い出したくはなかった。視線の先にある天井の闇は、何も語り掛けてはこなかった。仕方なくこちらから問いかけた。

（闇の向こうには、何があるんだ？）

答えはすでに用意されていた。面白くも何ともない内容だった。

（何も、ない。闇の先も闇ばかりだ。……分かってるだろ？）

今夜もまた眠られぬ、長い長い時間を、ベッドの上でやり過ごすことになる。煉獄《れんごく》のような一夜が、いつも通りに始まった。

＊

「こころの貧しい人たちは、さいわいである、天国は彼らのものである。悲しんでいる人たちは、さいわいである、彼らは慰められるであろう。柔和な人たちは、さいわいである、彼らは地を受けつぐであろう。義に飢えかわいている人たちは、さいわいである、彼らは飽き足りるようになるであろう。あわれみ深い人たちは、さいわいである、彼らはあわれみを受けるであろう。心の清い人たちは、さいわいである、彼らは神を見るであろう。平和をつくり出す人たちは、さいわいである、彼らは神の子と呼ばれるであろう。義のために迫害されてきた人たちは、さいわいである、天国は彼らのものである。わたしのために人々があなたがたをののしり、また迫害し、あなたがたに対し偽って様々の悪口を言う時には、あなたがたは、さいわいである。」

（日本聖書協会『口語訳 新約聖書』マタイによる福音書　第五章三節〜十一節）

神の国を垣間見ることさえ難しい、今という時をやり過ごすのに精いっぱいであった私は、意思とは無関係に、ずっとうつむき、目を瞑《つぶ》っていた。本来ならば、修学旅行を引率する学年主任として、ミサに参加している生徒たちの様子を注意深く見守っているべき時なのだろうが、そんなことはどうでも良くなっていた。自らが望んだわけではない、集団行動に拘束された二十四時間の中の今という一瞬の時の重圧に抗しきれず、首を上げられない。うつむくという姿勢は、肉体的にも、精神的にも限界を迎えつつあった私には、自然の成り行きであった。その頭上を、マイクを通した司祭の声がかすめていった。意識が飛んでいたのだろう、その声の波動が、なくなりかけていた意識に揺さぶりをかけてきた。福音《ふくいん》——それが、今の私にどんな功績をもたらすというのだろうか？　司祭の語った神の言葉の断片が、私の頭上にパラパラと振りかかったような気がして、その声の主を上目遣いで、チラッと盗み見た。白い装束を身にまとった、背の高い初老の司祭が、祭壇の中央に立っていた。

（要するに、生きている間は、報われない、っていう話ですよね？）

そう私は心の中で毒突いていた。そして、さらに付け加えた。

（いずれやってくる最後の審判に備えて、後悔しないように、今から神の教えに従って、清く正しく美しく生きなさい。たとえ最後の審判が訪れる、その日までの生きている日々がボロボロであっても、我慢しなさいね、ものは考えようなんですから、ということですね？）

幸せ、とは、なるものではなく、感じるもの。今の私は、すっかり幸せに対して、不感症になり果てているのだから、いくら「幸せである」と連呼されても、それは私には縁のない言葉、私にとってごくありふれた日常の感覚と化した不幸せを強調する意味しか持たぬ、呪いの言葉としか聞こえてこなかった。再び私はうつむき、固く目を閉じた。

修学旅行は九州の北部地域、まずは阿蘇山火口を見学した後、熊本城に移動、そこから柳川での川下りに興じ、生徒たちにとっては最大のお目当てであるハウステンボスで存分に遊び、それから長崎に入る。原爆資料館で被爆の惨状を学び、浦上天主堂でミサにあずかる。旅行の最終日は太宰府天満宮に立ち寄り、帰路に就く。観光バスを連ねての四泊五日の強行軍であった。恐らく生徒たちにとっては、あっという間の四泊五日。生涯で一度っきりの思い出になる、高校生活を彩る一大イベントなのだろうが、引率する教師の一員である私にとっては、大袈裟ではなく決死の覚悟が求められる難事、難行であった。旅行として割り切り、非日常を楽しもうとする者にとっては、極彩色の日々かもしれないが、私にはモノトーンの風景の連続にすぎなかった。確かにスケジュール通りに、各地の名所旧跡を回っているのだが、記憶らしい記憶が残ってない。ただ過ぎ去っていくだけの風景、無事で終わって良かった、と思うだけの中味のない時間の連続であった。無事であれかし、と願う相手は生徒であるべきなのだが、今回ばかりは違った。無事を願う対象は自分自身、いつ発狂するかもしれない、地雷を踏んだらサヨウナラ、を地で行くような長期にわたる強行軍であった。

修学旅行も四日目、午前中の浦上天主堂でのミサを終えれば、この難事も事実上、あと一日の辛抱となる……はずだった。あと一日だ、という思考法に切り替えたのが良くなかったのかもしれない。最大限の忍耐力を発揮して、やっと乗り越えてこられた修学旅行だというのに、残すところ二日だ、一日だ、それで解放される、との思いは、緊張感を緩める結果になった。一度緩んでしまった緊張感を元通りに戻すのは至難の業だった。無意識のうちに、緊張感を緩めてしまっていた私に、ミサを含めてあと二日間とはいえ、再び襲い掛かってきた重圧に抵抗し得る力は蘇ってはこなかった。

うつむき、固く目を瞑り、心を閉ざしていたはずの私の耳に、代表生徒と生徒全員との掛け合いのような共同祈願の声が、そして、その意味するところが、するりと滑り込んできた。外界のノイズを遮断しようとする私の防御は、それほどに緩んでしまっていた。

先に、代表生徒が唱えた。

「ここに集う私たちが、被爆地長崎を本当に理解し、二度とこのような惨事を起こさせない努力ができますように」

それに呼応して、生徒全員が声を揃えて唱えた。

「主よ、私たちの祈りを聞き入れて下さい」

入れ替わりに、代表生徒の声が続く。

「今、世界各地で起こっているさまざまな争いが、早急に解決し、平和な世界が実現できますように」

「修学旅行中の私たちがすべての危険から守られ、来週からまた元気に勉学に励むことができるよう導いて下さいますように」

「主よ、私たちが隣人を大切にし、有意義な学校生活ができるよう必要な恵みをお与え下さいますように」

この代表生徒によるそれぞれの言葉の後には、生徒全員による同じ言葉が繰り返された。

「主よ、私たちの祈りを聞き入れて下さい」

この繰り返されるフレーズに、いかんともしがたい苛立ちを覚えていた。

（そもそも「私たちの祈り」なるものは成立しているのか⁉　神に聞き入れてもらいたいと願っている「祈り」の中身は、本当にそれなのか⁉）

何に苛立っているのか？　言葉なのか、生徒なのか、ミサなのか、あるいは、ミサに参加している自分自身なのか？……苛立ちばかりが先行して、私には分からなくなっていた。

（被爆地長崎の実相を知る？　核戦争を阻止する？　世界平和を実現する？　それが本当に「祈り」の中身なのか？　言葉だけが滑っていやしないか？　旅行中の無事と、その後の学校生活の充実を祈る？　神に祈りを捧げる前に、お前にはやるべきことがあるだろう……美しい言葉の陰に、醜い姿を隠すんじゃあねえよ！　己《おの》が醜悪な姿を白日の下に晒す覚悟を決めることが、先決じゃないのかよ！）

視線を感じた。教会特有の固くて浅い木造の席、一人分間を置いて、私の隣りに座っていた井ノ口先生が、私の足許をじっと見詰めていた。気が付かなかったが、貧乏揺すりをしていた。井ノ口先生と目が合った。

（大丈夫ですか？）

と、その目は訊いていた。心の中まで見透かされたような気がして、いづらさを覚えた。特に意味もなく、井ノ口先生に小さくうなずいてから、そっと席を立った。お御堂《みどう》後方の扉を薄く開け、その隙間から外へすり抜けようとしたときに、聖歌が私の背中で始まった。「いつくしみふかき」――すっかり耳に馴染《なじ》んだ聖歌であった。

（「罪咎《とが》憂いを取り去り給《たも》う」……だからこそ神の御業《みわざ》なのだろうが、取り去れるものなら、それはそもそも罪でも咎でも憂いでもないだろう……）

そう心の中で独りごちて、外へ出た。

そして、それは、そこに、あった。

お御堂に隣接する小部屋の奥の中央部に、それは安置されていた。修学旅行を前に下見に訪れた際にも目にしていたのだが、このとき、私は、それを、初めて見たような気がした。

「被爆したマリア像」

一九四五年八月九日午前十一時二分、長崎上空で炸裂した一発の原爆は、一瞬にして八万人の人々の命を奪い、そして、原爆の発した凄まじい熱線を浴び、一体のマリア像はその美しい顔から胴体にかけて、黒く焼け焦げてしまった。私の目には、その黒々とした傷跡が、今なお癒えることなく疼き続けているケロイドのようにも見えた。私の目は、否応もなく地獄の業火をくぐり抜けてきた、その傷ましいマリア像に釘付けとなった。正面から向き合う恰好になった。被爆後六十五年間、決して和らぐことのないケロイドの痛みを我が身に引き受け続けて来たマリア様の顔には、苦渋の色は一切見えなかった。苦渋の表情を浮かべるとするならば、この傷付いたマリア像に向き合う者のほうだろう。正義の欠片すらない被爆の惨劇を全身で背負い、体現していながらも、慈しみの表情を消そうとしないマリア像、その存在感は圧倒的であった。だが、私は、その圧倒的な存在感に、それ以上に圧倒的な違和感を覚えてしまった。いったん覚えてしまうと違和感が消えることはなかった、マリア像の浮かべている慈しみの微笑のように。否応もなく惹き付けられた強さと同じぐらいの強さで、私はそのマリア像の前から弾かれた。二度と振り返ることなく、私はマリア像に背を向け、外部へと通じる小路を突っ切って外へ出た。マリア像が負った酷《むご》たらしい火傷《やけど》、ケロイドを私も負っていた。是非はともかく、私にはそう感じられてならなかった。被爆したマリア像は、その数奇な運命故に、自らの前に立ち、祈りを捧げる数多の人々に深甚な感懐をもたらす力を持っている。つまり、深く傷付いたからこそ、このマリア像には特別な居場所が約束されたのだ。それに対して、私はどうだろう？　傷付き、目には見えないケロイドを負った心を内包し、のた打ち回るようにして生きている私は、それ故に、自らの居場所を失った。居場所を失ったことで、ケロイドは全身を覆い、より悪化したとも言えるのだが、今もってじゅくじゅくと血膿《ちうみ》を流すケロイドを見るにつけ、長年に亘って、ここが自分の居場所だ、と信じ、毫《ごう》も疑うことのなかったその場所に、もはや私の居続けられるスペースなど完全になくなってしまっていることを思い知らされたのだった。

被爆し、無惨な姿を晒すマリア像が、妬ましく、羨ましかった……。

あなたには、確固たる居場所が、未来永劫約束されている。それに対して、私には二度と自分の居場所と呼べる場所を与えられることはない。私は自分自身に絶望し、病み疲れた体と心を引き摺って、当てのない孤独な流浪の旅を続けるしかない。だが、それもまた、限界が近付いている。終わりの終わり——私はその時がやってくるのを疑いようもなく自覚していた。逡巡しながらも、辞退する勇気を持てず、修学旅行に参加してみて、そのことを痛みとともに思い知らされたのだ。私は、天主堂前の石畳を下って行きながら、声に出して呟いた。

「やっぱり、私のような者は、来るべきではなかった……来るべきでは……」

間もなくミサは終わる。時計を見ると、午前十時を回っていた。ミサが終われば、生徒たちはグループごとに長崎市内の自由研修になる。宿泊先のホテルには、午後四時半までに帰ってくれれば良い。自由研修の時間はたっぷりととってある。研修と銘打ってはいるが、生徒たちにとっては、学年全体の集団行動という拘束から解かれる楽しみな時間であった。それは、今の私にとっても同じことであった。ミサの途中で抜け出した罪の意識、職場放棄をしてしまったという自責の念が起きなかったわけではないが、石畳を下りる私の足は、加速をつけて早まっていった。

（どうなってもいいい！　何もかも、もうどうでもいいんだ！）

アナーキーな思いが渦を巻きながらも、それを打ち消そうとする渦も、同時に巻いていた。心の奥底からすべてを否定するアナーキーな思いだけがほとばしり出たならば、救いが生まれたかもしれない。しかし、そのように単純には割り切れない自分も抱え込んでいただけに、葛藤という濁りによって、私の心は十全に煉獄からの解放感を味わうことができずにいた。現実にミサから逃げ出していたのだが、脱出に成功したという達成感は、皆目感じられない。

（せっかく逃げ出してやったというのに、何で、喜びも解放感も湧いてこないんだ⁉　……チキショー！）

何者かに追われるように、追ってくる者など自分自身以外にいないことなど熟知していたのだが、ただ闇雲に、何者かを蹴飛ばすかのように、足を前へ前へと運んでいくだけであった。天主堂を最後は駆け出すように飛び出してから、どこを、どのように歩き回ったのか、記憶にはない。ともかく、生徒であれ教師であれ、知った人間と出会いそうにない、寂しげな裏道ばかりを選《よ》って歩いていった。天主堂からそれほど離れていないはずだったが、町並みから外れて、ひょいっと出てしまったのが公園、人影のない静かな緑豊かな公園であった。公園の中に、同心円状に整備された芝の植えられた一角があり、同心円の中心部分に、黒御《み》影《かげ》の石碑が一本立てられていた。人の気配のしないことに安心感を覚え、私は、その黒い無粋とも思える一本の石碑の真下へと歩を進めた。ここが、どういう場所なのかは分かっていた。この石碑の真上、上空五百メートルの地点で、ファットマン、というふざけたニックネームを付けられた原爆が炸裂したのだった。

「原爆落下中心地碑」

私は躊躇《ためら》うことなく、石碑の真横に頭がくるように、その場に仰向けになった。地面の冷たさが全身に伝わってきた。首の位置を調整し、視線の先に石碑の先端がくるようにした。私の頭の位置から石碑の先端を経て、真っすぐ上空を辿っていった先、五百メートルの地点で、目の眩《くら》むような光の点が、瞬時にして、長崎の街全体を覆い尽くすほどの巨大な光の塊に膨張する悪夢のような光景を幻視しようとした。原爆の悲惨さを追体験しようという殊勝な思い付きからではなかった。真剣に核廃絶を願い、今もその実現に向けて努力している世界中の数多くの人々の神経を逆撫《さかな》でするような非人道的、非人間的な着想からの愚かしい試みであった。マリア像を黒焦げにした熱線を、ここで浴びたなら、私の体は瞬間的に蒸発し、ここで私が横になっていた痕跡を留《とど》める人形《ひとがた》の影だけが灼《や》き付けられるのではないか？　そんな妄想を抱いたのだった。

この世に居場所をなくした人間が、最後の最後に、大地に影を灼き付ける、ここが私の居場所だ、と主張しているかのように。

思わず、頬が緩むのを感じた。私はほくそ笑《え》んでいたのかもしれない。皮肉？　復讐？　前者ならば、その笑みの矛先は自嘲となり、自分自身に向けられる。後者ならば、私からこの世での居場所を奪った者、物に対して矛先は向くことになる。どちらにしても、今の私にはすでにどうでもいいことだった。そのことに思い至ったとき、私の顔に浮かんでいたかもしれない笑みは、凍り付いた。

のろのろと立ち上がった。ふらついて、思わずそうなってしまったのか、それとも、何か思い付いたことがあって、そうしたのか、自分でも判然とはしなかったが、私の掌は、その黒い石碑の表面に添えられていた。原爆によって、唐突に命を奪われた八万人もの人々には、それぞれにさらに生き続けたいと願った未来があったのだろう。人生模様は人それぞれであったにせよ、少なくとも、このような理不尽な死に方、殺され方を望んだ人はいなかったのではないか？　今しがた、我が身の消滅を願っていたことなど、すっかり棚上げにして、私はそう考え始めていた。ならば、こうした戦後の覇権を確固たるものにすることを目的とした、そのための実験動物のような殺戮の果ての死ではなく、もっと人間的な生を営み続けられる、納得のいく未来を願っていたということになる。天守堂で目撃し、その直後に弾かれた、被爆したマリア像のことを思い浮かべていた。私は、焼け焦げた無惨な姿を晒し続けているマリア像に、羨ましさを覚えた。それ故に弾かれてしまったのだが、今また、大義なきジェノサイドの果ての惨死でなく、人間らしい日々の積み重ねを、未来を願うことのできた八万人の人々に対しても、羨ましいと感じていた。惨殺された八万人もの無辜《むこ》の人々の御霊《みたま》が発する凄まじい憤怒、怒号を全身に浴びながら、羨望を覚えるなどという感受性の歪み、不遜さを意識しながらも、生命維持にとって不可欠な痛覚を喪失してしまったのか、痛みらしい痛みを私は感じなかった。さらには、痛みを感じないことが、不思議ですらなかった。だが、これだけは意識せざるを得なかった。この被爆の地、長崎においても、私はもはや居場所をなくしていた、ということを。慰霊の心さえも怪しくなった人間に、この哀しい運命を背負わされた地に居続ける資格などない。そして、居場所をなくした人間に、次に行くべき場所はない。生徒たちの自由研修が終わる時刻まで、当て所《あど》なく彷徨い続けるしかなかった。

平和公園に立ち寄った記憶はある。だだっ広い公園に人影は疎らだった。大学生の頃、核廃絶を願う平和運動に関わり、この広場で開催された集会に参加したことがあった。そのとき、広場は人々で埋め尽くされていた。誰もが汗だくであった。噴き出す汗で、肌にぴったたりと貼り付いたTシャツやポロシャツの多くの胸と背中には、核廃絶、世界平和の実現を願うメッセージと各自が所属する組織やグループ名の記された色とりどりのゼッケンがあった。私も例外ではなかった。原爆が投下された時刻に合わせて、黙禱《もくとう》を捧げた後、学生グループを中心に、広場に横たわった。「ダイイン」と呼ばれる示威行動だった。あの日、長崎の街全体は、黒焦げになった夥《おびただ》しい数の亡骸が横たわっていたはずだ。その酸鼻《さんび》を窮《きわ》めた光景を再現することで、核兵器の即時廃棄を求めるメッセージを世界に発信しようとの試みだった。

私は、人影疎らな広場の中心に立ち、祈るような気持ちで目を瞑った。三十年以上も昔、あの日、数百名規模の学生たちと共に、真夏の日射しに照り付けられて、陽炎《かげろう》の立つこの広場に横たわり、原爆の業火に灼かれた長崎の人々の一人となって、私は何を思っていたのだろう？　と思い出そうとした。三十有余年の時の流れが、若き日の私の内奥を押し流してしまったのか、何も浮かんではこなかった。ハンドマイクの声に先導され、喉が枯れるまで、核兵器のない平和な世界の実現を希求するメッセージを叫んでいたことは覚えている。その叫びは私の心からの叫びだった。ただ、それだけに収斂《しゅうれん》し切らない、叫びの奥底で、声にはならず渦巻いていたはずの自分の、ステレオタイプなゼッケンの付いていない自分だけの言葉をどうしても思い出すことができなかった。実はからっぽだったのだろうか？　いや、そんなはずはない。確かに、あのとき、私はグループに所属し、数百名の集団に呑み込まれてはいたが、そのグループや集団のカラーに染まり切ってしまうことを拒む自分を、自分の言葉を持ち続けようと努めていた。そんな自分を、その内なる声を、三十数年経った今、思い出すことができたなら、もしかすると、今のどこにも居場所を見出せなくなった自分に、何か変化を生み出すことが可能かもしれない。大した根拠なんかない。ただの思い付きだ。それでも、時代に背を向け、背を向かれ、人との繋がりが切れてしまい、自分が自分でいられる居場所をなくしたことで彷徨うばかりの今の自分に、僅かでもいいから変化を生み出せたならば……そんな切迫した思いが、単なる思い付きであっても、すがり付こうとする心の動きを作り出していた。

しかし、少しも頭が働かない。濃いもやが掛かったように、目と鼻の先をかすめていく記憶の断片さえも摑まえられない。手を伸ばしても、虚しく宙を摑むばかりで、瞬く間に断片は靄の中に消えてしまう。それが何の断片だったのか、想像することすら叶わなかった。結局手にしたものは、徒労感と絶望感。仕方なく私は目を開けた。嘆息が漏れた。現在に、必然的に未来にも、居場所を見出せなくなった人間は、過去にも居場所を見つけられなくなるものなのか⁉　愕然とした。人は見たい物しか、見ることができない。つまり、見たい物を失った、ただのガラス玉のような目には、外見的には見ていたように思えても、何も見ていないことが多い。今の私の目がまさしくそれ、曇りの入った粗悪なガラス玉だった。何かを見ようとする力を失った私の目には、平和公園の最奥部に位置する巨大な平和祈念像が映っていた。原爆の脅威を意味するといわれる、天を指差す右手。世界平和を表す水平に伸ばされた左手。そして、閉ざされた両目は、原爆によって亡くなった人々の鎮魂を表現しているといわれている。まさに威風堂々、十メートル近い青みを帯びた巨大な像は、筋肉隆々で、原爆の脅威、その無慈悲な破壊力を告発する力、世界平和の実現を祈願する思いの強さ、そして、死者への鎮魂の深甚さを、圧倒的な迫力で具象化している……。そう、その言葉⁉ 今、私のガラス玉の目に映じている平和祈念像を説明する言葉の羅列は、手垢《てあか》に塗《まみ》れた、陳腐なものとしか意識されなかった。誰もが口にするマニュアル化された言葉であり、したがって、誰の言葉でもあり得なかった。ガラクタのガラス玉の目しか持ち合わせていない私は、平和祈念像をここから遠望するばかりで、近付いていきたいとは思わなかった。近付けば、マニュアル化された言葉は、たちまちにして雲散霧消し、ただ巨大なだけの石像を見上げることになるのを、私は知っていた。被爆したマリア像のように、私を弾き飛ばすような力も感じることはないだろう。私は、ゆっくりと背を向けた。そこで私の記憶は途切れてしまった。

私は歩き続けた。何のために？　時間潰しのためか？　それもある。だが、それ以上に、何も考えないようにするため、考えなくてもいいようにするためであった。ひたすら、足を前に進める。疲れ果て、もう歩けない、とその場にへたり込んでしまう。しいて言えば、それが歩き続けることの目的であった。何となくだが、彷徨には、まだ目的意識性の臭いが漂っている気がする。彷徨を突き破り、歩くこと自体がすべてとなる徘徊のレベルにまで至れたなら……。坂の多い長崎の街だけに、しばらく歩いているうちに、自然と息が上がってくる。次第に上がらなくなってくる膝に手を当て、自らの喘ぎ声を耳にしながら、私の心を占めていったのは、この徘徊への憧れであった。私は闇雲に歩き回るだけで、どこにも立ち寄らなかった。居場所をなくした人間に立ち寄るべき場所はない。たまさか何かが目に留まったかもしれないが、何の記憶も残っていない。上り坂、下り坂、上り坂、下り坂……ただその繰り返しだけだった。

どれほどの時間、歩き回ったのか？　それすらも意識に上らなくなっていた。意識から締め出していたのかもしれない。人の気配の全くしない、神社の鳥居の下に座り込み、乱れた息を整えていたとき、ふと、早めにホテルに戻ろうか？　という気が起きた。自由研修が終わる時刻近くに戻ったならば、帰ってきた大勢の生徒たちと鉢合《はちあ》わせしてしまう、煩わしい……。上手く働かぬ私の頭に浮かぶ考え方は、すでに教師のそれではなくなっていた。そのとき、初めて時計を見た。午後二時を回っていた。乳酸が溜まって、パンパンに腫れた太腿とふくらはぎに活を入れ、私は立ち上がり、路面電車が走る街のメインストリートへと通じる目の前の坂を下っていった。膝がガクガクして、思うように歩けない。胸がざわつくのを覚えたのだが、あえて意識しないようにした。意識した途端、一歩も前へ進めなくなる、そんな予感、いや、確信が生まれていたからだった……。

よろけるようにして、物陰に身を隠した。あまりの息苦しさに、意識して呼吸しようとしたのだが、胸が押し潰されたようで、どうしても息を吸うことができなかった。顎が外れるくらいに大きく口を開けた。そして、息を吸い込もうとしたのだが、気道が塞がり、空気が入ってこない。このままでは窒息だ。私は慌てた。もう一度、大きく口を開けて、今度は声を出しながら、肺に溜まった空気を吐き出そうとした。

ハーッ、ハーッ、ハーッ、ハーッ……

周囲の人目など構っていられなかった。声を出せば、気道が開き、空気が出ていくと考えたからだった。最後に長く声を伸ばしながら、息を絞り出した。もうこれ以上は吐けない、と感じたところで、その反動を利用して、深く息を吸い込んだ。幸いにして、人通りは多くなかった。それでも、何人かからは奇異な目を向けられたようにも感じたのだが、声をかけられるようなことはなかった。きわめて浅いのだが、何とか呼吸ができるようになったことでひとまず安堵した。しかし、代わりに耐えがたいほどの疲れを覚え、体を支えられなくなり、背にしていた錆びた鉄柵に凭れ掛かったまま、ズルズルとその場に座り込んでしまった。

宿泊先のホテルが近付いてくるにつれて、息が荒くなっていったのを覚えている。信号を渡り、四つ辻の角を折れた地点、そこからホテル前の様子を遠望することができたのだが、時刻はまだ三時半だというのに、すでに多くの生徒たちが、ホテルのエントランスの辺りに集まっているのが見て取れた。次に、生徒たちが帰ってくるのを待ち、グループごとに分けた名簿にチェックした。すると、部屋のキーを渡す役割を担ってもらった留守番役の副校長のシスターと、旅行会社の添乗員が、早々と戻ってきてしまった生徒たちの対応に追われている様子が目に飛び込んできた。あの密集した場所に、本来自分はいるべき人間なんだ、と思ったのと同時だった。いきなり心臓に、ドンッ！　という衝撃を受けた。一歩も足を前には出せなくなり、呼吸もできなくなった。こんな路上で倒れるわけにはいかない。とりあえず、緊急避難しなければ、ということで、物陰に身を隠したのだった。

しばらくの間、座り込んだまま、耐えがたい疲労感で動けなかった。しかし、その一方で、いつまでもこうしてはいられない、という気持ちが強まっていた。時間が経てば、帰ってくる生徒の数はさらに増え、ホテル前はごった返しの状態になることは間違いなかった。そんな人混みの中へ突っ込んでいく気力は湧いてきそうになかった。行くなら、今しかない、という決意を固めて、鉄柵に摑まりながら立ち上がった。なるべくホテル前の集団を視界に入れないよう努めながら、私は一歩、一歩、足を前へ踏み出していった。窒息するほどではなかったが、息苦しさは相変わらず続いており、ハア、ハア、と口で息をするしかなかった。さらに、そこへ気分の悪さが急激に募ってきていた。荒い呼吸の合い間に、時折酸っぱいものが込み上げてくる。急がなければ、と気持ちが急《せ》いて、自然に足が速まっていった。顔から血の気が引いて、冷たくなっているのがはっきりと分かる。グループごとに固まっている生徒たちの間を無言ですり抜けるようにして、ホテルのロビーに設《しつら》えられた長机の上に並べられた生徒名簿にチェックを入れていたシスターの前に進み出た。人の気配に気付いたのだろう、シスターが振り返り、私の顔を見るや否や、不安げな表情を浮かべた。

「伊藤先生、大丈夫？　真っ青な顔してるけど……」

長々と説明する余裕はなかった。胸のむかつきがますますひどくなっていた。

「申し訳ないんですが、ここをお任せしていいですか？　どうにも具合が悪くて……部屋で横になりたいんですが……」

それだけ言うのが精いっぱいだった。シスターもただごとではない、と判断したのだろう。慌てたように、長机の上に置いてあった部屋のキーを取り上げ、私に手渡すと、

「誰か、部屋まで付き添わせましょうか？」

と、辺りを憚《はばか》るようなヒソヒソ声で話しかけてきた。私はそれを断った。これ以上無様な自分を人に見られたくなかった。シスターに、一つ頭を下げると、半ば駆け足になり、ロビーの奥まった場所にあるエレベーターの前へ向かった。ボタンを押すと、すぐに扉が開いて、乗り込むことができた。キーを差し込むまでもなく、私にあてがわれていた個室のドアは開いていた。私は駆け出した。ドアからすぐ脇にあった洗面所に転がり込んだ。とっさに口を掌で押さえ込んだのだが、間に合わなかった。便器の蓋を上げる直前に、口を押さえていた掌を押し返すように、指の隙間から嘔吐した物が噴き出した。便器の蓋に吐瀉物《としゃぶつ》が飛び散った。いったん吐き気は治まりかけたのだが、すぐにまた、二度目の激しい嘔吐が喉の奥から

せり上がってきた。便器に吐くのでは間に合わない。反射的にバスタブの中へ顔を突っ込んだ。その途端、一回目以上の量の吐瀉物が噴き出し、バスタブの底一面に飛び散った。頭が割れそうに痛い。喉から胃にかけて焼け火箸を突っ込まれたように、ヒリヒリと引き攣《つ》るような痛みを覚えた。背中を丸め、痛む胃を押さえた恰好で、私はバスタブの縁に額を載せ、しばし、動けずにいた。洗面所いっぱいに充満した、すえた刺激臭に耐え切れなくなり、スイッチのある所まで這いずっていき、換気扇を回した。だが、効果はなかった。惨めさに押し潰されそうになりながらも、何とかこの臭いの元凶である吐瀉物塗《まみ》れの惨状を元通りに回復しなければ、と壁に手を付いて立ち上がり、シャワーのノズルを手に取った。次に、シャワーへの切り替え口に手を伸ばし、一、二歩前へ移動したとき、床に飛び散っていた吐瀉物に足を滑らせ、もんどりうって頭からバスタブの中へ転落してしまった。その際、指先が切り替え口に触れたのだろう、ノズルから勢いよく水が吹き出した。頭から背中、腰にかけて、バスタブにしたたかにぶつけたショック、全身がバスタブの底に溜まっていた汚物塗れになった気持ち悪さ、そして、いきなり吹き出してきたシャワーの水によって、洋服を着たままずぶ濡れになった驚きで、今度こそ身動きがとれなくなった。惨めさとか、情けなさとか、恥ずかしさとか、そんなありきたりな言葉で表現できるような気分など、薄い膜で覆われたように朧《おぼろ》にしか感じられなかった。ノズルから吹き出て、体に当たる水を止めようとは思わなかった。身に着けている物はすべて、すでにぐっしょりと濡れそぼっていた。十一月だというのに、寒い、とも感じなくなっていた。水がバスタブの底に溜まっていた汚物を流し、排水口で渦を巻くと、最後の一瞬、スピードを速めて吸い込まれていく。その動きを飽かず眺めていた。ズズーッ、ズズーッ、という吸い込まれていくときに立てる音が、やたらに耳に響いた。

（吐いた物ばかりじゃなく、ついでに私も溶かして、何もかも一緒くたにして流し去ってくれないか……私は糞袋みたいな物だ……）

排水口に渦を巻く、薄汚れた水を見詰めながら、私はそう願った。どん底だった。これ以上堕《お》ちようがない、と思えるほどだった。だが、なぜか、静謐《せいひつ》な時間でもあった。どん底で味わう絶望とは、こんな気分にさせてくれるものなのか、と不可思議にも思えた。悲哀、確かにそんな気分も味わっていた。自らを哀れむ、哀れな奴……。しかし、涙一つ流れなかった。他人に頼むわけにはいかない、自分でしなければ片付かないことが、最後に一つだけ残っている。だが、それを考えるのは、今は億劫であった。それでも、私の両足の間に開いた穴に、汚水が落ち込んでいくように、最後はそこに落ち着くことになる。ズズーッ、ズボボッ、ズボッ、ズズーッ、と不快な音を立てて、自分の体もドロドロに溶け出し、排水口に引き摺り込まれていった。体は跡形もなく溶け去ったというのに、最後まで溶けずに残ったモノがあった。それこそが真っ先になくなってほしいと願ったモノ、自意識だった。自意識だけが、いつまでもシャワーの冷たい水を浴び続けていた。

第五章　ロープの輪の向こう側

修学旅行から帰ってきた翌日の夕方、薄膜一枚貼られ、焦点を結ぶことのなくなった、ぼんやりとした頭と、耐えがたいほどのけだるさと、鉛の板でも全身の至る所に貼り付けられたように重くなった体を無理矢理車に積め込んで、自宅からほど近くにあるホームセンターの駐車場に乗り着けた。お目当ての品物が並べてあるコーナーは記憶していた。店内に所狭しと陳列されている数多の商品は、全く目に入ってこなかった。ガーデニングのコーナーであれ、ＤＩＹのコーナーであれ、そこにある商品は、すべて未来の自分の人生をより豊かに、美しく彩るために存在しているのであり、そもそもが未来という時間を想定しているものである以上、もはや私にとっては無縁な塵芥《ちりあくた》でしかなかった。視界の片隅をかすったとしても、それを目で追うことなどあり得なかった。

天井からぶら下げられた案内ボードに目が留まる。梱包、と記されていた。コーナーの角に積まれていた店名の入った黄色い買い物籠を一つ取り、お目当ての品物が何種類も並べられた前に立った。細い物から太い物まで、品揃えは豊富だった。買い物籠をいったん床に置き、手頃な物を一巻き、手に取った。こんな長尺な物は必要ないと思ったのだが、あまり長さにこだわる気にはならなかった。ごくごく一般的な木綿製の梱包用ロープ、結び目を作るのにもそれほど造作はなさそうであった。迷いは生じなかった。手に取った一巻きを買い物籠に無造作に放り込んだ。次に買わねばならぬ物は脚立、大きな物は別荘の物置に置いてあった。だが、欲しかったのは、地面に据えたときに一メートルほどの高さになる小振りな物であった。できるだけ軽量な物がいいだろう。楽に蹴り飛ばせる脚立、それが私の最後に触れる物になるはずだった。脚立やはしごの並んでいるコーナーも分かっていた。私は買い物籠を右手にぶら下げて、そのコーナーへと足を向けた。

数歩行ったとき、視界の縁に「キャンプ用品」の看板が目に入った。今の私にキャンプなど縁のないものであった、そのはずだった。ところが、私の足は表面に浮かび上がった意思とは無関係に、看板の掲げられた場所へと向かっていた。私の体は何を望んでいるのだろう？いぶかりながらも、体の声に逆らおうとはしなかった。看板直下に、カーキ色の簡易テントが一張りセットされていた。その前に、バーベキューセットが一式並べられ、テントの横にキャンプ用、というか、その場にふさわしいと思われる服装、帽子から上着からパンツから、さらにはトレッキング用の靴から靴下まで、ここに並べられた物を一切合財入手すれば、今すぐにでもキャンプに行けますよ、といった感じの、押しつけがましい、息苦しさを覚える「充実」した品揃えであった。だが、私の目は反応しなかった。

そのコーナーの端っこに、テントを張る際に必要な色とりどりのナイロンロープがぶら下げられていた。脇にさまざまなタイプのテントと、それを張る際のロープの使い方が撮られた写真がパネルになって掲示されていた。私の目はナイロンロープに、そしてパネルに吸い寄せられた。パネルの前にロープの使い方を解説した薄い本が平積みされていた。『ロープワークの達人』、そう題された一冊を手に取った。パラパラとページを捲る。「天然繊維のロープと比べて、倍の強度があり、軽量で滑りが良い」「最も強度が高く、柔軟性に優れ、伸縮率が大きくて衝撃を吸収するために、アウトドアショップで扱われているものの多くはナイロンロープである」。目の焦点が合わず、解説文すべてを読み取ることができない。拾い読みするのが精いっぱいではあったが、それでも、そうした断片的な文章だけで充分だった。ぶら下がっていたナイロンロープは、三ミリ、四ミリ、六ミリ、七ミリ、八ミリの五種類だった。再び『ロープワークの達人』の解説文を拾い読みしていくと、次のような一文にぶつかった。「ロープ橋やブランコといった体重全体を支えねばならないロープとしては、八ミリから九ミリのものが主に使われる」。思考力、判断力は不要であった。手近にあった八ミリのナイロンロープを手に取り、そうすることが当然であるかのように買い物籠に本と一緒に放り込んだ。書名が、ふっと頭に浮かんだ。

（『ロープワークの達人』……「達人」ねえ……）

どこか出来の悪いブラックジョークのように思え、私は薄く笑いを浮かべた。だが、それも束の間だった。

奥まった場所の壁際に脚立は並んでいた。足許にある低い物に目が行く。ともかく軽い物が良かった。いくつか手に取り、重さを確認する。最も軽く感じられた物を床に置いてから、周囲を窺った。客も店員も周辺には見当たらなかった。足先で脚立の最上部分を蹴った。アルミならではの乾いた金属音が響き、足先に感触らしい感触を残すことなく、呆気《あっけ》なく脚立は転がった。もう一度周辺を見回した。物音を聞きつけて、誰かがやってくる気配はなかった。早速購入しようと決めたのだが、さすがに買い物籠には入らない。店の入口付近に置いてあったカートを思い出し、それを取りに行こうとしたときに、予定していなかった物が頭の隅をよぎった。

（そこまで考えなくてもいいんじゃないか？　それに、発見されたとき、そんな物を身に着けていたら、笑われるんじゃないだろうか？）

そうした状態になってもなお、人から笑われることを気にしている自分がおかしく、哀れだった。そんなことより、多少なりとも処理に当たる人の苦労を考慮するならば、垂れ流している状態よりも、吸収されて、中に収まっている状態のほうが、精神的には楽だろう、との思いが勝《まさ》って買うことを決めた。

成人用の紙おむつ。そして、念には念を入れて、こぼれ落ちても大丈夫なように、足許に盥《たらい》を置くことを思い付いた。体が揺れても対応できるように、直径一メートルぐらいの大きめのほうがいいだろう。

レジで精算を済ませ、カートを押しながら店外へ出ると、陽はすっかり暮れていた。駐車場に停めた車のハッチバッグを開け、荷台に購入した物を納めたが、一瞥《いちべつ》をくれた後、

（これですべてか……呆気ないものだな……でも、自分のような者にはふさわしい気がする……）

そんな繋がりを失った思いの断片が去来したものの、ただそれだけのことで、それ以上でもそれ以下でもなかった。ハッチバックの閉まる重い音が耳に届いたのと時を同じくして、斜め前方に停めてあった黒い高級車のエンジン音が響き、点灯されたライトの光が鋭く目を射た。ライトを上向きにしているのだろう、眩しさと不快感とで心が揺れたせいなのか、とげとげしい気持ちが湧き起こり、思い浮かべた鋭利な刃先が光に照らし出された。

（カッターナイフ……買うか？　……いや、やめておこう。深傷《ふかで》を負った体で、脚立に上がっても、うまくいかないかもしれない……二兎《にと》を追う者は一兎《いっと》をも得ず……使い方が変かな？　まあ、いい。一つに絞ろう。……それに、リストカットをした生徒を何人も見てきた。大半は躊躇《ためら》い傷だったが、気分のいいものではなかった。私の趣味ではない……）

リストカットへの不快感が脳を揺らし、フラッシュバックが起きた。軽い眩暈を覚え、思わずハッチバックに手を付いた。教室棟の屋上、その端に座り、宙に浮いた両足をぶらつかせ、魂の抜けた人形のような横顔を覗かせていた生徒の姿。何も見てはいない、けれども、

その目は教室棟の奥に広がっていた森に向けられていた。雅《みやび》。その細い左腕には、リストカットによる十本以上の傷跡が走っていた。さらに、その十本以上のラインを背景にするようにして、五芒星の刺青が彫り付けられていた。青インクのボールペンのペン先を突き立てて、彫り込まれた五芒星。突然、その五芒星が青い光を放って、私の目を射抜いた。

六月に起こした授業サボタージュの一件で、それまでの愚行の累積が災いして、無期停学という重い処分を受けた。その当日から登校禁止、家庭で反省の日々を送ることになったのだが、果たしてそうした指導が、彼女の心にどのような作用を及ぼしたのか？　今もって私には分からずにいた。夏休みいっぱいをかけて、家庭訪問を繰り返した。だが、ついに雅が私に心を開くことはなかった。私と視線を合わせようともしなかった。求めているモノが手に入らない焦慮と絶望感の滲み出た眼差しを宙に彷徨わせながら、左腕の白いラインをポリポリと引っ掻いている彼女の孤独な姿が脳裡にちらついた。その動作が、彼女なりの自己顕示欲の表現なのか、単なるくせなのか？　……もう、いい。詮索はやめた。当《あ》て所《ど》なく孤独感が浮遊するばかりで、ホームセンターの駐車場にいた私は、もはや浮遊する孤独感を摑もうと試みさえもしなかった。

（もう追いかけないよ。漂ってる限り、平安は得られずに、苦しみ続けるばかりだけど、今の私にはどうしてあげることもできない。視線を逸らすのは、私の番だから。サヨナラ、だ。雅の心に寄り添える先生や大人といつか出会える日がやってくることを願ってる……）

別れを告げる心の中での呟きが、脳内に浮かんだ彼女の幻影に届いたのか、チラッとこちらを見たような気もしたのだが、すぐに寂しそうなやつれた顔は霞み、消え去った。

私は運転席に乗り込み、イグニッションキーを回した。雅の幻影は、大して私の心を揺さぶるようなことはなかった。どこか儀礼の臭いが強くする言葉をあえて口に出した。

「サヨナラ。元気でね」

私は車を発進させた。


翌日、学校は休みだった。妻には、修学旅行の骨休みで、別荘に行ってくる、と告げておいた。何か不安を感じたわけではないのだろうが、出《で》しなに妻はこう言ってきた。

「携帯の電源を入れておいて。何かあると困るから――」

それには答えず、一つ短くクラクションを鳴らして、私は車を発進させた。

午前中に家を出て、中央高速を一路、信州を目指した。途中、一度だけサービスエリアに立ち寄り、トイレ休憩をとっただけで、ひたすらに走り続けた。そのときに備えて、朝からずっと飲まず食わず、三時間ほどで山の中にある小さな中古別荘の駐車場に車を滑り込ませた。喉の渇きも空腹感もまるでなかった。非常事態に、体がもはや必要としない飲食を拒絶しているかのようであった。エンジンを切ってからもしばらくの間、車から降りずに、運転席でぼんやりとしていた。体内時計が時を刻むのをやめてしまったのかもしれない。自宅に喜怒哀楽の感情をひとまとめにして置いてきたのか、心が動こうとはしなかった。自宅からここまでの道中の記憶がほとんどない。立ち寄ったサービスエリアでの光景、高齢の夫婦と覚しき二人連れが、明るい黄土色の体毛をした大型犬、ゴールデンレトリバーに引き摺られるようにして散歩させている様子が僅かに記憶に残っている。信州に入ったばかりの地点、カーブを曲がり切った辺りでいきなり出っ食わした乗用車と大型トラックの事故現場、乗用車が火を噴いたのだろう、大破して黒焦げになった車体は、消化器の噴射した白い泡に覆われていた。路肩でスーツ姿の男が猫背になり、ヘルメットを被った警官から事情を訊かれていた。そこから少し離れた場所で、上下作業着で短髪の大柄な男が、警官に背を向けるようにして携帯で喋っていた。ズボンのポケットに手を突っ込んだ、そのどこか居直ったような姿に不快感を覚えたことを記憶していた。思い出せるのはその程度で、どちらも断片的であり、その前後の記憶は完全に欠落していた。そのためか、運転に費した三時間という時間が信じがたいほどに短く感じられた。ハンドルに両掌を載せたまま、見るともなく見ていた別荘周辺の風景に色はなかった。もう失われてしまった過去の風景、モノクロの世界に自分は紛れ込んでしまったのか？……言葉ではない、言葉にならない感覚が、そう語っているようだった。気を失っていたわけではないのだが、ドアを開けた瞬間、隙間から忍び入ってきた標高一三五〇メートルという高地での晩秋の冷気に、一気に覚醒させられた。しかし、頭の芯は痺れたままで、気分を落ち込ませる不快なノイズを発し続けていた。考えることが億劫だった。早くすべてを片付けてしまいたかった。それ以外の選択肢を一切拒絶する役割を、いわばバリアを張り巡らすために、ノイズは途切れることなく鳴り続けていた。

冬用のヤッケを一枚羽織り、車外へ出た。駐車場は落葉したカラマツの褐色で塗り潰され、ぶ厚い絨毯の上を歩くように、ふんわりとした弾力を足裏に感じた。紅に染まった山葡萄《やまぶどう》の大きな枯れ葉が至る所に落ちていた。以前に、プロパンガスの業者が定期点検をするために切り開いた獣道のような細いポーチを通って、別荘の敷地内に降りていった。カラマツの褐色の絨毯の上に散り敷いた、まるで豪奢な文様のような山葡萄の葉の赤を、時に蹴飛ばし、時に踏みつけながら、目星を付けていたモノに一歩一歩近付いていった。別荘に隣接する恰好で、後に付け足して造った倉庫を回り込むと、そのモノは忽然《こつぜん》と姿を現した。

すっかり葉を落とし、寒々しい印象の裸木となった一本のカラマツの木。

紅葉した落ち葉の色は認識できるようになっていたのだが、眼前に屹立《きつりつ》する背の高い木に色はなかった。土の殻を突き破り、天を突き刺すように垂直に伸びた黒い影。天空を覆わんとしているかのように、黒い影の上部には数多くの枝を残しているのだが、下のほうに伸びていた枝はあらかた落ちてしまっていた。それでも、一本だけ、地表から二メートル余りの位置にある幹を突き破って、太い枝が長い腕を地面とほぼ水平に伸ばしていた。

木の傍らに立ち、黒々とした太い腕を見上げた。いくら見上げていても、特にこれといった感慨は湧いてはこなかった。今、私がしていることは、最後の確認――それ以上でも以下でもない。太い枝の黒が心に滲《し》みたのか、いつしか私の視界から色彩は抜け落ちていた。

モノクロに沈んだ細い獣道を逆戻りし、車のハッチバックを開け、積んできた脚立を肩に掛け、左手に盥を持ち、右手に二本のロープと本、紙おむつの束の入ったビニール袋をぶら下げて、別荘の玄関に繋がる正規のポーチを降りていった。階段を上がり、玄関の前に立つと、いつものくせでパンツのポケットから小銭入れを取り出し、中に入れてある鍵を手に取ったのだが、思い直した。玄関は開けずに、鍵を小銭入れにしまった。今日は別荘を開ける必要はあるまい。私に必要な場所は、今、確認してきたばかりのカラマツの木の一角だけだ。

玄関とは反対側、ベランダに回った。ベランダは一面、カラマツの落葉に覆われていた。素手で適当にカラマツの葉を払い除け、人一人座れる場所を確保した。そこに胡座をかき、ビニール袋からロープと本を取り出した。ロープの結び方なんかどうでもいいではないか、という思いを抱きつつも、ホームセンターで得た閃きに囚われてしまっていた。なぜ、囚われてしまったのか？　失敗することが厭だったとしか言いようがない。結び目が緩んで、ずり落ちてしまうのは情けなかったし、それ以上に、結び目がいい加減だったせいで、ロープがガッチリと食い込まずに、苦悶する時間が徒《いたずら》に長引くのもご免だった。ともかくこのときの私は結び目にこだわるのが当然のことのように思えていた。段取りを一つ一つ正確に、着実にこなしていくことによって、確実に目標を達成する——結果オーライを許さない、そんな性格だから、病気になったんだ、という声が聞こえていないわけではなかったが、その声は遠くから幽かに聞こえてくるばかりで、私に翻意させるほどの力を持ってはいなかった。

本に栞《しおり》を挿んでおいたそのページの小見出しにはこう書かれていた。

「エバンスノットは万能の結び」

解説の中に、次のような文章が出てきた。

「ロープで輪を作るための基本となる結び方は、エバンスノットだ。結ぶ対象物を固く締めつける。対象物とロープとの隙間が小さく、対象物にロープが完全に固定されてしまったように思えるほどだ」

この解説文を読んで、私のような感想を持つ者は稀《まれ》だとは思うが、自分のことを「対象物」と呼ぶ本に生まれて初めて出会ったような気がした。「結ぶ対象物を固く締めつける」という文章に、しばし私の目は釘付けになった。

また、別の箇所では、

「輪の部分、結び目がロープ上を移動するため、対象物の太さに関係なく、ギュッと締めつけることができる。輪が上下にずれたり、外れたりすることは百パーセントない」

と、力強く断言していた。我知らず息苦しさを覚えたのだが、その感覚につまずくようなことはなく、目はエバンスノットの作り方を順を追って図解している次の頁へと移っていった。

結び目の作り方は、さほど複雑なものではなかった。あらかじめ作りたい輪の大きさを想定した上で、適当な長さの所でロープを二つ折りにし、その先端を持って、折り返したことによって二本になったロープに二回程度巻き付ける。巻き付けることでできた輪の中を、ロープの先端を通し、締め付ければ出来上がりだ。これならわけなく作れそうに思えた。まずは、木綿製の梱包用ロープで作ることにした。ロープの先端を引っ張り出し、巻き付ける所までは難なくクリアした。ところが、次の手順、輪の中をロープの先端を通そうとして、上手くいかなくなった。目の焦点が合わない。老眼のせいなんかではなかった。ロープを輪にくぐらせる、ただそれだけのことがなかなかできない。何度も目を擦った。だが、逆効果だった。かえって目が霞んでしまい、輪がよく見えなくなってしまった。さらには、指の関節が強張り、思い通りに動かせない。しかも、指先の震えが止まらず、失敗を繰り返すごとに、その震えは激しくなっていった。

（落ち着け、落ち着け……怖くない、怖くない……楽になれるんだ、楽になれるんだ……）

と、心の中で呪文を唱え、失敗するたびに深呼吸をし、再びトライするということを繰り返した。数十回トライを繰り返し、偶然と言うしかないのだが、何とかロープが輪の中をくぐってくれた。達成感、なんかは皆無であったが、とりあえずはほっとした。結び目を固く締め、それを滑らせることで適当な大きさの輪を作り出すと、ベランダの床板の上に置いた。次はナイロンロープの番だ。反乱を起こした目と手のせいで、悪戦苦闘の末に、たまたま成功しただけのことではあったが、それでも一度は成し遂げた自信というか、心の余裕からか、手にしたナイロンロープは、苦もなくエバンスノットの結び目を形作っていた。拍子抜けするほどの呆気なさであった。結び目を固く引き締め、先に作り上げた木綿製ロープの輪と同じ大きさに整えた。

目の焦点が合わない不快感は相変わらずであったが、不思議なことに、木綿のロープと悪戦苦闘していた際に覚えた指関節の強張りも、指先の震えも消えていた。私の心は沈鬱そのものではあったが、沈鬱なりに平静であった。淡々と作業を進めていった。

最初に木綿製ロープの輪を左の手首に通し、右手に持ったロープを力任せに引っ張った。左の手首は締まりはしたのだが、やはり滑りが良くなく、ゴツゴツとした感触を残しながら、輪はすぼまっていったという感じであった。

（気に食わんな……）

手首に食い込んだ輪を緩め、胡座をかいた足許にロープを置いた。

次に試したナイロンロープは木綿のロープとは段違いに滑りが良く、一気に固く手首を締め上げた。悩む余地などなかった。

（こっちだな。こっちなら、失敗することはないだろう……）

私は手にしたナイロンロープを束ね、腰を上げようとして床板に手を着いた。ところが、今度は足に力が入らない⁉　痺れているのではない。立ち上がろうという意思が、両足に伝わっていかないといった感覚だった。

（心は騙《だま》せても、体は騙せない、か……。体の最後の抵抗、悪足掻《わるあが》き、って奴だな……）

手の力で、何とか片膝を付く姿勢を作り上げると、両手でベランダの床板を押し下げるように、勢いをつけて一気に立ち上がろうとした。

「いっせーの、よっこらしょっと！」

我ながら不細工なかけ声だな、と恥じ入りながらも、精いっぱい大声を張り上げ、大きくふらつきはしたが、ベランダの手摺りに凭れ掛かるようにして何とか立ち上がることができた。膝に震えが出ていたが、歩けないということはなさそうだ。ナイロンロープを持った右手で脚立を拾い上げ、反対の手で盥を摑んだ。思うように力の入らぬ両足を騙し騙しゆっくりと運びながら、ベランダから階段へ、そして、ベランダの下の通路を抜けて、あのカラマツの木の下に出た。やって来たときに見た角度とは異なっていたのだが、どんよりとした曇天のせいで陽が射していないためか、やっぱりカラマツの木に色はなかった。幹の土手っ腹を突き破り、長く伸びた太い枝は、今立っている場所から眺めても、真っ黒なシルエットでしかなかった。

仮に、その枝が私に向かって、おいで、おいで、をしているかのように見えたのなら、私の気持ちもまた変わっていたかもしれない。何だか出来すぎだな……気恥ずかしくなる、また次の機会にでも……となっていたのではないか。あくまでも仮定の話だから、確かなことは分からないが。しかし、このとき、目の前に伸びた黒いシルエットからは、何の意思も感じられなかった。ただただ黒くて太い影が、宙を真横に切り裂いている。人間の都合など一切忖度《そんたく》することのない、超然とした存在だけが、そこにはあった。私のことなんか一顧だにしない、突き放されたような印象だった。媚《こ》びることのない、その非情さ、冷酷さが好ましかった。

（さっさと片付けてしまおう）

心中でそう自らを駆り立てて、私は木の根元近くに脚立を据え、言うことを聞いてくれない足をなだめすかしながら、一段、また一段と上った。そして脚立のてっぺんに立つと、太い枝にロープの輪の付いた先を投げた。ロープは枝を跨《また》ぎ、上手く引っ掛かった。輪を手許に手繰《たぐ》り寄せ、枝を二巻きするように、もう一度投げた。辛《かろ》うじて引っ掛かってくれた。ちょっと遠くへ投げ過ぎてしまったために、脚立の上で片足立ちになり、思いっきり手を伸ばして、輪を適当な位置に動かそうと試みた。輪の端っこに指先が掛かり、手許に手繰り寄せようとした瞬間、伸ばした膝から急に力が抜けた。ロープの輪に指先を引っ掛けたまま、私は脚立から転げ落ちた。幸いにして、木の下はカラマツの落葉が幾重にも散り敷いてできた絨毯だ、ものの見事に転げ落ちたにもかかわらず、少しも痛くはなかった。痛みを感じなかったからだろう、転落したことに現実味がなかった。けれども、予期していなかった事態の出来《しゅったい》に、気が動転してしまい、しばらくの間、木の下に座り込んだまま、動けなくなってしまった。それから、ふいに頭の上を見上げたら、偶然にもロープの輪がお手頃な位置に移動していた。輪に指先が掛かった恰好で転落したために、その勢いでロープが枝の幹側へと引き戻されたのだ。枝に巻き付いた箇所も二巻きで、しっかり固定されているように見えた。

これを、ツイてる、と称しても良いのだろうか？

しかし、今の私の目的意識からして、やはりそれは、ツイてる、と言っても良い状態であった。重力に無頓着に、宙に浮かんだ丸い輪を全くの無感情で……そう、丸い輪と同様に感情は動いていなかった⁉……じっと見詰めてから、私は四つん這いになり、蹴飛ばしてしまった脚立を取りに行った。宙ぶらりんの輪の真下に入り、位置を確認してから、その真下からやや後方に脚立を据えた。カラマツの木の根元に無造作に束ねておいたロープを拾い、枝にぶら下がった輪が動かぬよう、注意を払いながらロープをピンッと張り、幹の根元近くにこま結びで結《ゆ》わいつけた。ロープを引っ張り上げてみたが、結び目が上方にずれる気配はなかった。

しかし、このとき、せっかく覚えたエバンスノットなのだから、もう一度試してみようと思い立った。ロープが重みでずり上がる心配をしなくても済む、という判断をしたのが主たる要因なのだが、もう一つ、これで都合三度もエバンスノットを実践することになるのだから、この万能の結び方をしっかりと身に付けられるだろう、とのある種の打算も働いていた。

エバンスノットに挑戦する四度目の機会は訪れないのに――。

頭では分かってるつもりだった。それでも、この打算が孕む矛盾には気付いていなかった。

細結びをほどいて、改めて幹にロープを一巻きすると、本を見るまでもなく、瞬く間にエバンスノットは完成した。念のためにロープを引っ張った。ナイロンロープの軋む音はしたが、細び目はびくともしなかった。カラマツの樹皮はゴツゴツして、無数に縦方向のクラックが走っており、それが引っ掛かりになってロープが滑りにくい。万全だ、と心の中で小さく満足した。次に盥を取りに行き、脚立の前方、密接させて、ぶら下がった輪の真下に置いた。ここでも、また一つ閃いた。車の中に、使い古したタオルが何枚かあった。それを盥の底に敷いたほうがいいな、と思い付いたのだ。車の中にはタオルが三枚積んであった。それを全部取り出し、盥の底に敷き詰めた。後に処理に当たることになる人の、多少は助けになるだろう……人への気遣いなんかではない。極力人の世話にはなりたくない、という人間に対する嫌悪感が為せる業であった。こんなささやかな行為にも、私という人間の心理状態、心の歪みが如実に現れる。少し苦い気持ちになった。

あっ、大切なことを忘れていた。朝から飲まず食わずで、大した量にはならないだろうが、それでも、とんだ恥をかくところだった、と相変わらず言うことを聞いてくれぬ足を無理矢理前方に運びながら、再びベランダに戻った。成人用紙オムツ。白い束が閉ざされた雨戸の横で所在なげに転がっていた。屋外で下半身を露出して、紙オムツに履き替えるのは気恥ずかしくもあった。だが、誰の目もない。あるといえば、内面にある他者の目だけだ。立ったままでは、またよろけて醜態を晒すことになるだろうから、ベランダに座り込み、両足を伸ばして紙オムツを履き、その上からパンツを履き直した。ゴソゴソして、お世辞にも履き心地が良いとは言えなかったが、短時間の辛抱だと腹を括って、また不如意な足を引き摺りながら、カラマツの木の下へとやって来た。

紙オムツの履き心地の悪さを気にしている私と対照的に、微動だにせず、まるでゼロGの宇宙にいて、泰然自若としているようなロープの輪を見直しながら、もう一度、あの台詞を心の中で呟いた。

（さっさと片付けてしまおう）

宙に浮いた輪の泰然自若ぶりに、今の私が及ぶべくもないことは百も承知している。だが、もはや私はエバンスノットの「対象物」であって、「対象者」ではなくなっている。間もなく私はエバンスノットの万能の力を借りて、「者」から「物」へと変貌する身だ。さっさと片付けるのにふさわしい「物」になるのだ、と思い切る野蛮なエネルギーに支えられて、そっと脚立に片足を載せた。膝に力が入らず、体を支えるのに難儀したが、何とか体を浮かせることはできた。高さ一メートルばかりの脚立は十三段もない。僅かに二段で頂上だ。安定しない体のバランスをとるために、両手を左右に広げた。今もって焦点の定まらぬ視線の先には輪があった。輪の向こう側には、この世とは次元の違う苦しみのない世界、自分のような者の存在を許容してくれる世界が広がっているのだろうか？　ちらとそんな稚拙なことを想像しながら、輪の両端を摑み、その中心に首を差し込んだ。目を瞑ろうとしたのだが、やめた。最後の一瞬まで、五十三年間暮らしたこの世界を目に灼き付けておこうと心に決めた。

何か書き残そうか、とも考えたのだが、やめにした。陳腐でありきたりな言葉しか出てこず、あえて書き残すほどのメッセージではなかった。頭に浮かんだフレーズを、その一瞬に唱えようと考えていた。ぼんやりとではあるが、妻と二人の娘の顔が浮かんだ。笑ってはいなかった。どこか神妙な表情で、悲しげでもあった。

「ミサコ、サヨナラ。ヒトミ、アヤノ、サヨナラ」

口に出したら、それだけだった。まだ何かありそうなのだが、それ以上何も浮かんではこなかった。人の声はおろか、鳥のさえずりさえ聞こえてこない。完全なしじまの中にいた。その時点で、すでに輪の向こうに広がる世界へと、私の身も心も移動してしまっていたのかもしれない。

「ハウッ！」

かけ声とともに、力いっぱい、爪先立ちしていた脚立を後方へ蹴り飛ばした。両足で立っていたはずの世界の底が抜けた。激烈な衝撃とあいまって、ガクッと体が底知れぬ奈落へと沈み、同時に耐えがたい激痛が全身を襲った。ナイロンロープがキシキシと不気味な音を立て、一気に、容赦なく頸動脈《けいどうみゃく》を締め上げた。頭に溜まった血液が、出口を求めて暴れ狂い、一瞬、視界が真っ赤に染まった。顔面が内側からパンパンに膨れ上がった。息を吸うことも吐くことも不可能になった。何も考えられない。爆発的な感覚だけが、脳内を狂ったように駆け巡った。

ぐっ……ぐふっ……

く……く………くっ！

締め上げられた気道の狭隘《きょうあい》な隙間から、短いうめきが漏れ出た。

意識があるのか、ないのか、判然としない。

――シヌホドノクルシミ

「ホド」ではない。紛れもなく、「シヌクルシミ」だった。

あるかなきか、もはや意識の体をなさぬ意識とは没交渉に、生きることに正直な体は、限られた自由の中でもがき続けた。手は首に食い込んだ輪を摑もうと足搔《あが》いたのだが、肩から上にはどうしても上がらない。虚しく宙を搔きむしるばかりだった。足は、まるで立ち泳ぎでもしているかのように、交互に蹴り続けた。だが、そのために、ぶら下がった体はひねられ、不自然に揺れることで、首に巻き付いたロープをいっそう固く締め上げる結果になった。苦悶のあまり、目を剝《む》いていたのだろうが、目はこの世界の何も捉えてはいなかった。真っ赤な世界が続いた。外の世界が赤いのではない。出口を求めて噴き出す寸前の鬱血した血の色だったのだろう。脚立を蹴り飛ばした直後から、時間の流れなどなくなっていた。流れを止めてしまった時間の最後の瞬間に、頭の中で、ゴリッという何か固い物が折れる音がした。首を締め付けられる激痛、呼吸ができない苦悶でいっぱいで、それ以上の苦痛が新たに加わってくる余地などなかった。頸椎骨折《けいついこっせつ》？　言葉が浮かび、消えた。完全に私の意識は消滅した。

濃淡のある薄暗がりの中で、狭くて縦に広がる奇妙な光景が目に映っていた。いつからこの光景を見ているのだろうか？　分からない。始まりもなく、終わりもない光景を見ているのだ、という気がした。気がした？　いつから？　堂々巡りの問いを自分に向かって発しそうになった。問いが雲散霧消した頃合いに、歯車が嚙み合わず、ギーギーと厭な音を立てていた頭に代わって、体が答えを出してくれた。顔の半分、とりわけ左側の頰が、チクチクと何かに刺されている感触があり、ひんやりとして、湿り気を帯びていた。土の匂い、草の匂い、枯れ葉のほんのりとかぐわしい匂いが鼻腔《びこう》をくすぐっていた。それとは別に鉄錆臭さが漂ってもいた。体、五感がそれを感知したときに、私の目はその縦長に伸びた奇妙な光景を見始めたのだ、と言葉を用いずに、そう教えてくれていた。縦長の空間の中央には、地平線と思《おぼ》しき境目が走っている。これが死後の世界、首を差し入れたロープの輪の向こう側に広がっている世界だとしたら、大半の人の期待を裏切るに違いない、何と奇妙奇天烈な世界だろう⁉　天国と呼ぼうが、極楽と呼ぼうが、お好み次第で好きにすればいいのだが、この奇妙奇天烈世界が熱望した世界の実相であるとしたならば、魂となった、仏となった人々は、こんな所で心安らかに永遠の時を送れるのだろうか？　甚《はなは》だ疑問だ。落ち着いて、こんな狭苦しい場所に長居していられるとは思えなかった。……ということは、私が今、見ているこの世界は……頭の歯車がギーと厭な軋む音を立てた。

天蓋《てんがい》。頭に被さった、大して重みのない天蓋の存在に気が付いた。手！　動く！　宙吊りになっていたときは、どんなにもがいても、肩より上には上げられず、虚しく宙をかきむしるばかりだった無力な手が、今は自由に動かせそうだった。肩の辺りに鈍い痛みが走ったが、思い切って腕を伸ばし、頭を抑えていた天蓋を押し上げてみた。天蓋はたやすく押し除けられてしまった。そして、天蓋の正体もすぐに分かった。ホームセンターで買い求めた安物のポリプロピレンという素材でできた盥だった。大量生産されたポリプロピレンに覆われた縦長の狭苦しい死後の世界……何ということはない、私は生きていた⁉

天蓋、いや、盥を払い除けたら、当然のことながら、そこは別荘の庭であることが知れた。顔を横向きにして、うつぶせの姿勢で私は倒れ込んでいた。起き上がろうとしたのだが、体全体が硬直して、思い通りに動けなかった。それでも、辛《かろ》うじて両手だけは動かせそうだった。片肘《ひじ》を付き、力を込めて上体を浮かせ、もう片方の腕の力で上体を立て直そうと試みた。なぜか、腰から下、足に力が入らず、なかなか上体を立て直すことは困難であったが、七転八倒しながらようやくのこと、両足を伸ばしたままの姿勢で、上体を起こすことができた。たったそれだけのことで、ひどく疲れてしまった。

呼吸が浅い。深く呼吸しようとしたのだが、上手くいかない。首回りが苦しかった。ロープが首に食い込んでいたことを忘れていた。指先を首とロープの間に差し入れ、緩めようとしたのだが、ナイロンロープは首にピッタリと貼り付き、簡単には剝がせそうになかった。爪を立てて少しずつ剝がしていった。メリメリッと神経に障る音がした。しかし、明らかに呼吸は楽になっていった。爪の先を見ると、首の薄皮だろうか、半透明の滓《かす》が爪の中に入り込んでいた。首に食い込んだロープの痕《あと》が、蚯蚓《みみず》腫れになって赤く刻まれているに違いない。傷付いているのだろうが、痛みは感じなかった。輪全体が緩み、首から外したとき、真っ先に目に留まったのが、エバンスノットの結び目だった。

「エバンスノットは万能の結び」――本にあった小見出しが、とっさに脳裡をよぎった。鬱病で短期間のうちに激痩せし、マイナス十五キロ、五十二キロにまで落ちた体重とは言え、その重量を吊り下げ、最後の足掻きで闇雲に激しく揺さぶったにもかかわらず、結び目が緩んだり、変型したりすることはなかったようだ。

「輪が上下にずれたり、外れたりすることは百パーセントない」

と解説文の中に出てきたフレーズが蘇り、それが決して大袈裟ではなかったことを身をもって証明したような気分になった。

エバンスノットから目を転じ、ロープの先を辿っていくと、ゴツゴツとした太くて長いシルエットが地面に転がっている様《さま》を目にした。ロープはシルエットに固く巻き付いていた。さらにその先を目で辿り、黒い幹に行き着くと、見上げた先に、もっと黒々とした丸い影、かつて太い枝の生えていた箇所の痕跡がくっきりと刻まれていた。体の重さと体の最後の無茶苦茶な悪足掻きに耐え兼ねて、大枝は、その大本から折れてしまった。最後の最後、意識が完全に飛ぶ刹那に、頭の中に響いた、ゴリッという物音は、頸椎がへし折れた音ではなく、枝の折れた際に立てた音だったことが判明した。

それから、ハッとして、慌ててパンツのベルトを外し、中に履いていた紙オムツを摘《つま》み上げ、内部の状況を覗き見た。安堵した。首吊りの凄まじい苦痛から、失禁した様子は見受けられなかった。一命を取り留めたことへの感情の動きは頗《すこぶ》る鈍かったが、それとは比べものにならないほどに、失禁せずに済んだことへの安堵感には強いものがあった。と、そのとき、鼻の穴から何かが伝い下りてくる感触があった。洟水《はなみず》でも垂れたのかな、と思っていたら、開いていた紙オムツの上に、一つ、また一つと赤い点が滴り落ち、色を薄めながら周囲へじわじわと広がっていくのが目に留まった。鼻血。首が強く締め付けられたために、鼻腔内の毛細血管が破れて、出血したのだろう。意識を取り戻したときから、鼻の奥に漂っていた鉄錆臭さはそのせいだったのだ。身の回りを見渡すと、失禁したときに備えて、盥の底に敷き詰めたタオルが散乱していた。手を伸ばし、その一枚を拾い上げると鼻の下を拭いた。ついでに、タオルの角を細く捩《よじ》り、鼻の穴に突っ込んで、鼻腔内に留まっている血を吸い取らせた。タオルを見ると、想像していた以上に大量に出血していた。そうは言っても、鼻血で失血死することはあるまい、とそれっきりにしておいた。痰で噎《む》せ、土の上に吐き出したら、血痰であった。

依然として頭は薄い膜に覆われてしまったようで、ぼんやりとしてしまい、何も考えはまとまらなかった。何度も頭を振ってみたのだが、同じことだった。それと、いつまで経っても足の感覚が戻らなかった。せめて足首だけでも動かないものか、と力を入れてみたのだが、反応は思わしくなかった。両手を使って、右足の脛《すね》を持って、下腹のほうへ手繰り寄せようとした。すると、たまたま指先の掛かった裏側のふくらはぎに痛みが走った。大した痛みではなかったが、パンツの裾をたくし上げ、ふくらはぎがどうなってしまっているのか、確認するために覗いてみた。皮が捲れ、赤く口を開いた傷が見えた。傷口は三センチほど、その周辺も赤黒く腫れていた。たくし上げたパンツの裾にも血が滲んでいるのに気付き、その血で掌《てのひら》が汚れてしまった。思いの外に大きかった傷口に、改めて疼きを覚えたのだが、そんなことよりも、どうしてこんな箇所に裂傷を負ったのだろう？　と疑問を抱き、あれこれ推測してみたのだが、思い付いた要因はただ一つだった。大枝が折れ、地面に叩き付けられた際に、同時に落下してきた大枝がふくらはぎを直撃したのではないか、というものだった。大枝の根元のほうは結構太い、重さもある。それが直撃したならば、これぐらいの傷を負ったとしても不思議ではない。早々《そうそう》に枝が折れてくれたお陰で、一命を取り留められたのだ、と生の視点から捉え直すならば、鼻血が出たり、この程度の傷を負うことぐらいは、代償としてどうってことはない、と考えられた。あくまでも生の視点から捉え直せば、という仮定の話ではあったが。

もう一枚、散らばっていたタオルを手繰り寄せ、とりあえずの応急処置として、パックリと口を開けた傷のあるふくらはぎに巻き付けた。まだこれ以外にも負傷した箇所があるのではないか、体のあちこちを点検してみたが見当たらなかった。ただし、腰から下、両足が思い通りに動かない状態がずっと続いているのが気になった。心理的なものなのか、首吊りによって負った何らかの傷害によるものなのか、専門的な知識のない私には、それ以上詮索しても埒《らち》があきそうになかった。

（もういい加減にしないか。考えるのに倦《う》んだよ）

心の呟きなのか、体の呟きなのか、それとも同時に発せられた呟きだったのか……。私は四つん這いになり、腕を失ったカラマツのそばから離れることにした。ロープにその首根っこを摑まれ、幹の根元に繋がれたまま、冷たく湿り気のある地面に転がった黒いシルエットは、まさしく自分の身代わりであり、「者」から「物」へと変じた私自身の姿のように見て取れた。気が遠くなるような長い歳月が流れ、そのシルエットの形が崩れさり、森の一部へと還るまで、いつまでも凝視していたいという願望が頭の片隅をかすめた。一方で、正視しているのが辛くて、一刻も早くその頽《くずお》れた姿の見えぬ場所へ移動したいとの衝動にも駆られた。この二つの相反する心の動きに引き裂かれながらも、いったん四つん這いになってしまった私は動きを止めなかった。

（あれは自分なんかじゃない。枝だ。枝は枝にすぎないんだ）

そう念じたとき、また痰が喉に絡んだ。吐き出したら、やはり血痰だった。その血の濁りに強い嫌悪感を覚えた。鼻の奥で一段と鉄錆臭さが強まった。

四つん這いになったからといって、スムーズに動けるようになったわけではない。車に例えるならば、前輪駆動、腕の力だけで体全体を引き摺っていくいびつな匍匐《ほふく》前進といったところだ。両足は動き出した体に合わせて、仕方なく後方からついてくるだけ、全く頼りにならなかった。時に足は前進を邪魔するような負の役割さえ果たすこともあった。苛立ちから、周囲の状況を観察することが疎かになり、伸ばした左手の小指の関節がタラの木に触れ鋭い棘で傷付けてしまった。反射的に手を振ってしまい、小指の先と爪が朱《あけ》に染まった。小指の先を口に銜《くわ》え、流れ出た血を吸った。まだしつこく続いていた鼻腔内の鉄錆臭に、新たに口中いっぱいに広がった血の味とが合わさり、激しく噎《む》せ返った。さらに、それまで感じていなかった首の回りにできていたのであろう、ロープとの摩擦で生じた傷が、上着の襟と擦れたせいなのか、神経に徹《こた》える痛みを覚えた。匍匐前進を続けていた手の動きが止まった。僅かな時間で次々と発生した流血による鉄錆臭と味、それと痛みの連鎖で、すっかり気が萎《な》えてしまった。惨めな気分に呑み込まれていった。

偶然から辛うじて生の側に引っ掛かっていたものの、まだその実感は持てずにいた。長い時間をかけ、ベランダの下の通路を腕力だけで這い這いし、玄関に通じる階段を四苦八苦しながら登り、玄関とは反対側、ロープワークで悪戦苦闘したベランダに、やっとの思いで這い戻った。ベランダに新たに降り積もったカラマツの落葉のことなど、どうでも良かった。精も根も尽き果て、カラマツの枯れ葉だらけのベランダの上に、私は倒れ込んだ。眠い――ただそれだけだった。睡眠障害に苦しみ続けてきたこれまでの日々が嘘のようであった。腹這いになった姿勢のまま、両の瞼《まぶた》はその重さに耐え兼ねて垂れ下がり、たちまちのうちに視界は閉ざされた。死への衝動も生への執着もなく、身も心も泥、ヘドロのような状態で、いったん瞼を閉じると、ヘドロはありとあらゆる隙間に潜り込み、地下深く、どこまでも沈み込んでいった。眠ったのか、失神したのか、それさえも定かではない、見事なまでの沈没ぶりであった。

十一月も下旬、山では冬の気配が濃厚だ。おまけに、昼間はどんよりとした曇り空であったために、外気温は十分には上がらなかった。陽が傾くと、途端に肌寒さを覚えるほどの冷気に包まれた。ヘドロと化した私にも、まだ寒さを感知するだけの機能は残っていたようだ。ベランダに積もったカラマツの葉の堆積に顔を埋め、腹這いで意識を失っていたヘドロは、薄く目を開けた。寒い……それがヘドロを動かす唯一のスイッチだった。このまま目を瞑り、寒さに身を晒していれば、早晩、低体温症となり、凍死できるだろうにな、という考えが浮かばなかったわけではなかったが、そうした考えを体は受け付けなかった。のろのろと再び四つん這いの姿勢を作ると、玄関前まで這いずっていった。上半身の力だけで体を起こし、ポケットの小銭入れに入っていた鍵を取り出すと、最後の力を振り絞るようにして鍵を開け、文字通り体ごと別荘内へと雪崩《なだ》れ込んだ。ベッドはなく、普段は眠るときに薪ストーブ前のスペースにマットと布団を敷いて、二枚重ねの毛布に包《くる》まって眠るというスタイルだった。しかし、この日はそうした作業をする気力も体力もなかった。雨戸も閉め切ったまま、やや黴《かび》臭い室内の空気の入れ替えもせず、リビングの角に置かれたテレビに向き合う位置に設《しつら》えられたソファの上に、全身に無数のカラマツの葉をまといつかせた衣服のまま、どっとばかりに倒れ込んだ。屋外ほどではないにせよ、室内もまた冷え切っていた。それでも、倒れ込んだまま、ついに翌朝まで目醒めることはなかった。夢を見る力さえも残ってはいなかった。

携帯が鳴った。二度、短く呼び出し音がして、携帯は静かになった。メールだ。私はメールの使い方を知らない。だから、誰かからメールが送られてくることは、まずなかった。あるとすれば、携帯の会社からの宣伝メールぐらいのものだ。画面がメールのお知らせでいっぱいになった頃、中味を確認せずに一斉に消してしまう。一斉削除、それが私の知っているメール機能の唯一の使い方だった。

メールの呼び出し音で目を醒ます。私が知ることになった二つ目のメール機能だった。呼び出し音の冷たく無機質なデジタル性が、私のアナログな聴覚に不快感を与え、その苛立ちが覚醒に繋《つな》がっただけのことではあったが。

携帯を手に取った序《ついで》に、時刻を告げるボタンを押した。十二時を回っていた。雨戸を開けることもなく、眠ってしまったために、日頃携帯を使い慣れていない私には、携帯の告げる十二時が、昼なのか、夜中なのか、すぐには判断がつかなかった。首回りの痛みに意識がいってしまうために、頭は依然としてぼんやりとしたままだった。それでも、頭は勝手に何かを考えようとするのだが、すぐに息切れしてしまい、像を結ぶこともなく薄らいでいき、消えていった。焦点の定まらぬ頭が、何となく認識していることといえば、今、私がうつむきに倒れ込んでいるのが、別荘のソファであるということ。そして、意に反して、今もって生き恥を晒しているということだけだった。ソファに倒れ込んだまま、飲食の欲望が全く湧いてこないのをいいことにして、何日か過ごしていれば、いずれ衰弱し、餓死へと至るのではないか？　侘《わび》しい誘惑であったが、動かぬ頭ながら、それなりに、その方法もありだな、と考えていた。

少し体の向きを変えようとするたびに、全身のそこかしこに痛みが走った。死んだ母親がよく口にしていた憎まれ口を思い出した。幼き日、転んで怪我をして、母親に甘えて、痛い、痛い、と訴えると決まってこう言った。「痛いのは、生きてる証拠！」と。痛みでしか実感できぬ生とは、いったいどれほどのものだろうか⁉　子供では思いつけるはずもない、母親の口ぐせに対する反駁《はんばく》を思い浮べてみたけれど、それ以上考えが深まることはなく、消えていった。

もしも、今が夜中の十二時ならば、眠っていた時間は大したことはない。昼間の十二時ならば、ずいぶん眠った……いや、気を失っていたことになる。死に損なったのだ。精神的にも肉体的にも、それぐらいの疲労感を覚えたとしても不思議ではない。だが、自殺を図った日の翌日の夜中の十二時だったとしたら……さすがに心配して妻から電話があったはずだ。もう一度携帯を手に取り、着信履歴を見た。「着信履歴はありません」の文字が暗がりの中で光って見えた。理由は、ない。ふと不安を覚え、意を決して、私の体で、最もご主人様の言うことを聞いてくれる両手の力を使い、ソファから転がり出た。フローリングの床に落ちたときの衝撃で、体のいくつもの箇所が同時に悲鳴を上げたが、ぐっと堪《こら》えて、そんな悲鳴に興味はないとばかりに、四つん這いでベランダに面した雨戸へと這っていった。意識を失う前よりも、心なしか足が動くようになった気がする。

（自殺を邪魔しようとするストライキが、足では解除されつつあるのかな？）

死と生の間《あわい》に立ち、どっちつかずの気分を抱きながら、もうストライキなんか……と漠然と感じつつ、私は雨戸を一枚繰った。外気が流れ込んだことによって、黴《かび》臭さが薄らいだ。陽射しはなかったが、どんよりとした曇りの空の下、雨戸の形に切り取られた庭の風景がはっきりと見えた。昨日、別荘へやってきたときと同様の沈んだ仄《ほの》明るさであった。ガラガラ、ガラガラ……次々と雨戸を繰った。最後の雨戸が戸袋にしまわれたとき、ベランダから眺められる庭の全景が目に入ってきた。時差ボケのような気分を味わいながら、夜中ではなかったことに、正直安堵した。

カラマツの枯れ葉の積もったベランダに出た。使わなかった木綿製のロープと残りの成人用紙オムツの入ったビニール袋の上にも、新たにカラマツの葉が降り積もっていた。ベランダの手摺りの所まで進むと、右手の端に、あのカラマツの黒々とした幹が視界に入ってきた。根元にナイロンロープが結わいつけられ、伸びたその先に、ロープの巻き付いた太い枝が地面に横たわっていた。その前方に、水色の盥が伏せられていた。私はあの盥の下で、ロープの輪の先に広がる世界を幻視したのだった、滑稽な……。タオルが二枚、あらぬ方向に飛び散っている。脚立は?……と思い、目で探してみたのだが、ベランダからは見えなかった。よほど遠くまで蹴り飛ばしてしまったのだろう。木の前方、盥がある周辺は、あちこち土が抉《えぐ》られ、その下部のより黒い土が乱雑に剝き出しになっていた。現実にその出来事があったことを示す生々しい痕跡に、胸がざわつくのを覚えたのだが、目を逸らす気にはなれなかった。場所をベランダの右端ぎりぎりに移動し、可能な限り近くから、「現場」を見ようと、その場に胡座《あぐら》をかいた。

しばらくの間、何事も起きなかった。何事かが起きるとも思っていなかった。期待している何事かが、何であるかも分からなかった。時折、森の奥から吹いてくる冷たい風に煽られて、頭上からカラマツの枯れ葉が、小雨のように降ってくる。降りしきるカラマツの雨を見上げたとき、小さな影が動いた。茂みの上で、黒い小さな影が落ち着きなく動き回る姿が目に留まった。体よりも大きな尻尾を巻き上げたリスだった。山の冬は早い。いつ風花が舞い始めてもおかしくはない。ぼやぼやしていたら、冬籠りのための餌を集め切れずに、餓え死にしてしまう……と思ったら、その思いが伝わったのか、リスは尖った耳をピンッと立て、あのカラマツの木の隣りに生えた、一回り小振りなカラマツの幹に飛び移り、大急ぎで登り始めた。その登っていく先に、根元から折れて、皮一枚で繋がっている細い枝があった。あろうことか、リスはその枝先に掴まった。枝は僅かに揺れたが、落ちはしなかった。ところが、リスが身を縮めて、ジャンプ一番、その横に生えた木に飛んだ直後に、枝は大きく揺れて落ちていった。リスは安定した太い枝に留まり、両手を使って団栗《どんぐり》か何か、木の実を盛んに食べていた。頬袋が弾けんばかりに膨んでいるのが、はっきりと見えた。

（食え、食え！　腹いっぱい食わないと、生きていかれないぞ！）

と、内心でリスにエールを送った。幽かな笑みが漏れかけたのだが、不意に心に影が差し、漏れかけた笑みは笑みとはならず、立ち枯れしてしまった。枝を蹴り落とし、私のことなど眼中になく、一心不乱に木の実を貪り食うリスの剝き出しの生の本能に、私は言葉にならぬ衝撃を受けていた。

（私の中にも、今もってリスがいる？……生の本能なんか、とっくに腐ってしまっていたはずなのに……光の届かぬ奥底で蠢いていたのか？……だから、だからなのか⁉）

散らばった言葉の断片を拾い集めていくうちに、浮かびかけた不完全な絵柄から、思いも寄らなかった絵柄が、ぽかっと浮かんできた。

（カラマツの枝は折れてしまった。折れるはずのない大枝……でも、カラマツだった⁉ よりによってカラマツの枝にぶら下がって死のうとしたなんて……私は、知っていたはずだ……）

体の奥底で、何かが反射のような動き、痙攣を起こしたのを、そのとき、ありありと感じた。

ある年の冬、別荘を使っていたときに大雪になったことがあった。明け方近くだっただろうか、メリメリッという骨の軋む音が耳に届いたと思った矢先に、何か大きくて重量のある物が、地面に叩きつけられたような轟音が森全体に響き渡った。横になっていた体にこたえる轟音だった。轟音は一度だけでなく、時間を空けて何度か森の中に響いた。音が耳に付いて、眠れなくなった。夜が白々《しらじら》と明けた頃、寝床を抜け出した私は、降り積もった雪を掻き分け、ベランダに出た。隣家の庭にカラマツの反っくり返った大枝が、雪の中に埋もれているのに気付いた。その大枝はよく目立ち、昨日までは確かにその太い腕を斜め上方に向けて伸ばしていた。その腕が今はない。あるはずの物がない違和感に戸惑ったことを覚えていた。降り積もった雪の重みに耐え兼ねて、大枝は根元からもげてしまった。それは例外的な現象なんかではなく、カラマツではよく起きることだった。どんなに堅牢そうに見えても、カラマツの枝は意外なほどに脆《もろ》く弱い。雪の多かったその年の冬の体験から、カラマツの特性を私は深く心に刻んだはずだった。病気のせいで判断力が鈍っていたとは言え、それで説明がつくとは思えない。

（病院に出向き、薬漬けになる道を嫌い、本を読み漁って知ったありとあらゆる方法を試したのだが、どれも上手くいかなかった。もう疲れ果てた。耐えがたい苦しみから解放されるには、これしかない、と思い込んだ。その決断に揺るぎはなかった。それなのに、ロープを架ける木は、あのカラマツしかない、と決め付けていた。毫も疑いはしなかった。他の木を探すようなことは一度もなかった。なぜだ⁉　……心の奥底で、無意識だったと言っても過言ではあるまい、嘘つきの心にしては珍しく、ホントの声を聞こえないぐらいの小声で囁いていたのではないか？　……生きたい、苦しみだらけの生であったとしても、それでもなお、生きたい、と囁いていた。その囁きの言霊《ことだま》が、私の体を一途にあのカラマツへと向かわせた。賭けだったかもしれない。必ず枝が折れるという保証はない。しかし、折れて、死に損なうという可能性に、心のホントと体は賭けた。……私は、最後の最後まで、生きたかったんだ）

そこに考えが行き着いた途端、もう自分の役割は終わったとばかりに、枝で木の実を貪り食っていたリスが身を翻し、幹を駆け下りて、茂みの陰に身を隠してしまった。

瞬時に姿を消してしまったリスの残像を眼裏《まなうら》に灼き付けたまま、私は呆然とベランダの手摺りの前で胡座をかき続けた。そして、気が付いた。両頬に熱い涙が伝わっているのを。その熱を感じ取ったのが合図になったかのように、胸の奥深くから激しい感情のうねりが込み上げてきて、固く唇を嚙み締めていた口をこじ開けて、むせるように嗚咽が外へ漏れ出した。頭の働きは死んでいた。ただ激情だけが、私の全身を貫いた。

オーッ、オーッ、オーッ、オーッ……

獣染《じ》みた咆哮《ほうこう》が喉から溢れ出た。恥ずかしいとも、みっともないとも、世間体にまつわる一切の雑念に邪魔されることはなかった。私は嗚咽するために、ただそれだけのために、その場に居座り続けた。

周囲を憚らぬ、いつまでも続いた咆哮に、たまたま近くを通り掛かった鹿は怯《おび》えたのだろう、私の背中越しに、ケーン、ケーン、という甲高い鳴き声を発した。慌てて走り去る籠った足音が移動していった。のろのろと鳴き声のしたほうを振り返ると、大人の雌鹿の後を二回りほど華奢《きゃしゃ》な仔鹿が追いかけていく後ろ姿が目に入った。一頭ではない。仔鹿は二頭いた。母鹿は、明らかに私を警戒している素振りで、仔鹿が追い付いてくるのを待っていた。三頭の親子連れ、白い尻の毛を上下に弾ませながら、裏山の木立ちの陰へと姿を消した。

私の心には新たな波が押し寄せていた。激しい咆哮で喉を痛めつけてしまったのか、呼吸をするたびに、喉で木枯らしのような音がした。

（リスの次は、鹿の親子か……）

そんな軽口めいた思いつきとは裏腹に、押し寄せてきた高波は黒々とした壁のようで、疲弊し消耗した私のような人間など、一呑みするには充分すぎる破壊力を持っていた。

宙に浮いたロープの輪に首をくぐらせた直後に、脳裡に妻と二人の娘の顔が浮かんだ。彼女たちの面影を前にして、私は、ただ、サヨナラ、と淡々と別れを告げたのだった。では、私に別れを告げるために、妻や娘は顔を見せたのか？　違う、違う、違うだろう！　言うまでもない、思い止《とど》まらせるためだ。私たちを置き去りにして、一人死ぬ気なの⁉　こんな単純なことが、あのときの私の頭には微塵も浮かばなかった。それもまた病気のせいにするつもりか？　私は首を横に振るしかなかった。

（夫、失格。父親、失格。人間……）

巨大な黒壁は、私の身も心も根こそぎ流し去り、そんな弱々しい自虐的な内面の呟きなど、小さな泡粒にすらならなかった。猛威ふるう真っ黒な水のうねりと流れに弄《もてあそ》ばれ、その破壊力にたちまちにして身も心も八《や》つ裂きにされた。八つ裂きにされるあまりの苦しさに、口をパクパクさせたのだが、出てくるものといえば、喉から漏れ出る木枯らしの音ばかりだった。もはや涙は涸《か》れ果て、身の内から漏れる木枯らしの音に、根源的な無力感を覚えた。無力感に苛まれつつ、もう一つ、急激に私の心に広がっていった意識が、罪、だった。サヨナラ、としか思い浮かべられなかった人非人が、受けるべき罰とは？　頭はまるで動かない。目の前に、手摺りの支柱になっている太い柱があった。突っかかえ棒を失い、自立する力を失った木偶《でく》と化し、額をその柱に凭せ掛けた。

ゴンッ、ゴンッ、ゴンッ、ゴンッ……

それが何になるのか、皆目《かいもく》分からないまま、額を柱に打ち付け続けた。そんな無駄な行為で、身の内に巣食った罪の意識が薄まるはずもなかったが、それでも木偶にふさわしいそんな愚行をやめなかった。私は目を瞑らなかった。瞑ってはならぬ、と強く思い込んでいた。ゴンッ、という鈍い音がするたびに、脳は揺れ、視界は激しくぶれた。それでも、額をぶつける柱の先を睨み付けた。そこに小さな染みが生まれたのが見えた。

ゴンッ、ゴンッ、ゴンッ、ゴンッ……。

音が響くたびに、柱の染みは大きくなっていった。そっと指先で額に触れた。指先は血で汚れていた。よく見ると、その手の小指も黒く汚れていた。小指の黒ずんだ先を口にくわえた。鉄錆の味が舌に広がった。やはり血だった。空気に触れ、血が酸化し、黒ずんでいたのだ。その黒ずみに時の流れを感じた。地面を這い、ベランダに戻る際に、タラの棘に小指を傷付けたことを思い出した。遠い昔の出来事のように思えた。口中に広がった鉄錆の味に刺激され、ふいにある意識が芽生えた。

自らを罰して、罪を帳消しにしようとすることのほうが、よっぽど罪深い――。

芽生えた意識は瞬く間に根を広げていった。

額を柱に打ち付け、自らを傷付ける行為が心底馬鹿らしくなった。そして、全身に力が入らなくなった。私は流血した額を手摺りの柱に凭せ掛け、固まった。正真正銘の木偶だ、と

そのとき痛切に思った。

手摺りの柱の隙間から、ロープの絡み付いた黒々とした大枝が、地面に転がっているのが見えた。そのときの虚ろな目には、大枝が私の身代わりのようにも見えたし、同時に私には全く無縁な、一切の感情移入を許さぬ冷徹な異物のようにも見えた。その脇に立つ、大枝と臍《へそ》の緒《お》で結ばれたカラマツの木にも、奇妙な両義性を感じ取っていた。自分に最期の時を託し、無様に失敗した私への愛憐と哀切の情を抱いてくれているものの姿と、かけがえのない、自らのアイデンティティの重要な部分を成していた大枝を奪い取った私への憎悪を抱いているものの姿。いずれにしても、私の自死を峻拒《しゅんきょ》する意思が、そこからはっきりと見て取れた。さらに、啓示は続いた。

次にお前の赴くべき場所は決まっている、分かっているだろ？

その言葉にはならぬ言葉に、深く落ち込みながらも、もはや私に反駁する気力はなかった。陽は傾きかけてはいたが、私がベランダから離れることはなかった。室内では、ソファの前のテーブルに載った携帯が鳴り続けていた。

＊　　＊

「死ぬよ！　死病だからね！」

突然、袴田医院長は眼鏡の奥の三白眼を光らせて、私を凝視しながら声を荒らげた。

一瞬、なぜ、彼が感情を昂らせたのかが分からなかった。だが、直後に気が付いた。自分の口角が上がっていることに。笑ったつもりはなかったのだが、つい、その怒気を孕んだ言葉の前に告げられた診断名に、込み上げてきた笑いを抑えられなかったのだ。自己中心主義であるくせに、八方美人な心は、平気で嘘ばかりつくが、体は正直者だ。その場の状況や空気に関係なく、素直に反応してしまうものなのだ。検査が終わった後に通された診察室で、付き添ってくれた妻と並んで席に座って待っていたところへ、隣の治療室の扉を開け、手にしていた資料に目を通しながら、袴田医院長は自席に着くのももどかしかったのか、入ってくるなり、

「鬱病。典型的な大鬱病だよ」

と、口にしたのだった。

（知っています）

と、私は心の中で呟いていた。不遜だなあ、と自戒はしてみたのだが、事実だから仕方がない。

鬱病百万人時代と言われる現代、巷《ちまた》ではこの病気に関連する本が溢れている。受診する前、私は手当たり次第にそれらの本を貪り読んだ。その中に、近年、鬱病の診断でよく使われている「ＤＳＭ‐Ⅳ」という診断基準を目にした。アメリカの精神医学界が作成したものだという。診断基準は九つの項目で、選択肢付きのアンケートに答えると、鬱病かどうかがたちどころにして分かるという「優れもの」だ。九項目というのは、「ほとんど毎日続く抑鬱気分」

「何も楽しいと感じることができず、無気力で興味も湧かない」「食欲が低下している」「よく眠れない」「いらいらする」「疲れやすく、だるさがとれない」「自分を責めてばかりいる」「集中力が低下し、考えることができない」「繰り返し死にたいと思う。自殺を口にする」といった内容で、それらをさらに細分化したアンケートの雛型《ひながた》が手にした本に載っていた。九項目の最初の二つはどちらかが必須で、全体で五つ以上が該当し、その症状が二週間以上続いていて、苦痛に感じている、生活に支障を来していると感じている場合、鬱病と診断されると説明されていた。

まるで鬱病患者生産工場のライン、ベルトコンベアにでも乗せられたような、いい気分はしなかったが、早速やってみた。結果、見事に全問正解⁉　百パーセント完璧な鬱病患者であることを自覚させられた。

医院長からの診断を受ける前、二階にある小部屋、カウンセリングルームに通され、若い男性のカウンセラーから一枚の紙を渡された。

「今からこのアンケートに答えて下さい。迷ったときも、最も近いと思われる選択肢に〇印を打って下さい」

と告げられた。

まさか⁉　と思ったのだが、そのアンケート用紙を一瞥するなり、その、まさか、であることが瞬時にして理解できた。

（これ、やったこと、あるんですが……）

と、言葉が喉元まで出掛かったのだが、そんなことを言えば、目の前にいる若いカウンセラーを困惑させるばかりだろう、と思い直し、言葉をぐっと呑み込んだ。一部質問項目にアレンジが施されていたものの、紛れもなく「ＤＳＭ‐Ⅳ」の診断基準に基づくアンケート内容であった。考え込んだり、迷ったりすることなど一切なく、スラスラとアンケートに答えてしまった。経験済みなのだから当たり前だ。黙ってカウンセラーに用紙を差し出した。

「はい、お疲れさまでした。では、次にこの白い紙に、あなたの思い浮かべる木の絵を描いて下さい」

と言ってきた。我慢しきれずに、思わず苦笑というか、含み笑いがこぼれ出てしまった。幸いにしてカウンセラーは気付かなかった。神妙な表情を浮かべて、私の答え終わったアンケート用紙に目を走らせていた。

学校で問題行動を起こした生徒を相手に、何度木の絵を描かせたことだろう。大地にがっしりと根を張り、太い幹を真っすぐに天高く伸ばした先には、無数の葉がこんもりと隙間なく生い繁っている。背景の青い空には、太陽が燦々と輝き、繁茂したまーるい形状をした葉叢には可愛らしい小鳥の群れが飛来してきている。幹から伸びた何本もの枝には、林檎だろうか、真っ赤に熟した実がたわわに生っている――そんな生のエネルギーに充ち溢れた幸せな木の絵を描くような生徒には、一人たりとも出会わなかった。問題行動を起こすような生徒にふさわしく、描かれた木の絵からは、何かしら病んだ心の一端を窺わせるサインが読み取れた。複数の教師で、そのサインについて、ああでもない、こうでもない、と生徒の内面を巡って議論を戦わせたものだった。

そのために、どんな木の絵を描けば、どのような内面の表出であるか、という知識については一通り知っていた。読み取れる結論を知っている者が、あえて木の絵を描くという行為に挑むと、どうしても先入観が邪魔をしてしまい、困難を伴うものにならざるを得ない。それを承知の上で描かなければならないのだから、苦笑の一つも出ようというものだ。描け、と言うんだから致し方ない。意を決して、心をリセット、瞬間的に頭に浮かび上がった木の絵を描いた。丁寧にゆっくり描いていると邪念が入る。だから、さっさと殴り書きした。ひょろひょろの貧相な幹が、何本か立っている。根元は描かない。宙に浮かんでいるようにも見える。そもそも大地があるのかどうかさえも判然としない。葉が繁っているのか、はたまた裸木なのかもはっきりしない。低い空を這うように細い枝が横に伸びている。花もなければ、木の実もない。小鳥の姿も見えない。もちろんお天道《てんとう》様も顔を覗かせてはいない。描き上げた直後の感想は、淋しい絵だな、というものだった。何も説明せずに、無表情を装ってその絵をカウンセラーに手渡した。

「ありがとうございました。またお呼びしますから、それまで待合室でお待ち下さい」

それだけを告げると、カウンセラーは私と妻に部屋からの退出を促し、再び階下の待合室に戻された。手持ち無沙汰だったものだから、妻にアンケートの最初のほうに記されていた質問内容とそれへの私の回答について語った。

「真面目で几帳面な性格ですか？　コツコツと努力するタイプですか？　融通が利かないほうだと思いますか？　そんな設問が並んでいて、どれも、はい、に○印を打った」

妻も大きくうなずいていた。

「ここから分かる性格について、精神医学の分析に因《よ》ると『メランコリー親和性性格』と呼ばれるものに分類される。このタイプの人間は鬱病を発症しやすい。鬱病の中でも最もポピュラーなもので、『大鬱病』といわれてる。『大』といっても症状が重いというんじゃなくて、『メジャー』ということなんだけどね」

と言って、薄く笑った。

第三者から見れば、さほど変わらぬ薄い笑みが目に留まり、鬱病は自殺へと繋がる重篤な病だというのに、この患者はその認識がまるでできていないということで怒りになったに違いない。

「死ぬよ！　死病だからね！」という厳しい警告はよく分かるのだが、それをすでに体験済みであった私には、全く違う意味で捉えられた。

（体験を済ませ、それに失敗したからこそ、私はこの病院の扉を叩く気持ちになれたんです）

もしも、そのことを医院長に伝えたならば、どんな反応が返ってくるだろう。期待は一瞬にすぎず、期待が失望に変わる可能性のほうが遥かに高いことを感じ取ったとき、私の思いは、結局思いのままで終わった。口許を引き締め、上がった口角を下げ、神妙な面持ちを作ることによって、藁《わら》にも縋《すが》る思いで病院の扉を叩いた殊勝で愚昧な鬱病患者を演じよう、病者であることは間違いないのだが、それにふさわしい振る舞いに徹しようと居住まいを正した。そのとき、私と正対する位置に座った医院長は、おもむろに数枚のプリントを机の上に広げた。

鬱病関連の本を読むたびに、繰り返し目にしてきた馴染みのある図が描かれていた。

正直に言おう。その図を見た途端、皆まで言うな、といった気分に囚われてしまっていた。

左側に、漫画によく出てくる骨の形に似た神経細胞の簡略化した絵が描かれ、その中をこれまた簡略化され、丸い粒状になったセロトニンやノルアドレナリンといった神経伝達物質が流れ、外部へ放出されていく。その行き着く先が、右側に描かれたもう一つの神経細胞であり、その先端には受容体があって、放出された神経伝達物質をキャッチすることで、頭の中を情報が伝えられていくというシステムを示したものであった。この神経伝達物質の量が減ってしまうと鬱病になる。そこで抗鬱薬の登場となる。受容体にキャッチされなかった神経伝達物質が、再び元の神経細胞に取り込まれないようにブロックする役割を果たす。そうすることで、脳の情報伝達を活発にし、鬱病を改善しようという治療法だ。

患者らしく振る舞おうとして取り繕った表情と、決して悟られまいと秘匿《ひとく》した辟易《へきえき》とした感情との相克に気を取られてしまい、そのプリントを使った医院長の説明の大半は耳を素通りしていった。神経細胞、受容体、セロトニン、再取り込み、抗鬱薬……。単語が文章を成さず、相互の関連を形作れぬまま、医院長の口から発せられた端から、シャボン玉が弾けるように消えていった。

「……ともかく、くどいようですが、処方した薬をきちんと服用して下さい。ＳＳＲＩとかＳＮＲＩとかといった新しい抗鬱薬もあるんですが、三環系抗鬱薬という昔からある薬を使ってみます。使い勝手がいいものですからね。副作用として便秘の症状が出るかもしれませんから、下剤を併せて飲んでみて下さい。それと、何よりも休養をとること。要は睡眠です。睡眠の質が大事です。抗鬱薬、精神安定薬、それと睡眠薬ですね。今では睡眠薬も昔と違って、ずいぶん改良されてきて、非常に安全なものになっています。今回お出しする睡眠薬を仮に一度に飲んでも死ぬようなことはありませんから。私もたまに使っていますよ。睡眠導入剤と睡眠を維持させる薬と二種類出しておきます。これで質の良い眠りを確保できるようならば、しばらく続けてみましょう。次回来院したときに状態を教えて下さい……」

辛うじて説明の終盤だけは頭の中で意味を成した。使い勝手がいい、というのは、誰にとっての話だろう？　曖昧な物言いだった。仮に医師の側にとっての話であったとしても、たぶんそうなのだろうが、特にこれといって抵抗感を覚えるわけではなかった。愉快ではないが、まあ、好きにして下さい、といった気分だった。ただ副作用については気になった。便秘になるというのは戴けない。さらには、下剤を飲んで調整しろというのも、ちょっとね、という感じだった。使い勝手がいいから、と勧めているのだから、まずは騙されたと思って服用してみるが、便秘にせよ下痢にせよ、あまりにも辛く不快なものであったならば、他の薬に換えてもらうことにしよう。後は、冗談半分、本気半分の言い草なのだろうが、今回出してもらう睡眠薬を一時《いっとき》に全部飲んだとしても死にはしない、というのも妙に引っ掛かる言い方だった。じゃあ、何回分まとめて飲めば、楽になれますか？　と訊き返してやろうか、と思ったのだが、やめておいた。下手に挑発して、最前のような「死ぬよ！　死病だからね！」といった強い口調で怒鳴られるのも面白くないと思えたからだ。あくまでも袴田医院長独特のブラックユーモアを交えた警告として聴き流そうと考えた。

　病状や治療方針の説明はもう聴きたくなかったから、話題を次に進めるべく、こう切り出した。

「それで、診断書のことなんですが……」

　医院長は言葉に被せるようにして答えてきた。

「ああ、すぐに書きますよ。とりあえず休職期間は三カ月ということで。いいですね」

　よほどせっかちな性分なのだろう。どんどん勝手に物事を進めていってしまう。

「休職は三カ月間。勤務先は……ああ、先生ですか。ストレスの多い職場で、鬱病に罹って休職や退職に追い込まれる先生、増えてますよ。でも、学校だったら、休職、大丈夫ですね？」

　これまた私の返答などお構いなしで、一方的に決めつけてきた。割り込んでいかないと、こちらの言い分など聴いてもらえそうにない。

「三カ月の休職ならば認めてもらえるとは思うんですが、もうじき二学期が終わる時期で、休職するのは三学期が終了する三月末を待って、新学期の始まる四月からにしてほしいんですが……」

そう言うや否や、目をひん剝いて、人を小馬鹿にしたような悪意を感じさせる笑顔を見せながら、医院長は大声を張り上げた。

「冗談言ってるんじゃないですよ。そんなの聞いたことがない。診断が下ってから三カ月も経って、休職に入るなんて、とんでもないですよ。仕事の引き継ぎとか、いろいろあるからそんなこと言ってるんでしょうが、休職に入るのはすぐにです、今すぐ！ いいですね。今のあなたの病状で、仕事を続けながら薬物治療をしても、まず効果は上がらない。いいですか？ あなたは重症なんです。典型的な大鬱病を発症してしまってるんです。そこのところを、まずはしっかりと自覚してもらわないと困りますよ」


病院に隣接した薬局で、二週間分の薬を受け取ると、

「お大事にして下さい」

という薬剤師の妙に軽やかな声を背に受けて、妻がハンドルを握る車に乗り込んだ。抗鬱薬、精神安定薬、睡眠薬、それと、下剤。袋にひとまとめにされた薬の嵩《かさ》の半分以上を下剤

の粉薬が占めていた。袋の中を覗き込み、下剤の量のあまりの多さに目が留まったとき、鬱症状がいっそうひどくなったような気がした。車を発進させる前に、妻が助手席で袋の中を覗き込んでいた私のほうへ向き直り、思いも寄らないことを言ってきた。

「本当に、鬱病だったんだ……。病院へ行くよう再三勧めたのに、頑として行こうとしなかったのは、受診したら、鬱病でないことがバレてしまうのが厭だったんじゃないか、と勘繰《かんぐ》ってたんだよ……」

妻の言葉に、私は我が耳を疑った。言われた刹那は、何を言っているのか、理解できなかった。病院へ行けば、鬱病であると診断されてしまうのを恐れていた、というのならば分かる。私の懸念がまさにそれだったからだ。だが、鬱病でないことがバレてしまうのを恐れていた⁉　どういう論理なのか、妻の思いがどうしても汲み取れなかった。もしも、鬱病でないと診断されたならば、その後、私はどうなる？　鬱病と診断されるほどには重篤な精神疾患ではないのだから、仕事量を減らし、しっかり休養とるよう務めるならば、いずれ症状は改善するだろう。そうなれば、また元通り教師の仕事を続けていける……と、自己流の判断で、深刻に考えすぎる私を揶揄《やゆ》する気持ちがあったということなのか？　……もう少し詳しく説明してもらいたいとも思ったのだが、やめておいた。どんないきさつがあったにせよ（いきさつについて、私はまだ妻には説明していなかった）、ともかく妻の希望通り、病院を受診して、私の予想通り、めでたく鬱病を発症している、とお墨付きを貰ったのだから、妻だって諦めがついただろう。病気が判明したのだから、後は専門医の指示に従って、まずは三カ月間休職して、薬物治療に専念し、休養を充分にとることで回復を待つ。三カ月後、どうするのかは、その時点での病状の改善具合で改めて判断すればいいこと。こうした病気の治療における考え方としては、まさに王道を行くものだろう。ならば、それでいいのではないか、と私には思えた。何を、どのように憶測していたのか、といったプロセスはともかく、結果として納得がいったのなら、そんな妻に対して今さらあれこれと問いただし、困惑させるような言葉を投げつける必要もあるまい、と考えた。しばしの間、妻の言葉に返事をするでもなく、黙って考え込んでいたのだが、思い直して、

「そう考えてたんだ……」

とだけ答えておいた。人の心の中をあれこれ詮索することに倦《う》んでいた。

病院へ行けば、たちまちにして薬漬けにされる。そんな所へのこのこ出向いていったら、鴨が葱背負《ねぎしょ》ってやってきた、と思われるのが落ちだろう。かつての私は、そう思われるのが癪《しゃく》だった。でも、今は……もう、どうでもいいことのように思えた。薬物治療が厭なら、その旨をはっきりと医師に告げ、別の治療法をお願いすればいい。それぐらい気楽に考えておいたほうがいい。そんな気分になっていた。むろん、だからといって、明るい気分になったわけではない。何といっても、正真正銘の大鬱病患者に認定された身なのだから。そもそも明るい気分って奴が、この間の長きに亘った泥沼状態を体験する中で、すっかり分からな

くなっていた。希望の灯などどこにも見出せず、どんよりと沈み込んだ心理状態が、私にとっては、いわばノーマルなもので、生き辛さを抱え込み、耐え続けることが、私の日常と化していた。妻の想像もしていなかった言葉に、不意討ちを食らったかのように驚き、その直後、困惑し、己《おのれ》の内面へと沈潜していった私の表情の変化を、妻は見ていたはずだ。何かを感じ取ったはずなのに……。けれども、それ以後、妻は何も言わなかった。日常生活における潤滑油にすぎない、何気ない挨拶でも交わし終えた後のように、つまり、何事もなかったかのように、妻は車を発進させた。気持ちがすっきりと整理されたわけではない。割り切れない、もやもやとした気分を抱えたままであったが、それを解消すべく、さらに言葉を積み重ねようという気には、やはりなれなかった。それに、妻の言葉で気持ちが沈潜してしまったのか、それとも鬱病に因るものなのか、あるいはまた、長年の生活習慣の果てに生み出されてしまった私という人間の気質、脳のくせなのか？　この気鬱さが、何に由来するものなのか、次第に私には分からなくなっていった。すべてが該当しているようにも思えるし、同時に、すべてが仮説にすぎないもののようにも思える。これ、といった根拠もなく、原因も特定できないままに、今、私は気鬱さを抱え込んでいる。それだけが、私に理解できる現実だった。私のような人間が、自力で、気鬱さ自体を変化させようとしても、至難の業だ。ならば、これまで繰り返してきたように、気鬱さに固執し続けるのか、それとも、気鬱さは仕方がないものとして受け入れ（なかなか受け入れるのは困難だろうが）、流していくのか？

実践するのは容易でないことを覚悟せねばならないが、頭だけの話ならば、今のような状態の私が選択すべき正しい答えは自明だ。走り出した車の流れに合わせて、余計な力を抜き、助手席に凭れ掛かって、自らも走りに身を任せるような生き方をすべきなのだろう。割り切れない、もやもやした気分など、いずれ時間が解決してくれる。大半の言葉は、忘却の彼方へ跡形もなく消え去っていく運命を背負っている……。

二〇一一年一月、私は休職に入った。その後、一度も復職を果たせぬまま、二〇一三年三月末、二十五年間勤めた学校を退職することになった。

跋　羽化登仙

ケン、ケンケンッ！

くぐもったような濁声《だみごえ》であるが、高らかに大きな鳴き声がカラマツの森に響き渡った。その直後に、羽根を胴体に叩き付ける打楽器のような音が聞こえてきた。キジだ。反射的にその声や音のするほうへ首を向けたとき、私は妻の運転する車の助手席に乗ってはいなかった。車の助手席にではなく、丸椅子に腰掛けていた。

庭に落ちたカラマツの枝をレーキで掻き集め、隣の別荘との境界線上に積み上げてあった。その延長戦上にある叢に、キジは首だけを覗かせていた。白目が目立つまん丸な目玉の下にある肉垂《にくだ》れの赤が鮮やかだった。その雄キジの周辺を目で探したのだが、雌の姿は見当たらなかった。四月上旬、山はまだ春先だから、カップルになる雌を探している真っ最中なのだろう。キジの鳴き声で、現実に連れ戻されたのだが、戻った現実のほうがよっぽど現実離れしていた。私が伸びていた大枝をへし折ってしまった、カラマツの木に背を凭せ掛け、白いキャップを目深に被った野狐仙が、うつむき加減の姿勢で丸椅子に腰掛けていた。麻のパン

ツのポケットに両掌を突っ込んだまま、微動だにしない。眠っているのか？　と思ったら、

「起きてるよ」

という掠れた声が返ってきた。

「長い時間、付き合わせてしまって、スミマセン。疲れたでしょ？」

と訊いたのだが、返事はない。

「えーと……変なことを訊きますが、私は、ずーっと喋ってたんでしょうか？　どうも、その実感というか、なくって。母がくも膜下出血で倒れたところから、説明を始めた記憶はあるんですけど、何というか……説明したというよりも、その後は、過去の出来事に入り込んでしまって、追体験していった……。まるで夢を見ていたような感じなんですが、実際の夢のような出鱈目《でたらめ》なストーリーじゃなくて、現実に起きた通りに……そう！　再現フィルムの中を生き直したような、そんな感じが強くしてるんですが……。もしかして、私は、眠っていませんでしたか？」

上手く説明できなくて、しどろもどろになりながら、野狐仙に訊いてみた。果たして野狐仙に私の言葉が伝わっているのかどうか、不安になるぐらいに、しばらくの間、黙して語らなかった。それなら先に、私の訊きたいこと、言いたいことを伝えようとしたところで、おもむろに野狐仙は話し出した。今度は掠れ声ではなく、クリアな声音だった。直に心に伝えてきたからだろう。外見上、野狐仙の口は閉ざされたままだし、相変わらず同じ姿勢で固ま

っていたからだ。

「君は最初に『長い時間』と言ったが、時間に長いも短いもないよ。一律に時間は流れるものじゃあない。アインシュタインの相対性理論ぐらい、君も知っているだろうから、その辺の説明は省略するがね。それに、君が勝手に喋り出したんじゃない。私のほうから語ってみなさい、と勧めたんだ。それを、疲れただの、どうだなどと、私が文句を言える筋合いではない。こう見えても、常識ぐらい持ち合わせているつもりだからね」

心に直接伝えるとなると、途端に饒舌になる。口を差し挟もうにも、その余地すらなくなってくるほどだった。野狐仙の言葉は止まらない。

「君が鬱病発症へと繋がると考えた、過去の出来事について、語ったのか、それとも、その出来事の中に入り込んでしまい、夢見る如くに追体験していたのか、と気にしてたが、そんなことはどうでもいい。感じたように理解すればいいだけのことだ。肝心なのは、君が鬱病発症へと至るプロセスについて、語ろうと目標を定めた途端、言葉で、つまりは論理の力を借りて、理路整然と説明したわけではない、ということなんだ。語るべき目標に向かって、過去の出来事が論理を超えた生々しい情景が、次から次へと湧き出してきて、君を呑み込んでしまった。仮に、語ったのだと考えたいのなら、そのような生々しい情景の連鎖によって形作られたドラマを語らしめた力に、思いを馳せるべきだろう。君は語ったと同時に、語らされた。語ったと同時に、その語りの中味を生々しく生き直した。つまり、君という固有の物語が持つ流れに、間違いなく君は乗れた、ということだ。支払った代償は決して小さくなかっただろうが、失われていた流れを、もう一度取り戻すことができたんだ。素直に喜ぶべきだろうね」

野狐仙はそこまで話すと、急にまた押し黙ってしまった。さあ、次は君の番だ、と無言で催促されているような気がした。それと、野狐仙の語った最後の「素直に喜ぶべきだ」という言葉に引っ掛かりを覚えた。あえてそういう物言いをすることで、私を挑発している、そうとしか思えなかった。ならば、乗ってやろうじゃないか、という気になった。

「確かにあなたのアドバイス通り、発病にまで至ったさまざまな原因について、思い付くままに語り、語らされたところで、ずいぶん整理できたように感じています。なぜ、私が鬱病を発症し、未遂に終わったものの、自殺にまで追い詰められたのか？　なぜ、なぜ⁉　……かつては、堂々巡りをするばかりで、ますます苦悩は深まっていきました。その頃に比べれば、少しは心に落ち着きを取り戻せたように思えます。原因が点でしかなかったとき、そして、点がいくつもいくつも見つかったとき、途方に暮れるばかりで、本当に心はバラバラに砕け散っていました。でも、あなたと出会い、語り、語らされたことで、意図することなく、点と点は結ばれ、線となり、何本もの線の絡まりが見えたとき、線は面になっていきました。ランダムに、バラバラに存在していたものに流れが生まれ、幾筋もの流れが合流して、大きな流れが形作られていきました。発病し、自死しかけた流れ、道筋が垣間見えただけでも、ある意味での救いになったことは疑いようもありません。

しかし、あなたが言った『素直に喜ぶべきだ』という言葉から、私はあまりに遠く隔たった場所にいます。その離れすぎた懸隔を、一気に縮めろ、素直になれ、というのは乱暴すぎます。まさか、私の心を弄んでるんじゃあないでしょうね？」

野狐仙は右掌をポケットから出し、不精髭の生えた顎の先を、指先でポリポリと掻いた。考えをまとめようとするその動作を、彼から引き出せただけでも、私の心には幽かな満足感が芽生《めば》えていた。

（さあ、野狐仙よ、どう答える？　人間の心なんて、言葉一つ。あなたの言葉で、私の抱え込んだ心の懸隔を一気に埋めてみろ。さあ、見せてくれ！）

そう心の中で呟き、今度は私が野狐仙を挑発してみた。この内面での呟きが、彼の心に届いていることは、もちろん承知していた。

顎の先を掻いていた指先の動きが止まった。それから、ゆっくりと右手を伸ばし、キャップに隠れている目の辺りの高さに維持すると、掌を下向きにし、五本の指を開いて、物を鷲《わし》掴《づか》みにするときのような形にした。五本の指の形を固定したまま、ほんの僅かだが、左回りに動いた気がした。その途端、私の耳の奥底で、チョロチョロと水の流れる音がし始めた。山の長い冬が終わり、一筋の雪解け水が沢の岩陰を躊躇《ためら》いがちに流れ下っていくような、水の流れの始まりを想起させる微小で、軽やかな音だった。私の心は、たちまちにして、その幽《かそけ》き水音の虜《とりこ》になった。いつまでも耳を傾けていたい、と願わずにはいられない妙《たえ》なる音色であった。ところが、その音は唐突にやんだ。野狐仙の右掌が作り出していた鷲掴みの形が、今度は僅かに右回りに動いたからだった。小さく舌打ちし、不満げに、野狐仙を睨み付けた。白いキャップの庇の先に見える彼の唇が、うっすらとだが、緩んだように見えた。その唇の緩みを見て取ったとき、野狐仙の声が耳に届いた。

「こういうことだよ」

それっきり言葉は途切れた。沈黙が意味することは只一つ。"Don't think. Free!" あなたは、ブルース・リーか⁉ だが、悔しいことに合点《がてん》がいった。もっともっと五感を研ぎ澄まして、全身で感じ取らねばならない。体を開くことに重きを置かねばならない。視覚に頼り切り、頭の奴隷に成り果てていたからこそ、私は心を狂わせ、生き地獄を見るはめになったのだ。野狐仙は、それを伝えたいのだろう。語り、語らされたことで、私は狂いと自死へのプロセスに一筋の流れを見たはずだった。何も見えていなかったときに比べれば、格段の進歩だ。私は人生における新たなステージに立ったといえる。しかし、まだ流れが見えたというだけの話だ。五感で、全身で、体を開いて、流れそのものを感じ取れたわけではない。見えただけでは、流れはまだ私の外部に存在しているのであって、私が流れそのものになったとは到底言いがたい。私自身の中に、流れを感じ取ること。感じ取った流れに身を委ねることによって、いつしか、私自身が流れそのものになる。

人を驚かすことがお好きと見える野狐仙の小細工で、生まれたばかりの雪解け水の音を聞かされたとき、私はたちまちにしてその虜となった。なぜか？　その天上界を想像させる清澄な水音は、外部を流れる水の音ではなく、私の耳の奥底で湧き出た水音、つまりは、私自身の体の中を流れる水の音を聞いたからに他ならない。恍惚《こうこつ》としながら、雪解け水が沢を流れ下るイメージを思い浮かべたのだが、そんな視覚的なイメージは瞬時のこと、ほとばしり出た喜びのほんの一部分を成すものでしかなかったことを、私は直感的に捉えていた。視覚だけではない、五感が、全身が打ち震えるほどに、その内なる水の流れを感受することは、想像を絶するほどの快楽をもたらしてくれる。語り、語らされたことで見えた流れは、残念ながら、その域には達していない。所詮は頭の領域の産物、なるほどね、そういうことだったんだ、といった程度の皮相な知のレベルに留《とど》まる、流れの見え方にすぎなかったということだろう。

ならば……そうであるならば、浅薄な知の領域から、快楽を得られる全体的な流れの感受、流れと自己との一体化へと至る道に、どのようにして私は足を踏み入れていけばいいのか？　それ以前に、せっかく語り、語らされる機会を得たというのに、浅薄な知の領域に留《とど》まってしまった私に、そのような快楽へと繋がる道は開かれているのか？

(野狐仙！　教え――)

野狐仙に向けて投げつけようとした言葉を遮るように、突然、轟音が耳をつんざいた。尨大な水量が高みから一気に落下し、落下した先でもうもうと水煙が舞い上がっている。滝だ！泡立ちながら激しく流れ下る水音、そして、滝壺に叩き付けられる凄まじい轟音が合わさって、それ以外の物音を一切掻き消してしまっている。計り知れない水のエネルギーに圧倒される。爆発的な滝音に聴覚を奪われ、さらには、考える力さえも奪われていった。滝の流れ落ちる視覚的イメージは長くは続かず、私の体は猛烈な滝音だけに囲繞《いにょう》されてしまった。永久に続くと思われた音の蹂躙《じゅうりん》に、意識が遠退いていく……。

キュッ、キュッ、キュッ……

遠ざかっていた意識が一気に戻り、私の目は、野狐仙が鷲摑みの形にした右の掌を右回りの方向に回すしぐさを捉えていた。最後の「キュッ」という音とともに、滝音は消えた。凄まじい滝音に蹂躙された私の耳は、何も聞き取れなくなっていた。カラマツの森の静寂に、我が身が吸い込まれていくような感覚を覚えた。

「君の頭の中を駆け巡る言葉は、滝音と同じくらい喧しい。思考内容の当否とは無関係に、ホントに喧しいよ。騒音と称してもいいくらいだ。そんな騒音の中にいたら、永遠に『喜び』なんかには辿り着かないだろうねえ」

機能不全に陥った耳の中ではない、頭の中心部分で響き始めた野狐仙の声は、半笑いだった。半笑いの声は続いた。

「失われていた流れを取り戻せたこと、そのことをもっと喜べ、と私は言ったんだよ。君が理想とする流れとの全的な一体化というのは、遠い目標だ。仙人を自称している私から言わせてもらえば、グレードとしては仙人級の目標設定の仕方だとさえ言える。ここから遠望できる八ヶ岳の峰々の頂上部には、まだ雪が残っている。遠目には、美しい山容だ。でも、あの山頂部に登れば、そこは間違いなく今も厳しい冬の季節の中にある。登るより、ここから遠望して、美しいなあ、と感嘆していたほうが賢いのかもしれない。何といっても、君はまだ登山の初心者なのだから。どうしても雪山を登るんだ！　と言い張るならば、私は止めないけどね……。ともかく、君の思い描く理想は、お湯を注いで、三分間待てば、ハイ、出来上がり、という代物《しろもの》とはわけが違う。それでも、君は間違いなく、その遠くにある目標へと通じる道のスタートラインに立ったんだ。でも、勘違いしないでほしいんだが、そこに至る道は遠くても、決して試練の道なんかじゃない。道を行くのに、誰かと競う必要はない。あるいは、自分自身との闘いだ、とか言って、目標に到達するまでの時間を計測する必要もない。そもそも勝ちも負けもない。君はこれまで、そういう勝ち負けや正邪を競うような、合理性を第一義として無駄を単なる無駄として排除するような殺伐とした時間を散々過ごしてきた。その結果が、ちょっと前までの君だ。同じ過ちを繰り返してどうする？　流れに沿いながら、流れを楽しみ、流れに沿って歩みを進める自らの有りようを、嬉しい、楽しいと感じ続ければいいんだ。私は君に無益な難行苦行をしいる気などさらさらない。これからの君は、今の君でいい。行き先は流れが教えてくれるんだから、のんびり、ゆったりと、満足するまで道草でも食いながら、今日という日を満喫すればいいんだ。くれぐれも言っとくよ、頭の中を喧しいだけの騒音でいっぱいにするんじゃない。騒音に煩わされて、流れを見失ってしまったら、元も子もなくなる。君の水先案内人は、流れだけだ」

ずいぶんな言われようだったが、返す言葉が見つからない。人、人、人、言葉、言葉、言葉。来し方を振り返れば、私の人生はその連鎖で埋め尽くされていた。それでも、人と言葉の連鎖に、流れらしきものを感じている間は良かった。それが、その連鎖に齟齬《そご》をきたし、流れらしきものが消滅して、至る所に人と言葉がヘドロとなって堆積した、汚らしい淀みが目立つようになっていった。人と言葉の絡み合った、腐臭を放つ泥沼に心底うんざりしてしまい、挙句に、私は心を病んだ。完全に流れを見失ってしまった証拠だろう、自ら命を絶つことだけが唯一の解決策、救われる手段だ、と思い詰めるようになった。カラマツの枝に垂らしたロープの輪の向こう側にしか、自分の居場所はない、と思い込むようになった……。

流れ、か。そんな私のこれからの水先案内人は、流れだ、と野狐仙は教えてくれたのだが、正直言って、まだ私は途方に暮れていた。教えてもらった内容に疑義はない、すべて分かる。だが、それがいけないのだ、と野狐仙は言っている。私の頭の中は、滝音のような喧しい騒音、言葉で埋め尽くされてしまっている。そんな喧騒状態を、分かる、と錯覚しているだけだった。その通りだろう……。

（ああ、駄目だ、駄目だ！　性懲《しょうこ》りもなく言葉だけで分かろうとしている⁉）

頭を振って、目線を上げると、再びポケットに両掌を突っ込み、身じろぎもせず、丸椅子に座っている野狐仙の口許に、薄く苦笑いが浮かんでいるのが見えた。屈辱感から、思わず、目を逸らしてしまった。

今の私でいいんだ、と野狐仙は慰めてくれたが、私にはそうは思えなかった。言葉の洪水で水没してしまった頭の中から、綺麗さっぱり汚水を排水してしまわないことには、先へは進めない……そう思案に暮れかけていたときだった。

ゲヘッゲヘッ、ゲヘッゲヘッ

庭の奥まった場所に生い茂った叢で、あのキジが奇妙な声を出しながら、逃げ惑っていた。赤い肉垂れの下から、胸、腹にかけて広がる緑がかった金属のような光沢を輝かせ、長い尾を真っすぐに伸ばした姿は、実に美しい。それだけになおのこと、その美しい姿態とは好対照な逃げ惑う様子の不細工さは笑うしかなかった。いったい、何に驚いたのだろうか？　ドタドタと叢を動き回るキジを見、それから、野狐仙に目を向けると、彼は右手の人差し指をピンッと上に立てていた。空を見ろ、ということか、と視線を上げると、大きく広げた翼の先端の黒、そこから続く白い毛が織り成すまだらの縞模様がよく目立つ鳥影が二羽、カラマツの木の先端近くの低い空を、悠然と旋回していた。真ん中が凹み、M字形を成し、三味線の撥《ばち》のようにも見える、特徴的な尾羽根の形を確認できた。トビだ。

ピーヒョロロロロ、ピーヒョロロロロ

旋回しながらトビは鳴く。よく通る声が、森と周辺の山々に響き渡った。はばたく様子はほとんど見えない。上昇気流に乗って、優雅な旋回飛行を続けている。それにしても、こんなに低空飛行を続けるトビを初めて目撃した。この至近距離で見上げると、トビはびっくりするぐらいに大きい。翼をいっぱいに広げると、優に一メートル半はあるように見えた。一方、地上に目を転じると、本人は完璧に叢の中に体を隠したつもりでいるのだろうが、ここからでも、目玉の下の肉垂れの鮮やかな赤がはっきりと見えている。上空から眺めれば、丸見えだろう。おかしくなって、心の中で、その下手糞な隠れん坊に興じているキジに向かって、蘊蓄《うんちく》を傾けてやった。

(そんなに慌てふためいて逃げ出す必要はない。タカやワシと違って、同じ猛禽《もうきん》類でも、トビは生き餌《え》を狙ったりはしない。死んだ動物の肉を啄《ついば》むだけだから、隠れん坊をやめて、叢から出ておいで)

けれども、キジに私の心の声は届かないらしい。首だけを叢から伸ばして、明らかに何かを警戒しているようなしぐさを見せていた。翼の大きさを誇示するかのように、頭上で旋回しているトビは、相変わらずのんびりとしたもので、地上の叢に身を隠しているキジになんぞ、まるで興味はない様子だった。

ところが、程なくして、裏山から飛来した黒い影が一羽、二羽、三羽、とカラマツの森の中を猛然と突き抜けていった。バサッ、バサッと大きな羽音を立てて、叢のキジの周辺を飛び回った。不意を突かれたのか、キジはパニック状態に陥った。

ゲヘッ、ゲヘッ、ゲヘッ

体を揺らしながら右往左往、叢のさらに奥へと逃げ込み、その先に広がるカラマツの密生しているエリアへと駆け込んでいった。これまでに、カラスがキジを襲う場面なんて見たことがなかった。それに、見た目には、キジに襲撃をかけた感じではない。やはり、上空を我が物顔で旋回しているトビに対する威嚇《いかく》のための飛翔であるように思われた。五、六羽いるだろうか、上空のトビの周辺をカラスの群れが飛び回り、盛んに鳴き声を上げ始めた。自分たちを捕食しようとする敵に向かって、先制攻撃をかけて追い払おうとするモビングと呼ばれる集団行動だった。それまで、ゆっくりと旋回していたトビの動きに変化が起きた。二羽のトビは離れ離れになり、カラスの威嚇を避けるように、大きな翼をはばたかせて不規則な飛び方になった。いくら大型の猛禽類といえども、強い嘴《くちばし》を持つカラスによるモビングには敵《かな》わない。はばたきを繰り返しながら、その攻防を眺めていた私の視界から消えていった。

しかし、私は驚いた。カラスが、生き餌を狙わない、比較的おとなしいトビにモビングを仕掛けるだなんて⁉　珍しいことがあるものだ。鳥の生態に詳しくはない私が知らないだけかもしれない。勝利の雄叫《おたけ》びなのか、カラマツの枝に止まったカラスが、高らかに鳴き声を上げた。しばらくの間、トビを追い払ったカラスが、私の視界から消え去ることなく、あちらこちらと飛び交っていた。だが、次第にその動きも目立たなくなり、ついにはいずこへかと飛び去っていった。

「前座は終わった。お楽しみはこれからだ」

野狐仙の声が響いてきた。その声音は落ち着いていたが、ショーを楽しんでいる雰囲気はなく、どこか緊張感を漂わせていた。私が野狐仙を見ると、再びポケットから右の掌を出し、カラマツのてっぺんを指差していた。私の目も、自然と指差す先へと吸い寄せられていった。何が起きるというのか⁉　皆目見当もつかぬまま、野狐仙の声音に漂っていた緊張感に影響を受け、固唾《かたず》を飲んで、次に起きる何かを待ち続けた。すると、羽音が次第に近付いてくることに気付いた。一度は追い払われたトビが、舞い戻ってきたのだろうか？　大きな翼を折り畳んで、大型の鳥が、野狐仙の指差したカラマツのてっぺんに舞い下りた。空一面、薄い雲に覆われて、陽射しが弱く、木の根元から見上げている私の目に映じているのは影ばかりで、時折広げる翼の裏側の模様がよく見えない。大きさはトビとさほど変わらない。そのために、トビのようにも見えるし、また違った種類の鳥のようにも見える。場所を移動して、鳥の正体を見極めようとしたのだが、見えるのは黒いシルエットばかりで、さらには枝が邪魔をして、どうしても識別することができなかった。もどかしさを感じていたところへ、また裏山からカラスが群れて飛んできた。最前のカラスだろうか？　カラマツのてっぺんに舞い降りた大きな黒い鳥影とは一定の距離を保ち、ぐるりを取り囲むように枝に止まった。先ほど見せたような集団で行う先制攻撃、モビングを仕掛けるような素振りは見せなかった。

あまり鳴き声を上げず、身を固くして、注意深く相手の出方を窺っている気配だった。明らかに、「前座」での状況とは異なっている。カラスの攻撃に、トビは為す術もなく逃げ惑うばかりだったが、その大きな黒い影は、泰然自若として動ずる素振りも見せず、堂々たる貫禄を見せつけているようであった。

このまま睨み合いが続くのかな？　と思われた矢先に、思いがけず黒い影が動いた。樹上で大きな翼を広げて、一度、上空に蹴り上がるようにして体を浮かせると、隣りの別荘の玄関脇に生えていたアカマツの枝に止まっていたカラス目がけて、攻撃を仕掛けたのだ。瞬《まばた》きをする間もなかった。カラスは襲われる直前、間一髪のタイミングで枝先を離れ、けたたましく鳴き喚きながら逃げていったのだが、そのとき、カラスの体に向かって大きく開かれた、鋭く長い鉤爪《かぎづめ》が、はっきりと見えた。斜め前方に真っすぐに伸ばした、白い毛に覆われた脚は筋肉質で、その悪魔のような鉤爪の威力と併せて、摑まれたら最後、一気に握り潰されてしまうに違いない。ウサギ、ネズミなどの小動物や小鳥ならば、一溜《ひとた》まりもないだろう。本気で狩りをするつもりだったのか、あくまでも威嚇だったのかは分からない。黒い影は、逃げ出したカラスを追おうとはせず、素早く旋回すると、元居たカラマツの木の上に戻ってきた。旋回する際に、その背中の黒色とは対照的に、腹は白い毛で覆われ、一面に細くて黒っぽい横まだらが入っているように見えた。

（まさか⁉　……こんな人の気配が濃厚にする別荘地に、姿を現すなんて……）

確かに自分の目で確認したというのに、にわかには信じられなかった。警戒心が異常に強く、営巣中であっても、人が近付くだけで子育てをやめてしまい、卵や雛《ひな》を棄てて逃げていってしまうというナーバスな鳥として知られていた。突然の襲撃に、他の木に止まっていたカラスたちにも動揺が広がっているのが、はっきりと分かった。落ち着きをなくしたカラスたちは、互いに連絡を取り合うように、大声で鳴き始めた。そして、間もなく、一羽、また一羽と枝を離れ、裏山へと帰っていった。黒い影は、樹上にただ一羽、孤高の存在を誇示するかのように留《とど》まり続けた。

キッ、キッ、キ、キッ

黒い影は、鋭く短く鳴き声を上げた。間違いない。八ヶ岳の大空を支配する、生態系の頂点に立つオオタカだ。私は初めて野生のオオタカを目にした。そして、頭上に、そのオオタカがいる⁉　もうそれだけで、私は興奮していた。オオタカだ！　オオタカだ！

ところが、野狐仙は、といえば、ずーっと同じ姿勢を崩すことなく、頭の真上にオオタカがいるというのに、一瞥をくれようともしなかった。それはそれで恰好いいとも思ったのだが、やはり謎だった。そもそも関心がないのだろうか？　それとも、野生のオオタカなんぞ、すっかり見飽きているのだろうか？　今さらながら、野狐仙という存在の得体《えたい》の知れなさに驚きを隠せなかった。だが、今はそんなことなどどうでも良かった。抑え切れない興奮を、目の前にいる野狐仙と共有したかった。でも、何を、どう伝えたらいいのか？　興奮のあまり、すぐには言葉が出てこなかった。言葉にならず、モゴモゴ言っているうちに、野狐仙の声が頭の中に響いてきた。明らかに、呆れ口調であった。

「どうでもいいが、まだショーは終わっていないよ。オオタカから目を離すと、後悔することになるぞ。頭上注意だ、ほら！」

その言葉が合図であったかのように、頭上で、わさわさというはばたきをする音が聞こえた。ふと、見上げた途端、私はのけ反《ぞ》った。すぐ目の前に、オオタカの精悍《せいかん》な顔が迫っていたのだ。檻《おり》や金網といった間を隔てる物が一切ない状態で、こんな至近距離でオオタカと顔を合わせるなんて、最初で最後の体験だろう。白目ではなく、黄色い目だった。眼光鋭く、目で射殺《い》さんとするように私を睨み付けていた。目玉の上の眉のラインが白く毛羽《けば》立ち、両端が跳《は》ね上がっている。それだけでも震え上がりそうな迫力だった。瞬《まばた》き一つできない。座っていた丸椅子ごと、背中から引っ繰り返った。顔のすぐ近くを猛スピードで黒灰色の影がよぎっていった。両側に目いっぱい伸ばした翼は、大人の身長ほどの大きさで、相当な風圧を感じた。ううっ、とうめき声が漏れたが、悲鳴すら上げられなかった。全くもって為す術なし。生態系の頂点に立つ空の王者の看板に、偽りはなかった。

私は仰向けに倒れた姿勢で固まってしまい、天地がさかさまになった視界の中で、弱肉強食の自然界の実相を目の当たりにすることになった。地面に下り立ったオオタカが、何かを踏み付けていた。半開きになったオオタカの翼の陰で、それよりは遥かに小さな茶褐色の翼が、力なく、二度、三度とはばたいたようだったが、すぐに動きを止めた。オオタカは、瞬時、身をかがめた後、反動を付けて飛び上がった。黄色い鉤爪が、ガッチリと獲物を掴んでいた。よくは見えなかったが、その大きさと茶褐色の鱗《うろこ》模様の見えた羽根の様子から推測するに、餌食になったのは、キジバトではなかったろうか？　恐らくキジバトは私の背後にいたのだろう、まるで気付いてはいなかったのだが。オオタカに急襲された衝撃で、私はすぐには起き上がれなかった。両足の間に丸椅子を挟んだ、みっともない恰好で、地面に転がっていた。ショーはまだ終わってはいなかった。獲物を掴んだオオタカが、今度は野狐仙目がけて飛んでいったのだ。はばたきは一段と激しくなり、その音はそばにいた私の鼓膜を強く揮わせた。しかし、野狐仙は身動きしない。丸椅子に座ったままの姿勢で、オオタカの飛来を待ち構えているようだった。ぶつかる！　と思った瞬間、オオタカは鋭く鳴いた。

キキッ、ケケッ　キーッ！

野狐仙の顔の真横を、オオタカはすり抜けていった。バサッ、バサッ、という羽音が激しく空気を震動させ、たちまちにして遠退いていった。オオタカがすり抜けていったのと同時に、野狐仙の被っていた白いキャップが、宙に舞った。私は息を呑んだ。一瞬ではあったが、野狐仙の顔が剥き出しになった。丸刈りの頭には、白い物が目立った。鼻の下、顎に生やした無精髭は、頭髪以上に白かった。野狐仙は正面を向いていた。丸眼鏡の奥の目は、私を見ていた。オオタカの飛来による驚愕や恐怖といった感情の乱れは全く見受けられず、静かな目をしていた。目と目が合った。だが、それも束の間だった。野狐仙は腰を屈めて、落ちたキャップを拾い上げると、慣れた手付きで被り直した。口の中が乾いて、言葉が出てこなかった。

（まさか、こんなことがあるなんて……。だけど、見間違えるはずがない、その顔は……）

驚きで、現実を受け止め切れない。掬《すく》い取った事実が細かな砂粒となって、指の間からスルスルとこぼれ落ちていく。掌には砂は残っていなかった。その空虚を見詰めながら、心の中で呟くしかなかった。そこへ、野狐仙の落ち着いた声が被さってきた。

「君がそう思いたいのなら、それで構わない。私は、否定も肯定もしない。君が感じ取ったままの世界が、君が生きる世界だ。大切なことは、事実である以上に、君にとっての真実は何か、ということだよ」

そのときになって、やっと自分が地面に直に座り込んでいることに気が付いた。丸椅子に座り直すと、改めて野狐仙に、形の伴った自分の未来に向かって、直接確認しようと口を開きかけたとき、頭の上から何かがヒラヒラと舞い下りてきた。それを私は掌で受けた。鳥の羽根、茶褐色のまだら模様の入った羽根……。とっさに頭上を見上げた。オオタカの首から上が、シルエットになって曇り空に浮かんでいた。先端が鉤状に曲がった鋭い嘴が見える。盛んに首を動かし、その嘴で引き裂いた生肉をくわえては、首を上げて喉に流し込んでいる。時折嘴を左右に振って、食べるのに邪魔な羽根を周囲に撥ねている。また一枚、今度はくるくると舞いながら、まだら模様の羽根が落ちてきた。凄惨な殺戮場面であることには間違いないのだろうが、少しも残酷さを感じなかった。死と生が不可分に混じり合う生命の流れの中に現出した、聖性さえ覚える一場面だった。ふと、一つの言葉が頭の中に浮かんだ。

厳粛なる祝祭

私はその死と生のイニシエーションである祝祭に立ち会うことを許された一人の下級司祭のような気分になった。樹上で繰り広げられている血と肉に塗れた祝祭を飽かず見上げ続けた。野狐仙の声が響いてきた。心の奥底にまで響いてくる声音だった。

「死と生が出会う交差点に、今、君は立っている。生きとし生けるものの定めとして、オオタカはキジバトの肉を食らい、命を永らえ、キジバトは食われることで、生態系という命全体の連鎖の仕組みを下支えする役割を果たした。食うモノ、食われるモノに、邪念はない。そんな殺戮に残酷さを感じ、眉をひそめるとしたら、それは大脳ばかりをいびつに肥大化させた、自然界の奇型児とでも言うべき人間の奢り以外の何物でもない。君がその殺戮現場を目にしたとき、聖性を感じたのは、言葉の洪水を脱して、生命の流れの中を生きていた証拠だ。君の頭の中に浮かんだ『厳粛なる祝祭』という言葉も、その大いなる流れの中から必然として生まれてきたものだ。デジタル文明に突入していくことで、ますます身体性を喪失していく脆弱な人間の目には、厳しすぎるように映る自然界の流れに、生命の流れに身を置くことで初めて感得できる聖性や厳粛さを、これからも君は自らの感受性の中核に、繰り返し刻み続けるべきだ。何度でも言うが、その営為は難行苦行ではない。快楽なんだよ。君は、三年前、ロープの輪の向こう側に居場所を見出していた。行為自体は褒められたものじゃないが、目の付け所としては間違っちゃいない。ただし、ロープの輪の向こう側ばかりではなくて、輪の中にも、外にも、この地で呼吸していくならば、必ずやここが君の求めてやまない居場所、生命の流れそのものとなって流れていける場所になるだろう。何といっても、生きとし生けるものが負わねばならない宿命的な血と肉の穢《けが》れを浄《きよ》め、永遠なる生命の流れの聖性を言祝《ことほ》ぐ祝祭の場が、連日、至る所に用意されているんだからな。人間なんて弱き者、ちょっとしたことがつまずきの石となり、途端にぶれ始めてしまうのが日常だ。そんなぶれを修正してくれる祝祭の場が、ここには、いつでも、どこにでもある。その気になれば、容易に見つけられる。幼な子のように、目を輝かせて、オオタカに興奮している君を見ていたら、大丈夫だと思えてきたよ。祝祭の場に、君は似合ってる。君は、今のままでいい、今のままでいいんだよ……」

語るにつれて、その声は一人の人間が発する声ではなく、この地の澄明《ちょうめい》な大気の震え、生命の流れそのものになっていった。オオタカの主催する樹上の祝祭から目が離せなくなった。視線を落として、樹下にいる野狐仙を見ることができなくなった。野狐仙の影が、視界に入ることさえ避けていた。分かっていたのだ、もうそこに、野狐仙は、いない。野狐仙は、声になっていた。その時が近付いていることを、厭でも意識せざるを得なくなっていた。初めて聞いたときには拒絶していた「君は、今のままでいい」という言葉が、何の抵抗もなく、深く心に染み込んでいくのを感じた。嬉しかった。そして、悲しかった。悲しみが、私を急かせるように、口を開かせた。

「いつか、また、会えますか？」

声が震えていた。もうそこにはいないはずの野狐仙が、そこで、思案していることが伝ってきた。声そのものが答えた。

「会えるよ。いつになるかは、君が決めることだ。その時が来たら、洗面所の鏡の前にでも立ったら、そこに、私は映っている」

涙がこぼれそうになるのを、ぐっと堪えた。堪え切れなくなり、野狐仙が座っていた樹下に視線を落としたとき、彼の座っていた丸椅子に白いキャップが載っていた。惹《ひ》かれるように丸椅子に近付くと、白いキャップを手に取った。すると、樹上で鋭い鳴き声がした。

キッ、キッ、キキッ！

大きな翼を広げ、はばたくしぐさが見えた。それと軌を一《いつ》にして、翼の先に広がっていた空を覆う薄い雲が切れ、青空が顔を覗かせた。青……いや、そんな自己主張の強い色ではない。淡い浅葱《あさぎ》色、早い春にふさわしい、心安らぐ優しい色合いだった。オオタカが身を屈めた後、割れて、明るい光を放ち始めた浅葱色の空へと飛び立った。巨大な翼の力強いはばたきで浮き上がっていく首から腹にかけての白さが美しかった。樹上から遥かに高く舞い上がり、悠々と旋回を始めた。私は慌てて手にしていた白いキャップを被り、別荘の前を通る小路へと出た。キャップのサイズは、つい今しがたまで自分が被っていたかのように、私の頭にぴったりだった。オオタカが旋回をやめ、裏山よりもさらに奥にそびえる山へと進路を定めた。白いキャップの庇《ひさし》を後ろに回した。上空高く飛ぶオオタカの全貌を見やすくするためだった。オオタカは、もちろんオオタカであったが、同時にオオタカではなかった。上昇気流に乗って、さらに高度を上げたオオタカはまごうかたなく野狐仙であった。雲の裂け目がより広がり、伸びていく明るい浅葱色の道を我が道として飛び去っていく野狐仙は、二度と振り返ろうとはしなかった。やがてその勇姿は点となり、ついには見えなくなった。それでも、私の目には残像が消えることなく、いつまでもその明るい光玉を放つ浅葱色の道を見詰め続けた。

（空高く、自由に飛翔する野狐仙は、本当に楽しげだった。羽化、登仙……か。そんな生き方も、いい……）

何年振りだろう、視線を高く上げて、空を見詰め続けるなんて……。その思いが流れとなって、私の表情に晴れ晴れとした笑みをもたらしてくれた。

（了）

著者プロフィール

伊藤 秀雄（いとう ひでお）

1957年愛知県名古屋市生まれ。
愛知県立大学文学部国文科卒業。
聖霊中学校・高等学校で25年間教鞭を執る。
2013年鬱病を発症し退職。
愛知県在住。
著書に、『1973-74　高校生　飛翔のリアル』（文芸社、2019年）、
『1993　女子高生とホームレス』（文芸社、2020年）がある。

2013　首吊りの木の下で

2020年９月15日　初版第１刷発行

著　者　伊藤 秀雄
発行者　瓜谷 綱延
発行所　株式会社文芸社
〒160-0022 東京都新宿区新宿1－10－1
電話 03-5369-3060（代表）
03-5369-2299（販売）

印刷所　株式会社フクイン

ISBN978-4-286-21909-7